悪魔公爵と一輪のすみれ

キャロル・モーティマー
清水由貴子 訳

SOME LIKE IT WICKED
by Carole Mortimer
Translation by Yukiko Shimizu

mira

SOME LIKE IT WICKED
by Carole Mortimer

Published by K.K. HarperCollins Japan, 2025

悪魔公爵と一輪のすみれ

おもな登場人物

パンドラ・メイベリー――――ウィンドウッド公爵未亡人
ルパート・スターリング――――ストラットン公爵。通称〝悪魔《デビル》〟
ジュヌヴィエーヴ・フォスター――――パンドラの友人。ウーラートン公爵未亡人
ソフィア・ローランズ――――パンドラの友人。クレイボーン公爵未亡人
バーナビー・メイベリー――――パンドラの夫。故人
トーマス・スタンリー――――パンドラの愛人と噂された男性。故人
リチャード・サグドン――――パンドラの求愛者
ベントリー――――パンドラの執事
ヘンリー――――パンドラのメイド
アンソニー・ジェソップ――――パンドラの弁護士
ベネディクト・ルーカス――――ルパートの友人
ダンテ・カーファックス――――ルパートの友人。シャーボーン伯爵
パトリシア・スターリング――――ルパートの元恋人。ルパートの父親の後妻

1

一八一七年五月
ロンドン、ハイバリー

「笑うのよ、パンドラ。デビルもルシファーも、何もあなたを取って食うわけじゃないんだから。少なくとも……いやな思いをするようなことはないはずよ」

ウィンドウッド公爵未亡人パンドラは、ジュヌヴィエーヴが冗談めかして口にしたふたりの紳士に近づきながら、かすれ声で思わせぶりに笑う友人に同調できずにいた。それどころか鼓動はますます激しくなった。警戒心を解こうとせわしなく息をしているせいで胸が大きく波打ち、レースの手袋の中で手のひらは汗ばんでいた。

言うまでもなく、どちらの紳士のことも個人的に知っているわけではない。ふたりとも三十代前半だが、一方のパンドラはまだ二十四歳。彼らが公の場に姿を現すと決まって周囲を取り巻くいかがわしいグループとも、付き合いはない。にもかかわらず、パンドラは顔を見るなり彼らだとわかった。

というのも、前デヴリン侯爵でいまはストラットン公爵となったルパート・スターリング卿《きょう》と、彼の親友ベネディクト・ルーカス卿は、ここ十年ほど社交界でそれぞれ〝デビル〟と〝ルシファー〟と呼ばれ、知らない者はいない存在だったからだ。彼らのあだ名は、貴婦人の寝室の内外でのけしからぬ行動に由来してつけられたものだった。

互いの夫の喪が明けたいまとなっては、ジュヌヴィエーヴが名を口にしたまさにそのふたりの紳士が、自分たちの恋人候補だと周囲から思われる可能性も大いにあった。

「パンドラ？」

パンドラはそっとかぶりを振った。「やっぱりわたしにはできないわ、ジュヌヴィエーヴ」

友人は励ますようにパンドラの腕をそっと握った。「話をするだけよ。ソフィアがシャーボーン伯爵のお相手をしているあいだに、代わりにおもてなしをするの」

そう言って、ジュヌヴィエーヴは広間の反対側をちらりと見やった。そのソフィアが低い声で、けれども見るからに熱っぽく話しこんでいるのは、先ほど到着したばかりのダンテ・カーファックス。放蕩《ほうとう》者で、デビルとルシファーの親友だ。

ちょうど三人の未亡人が親友どうしであるように。

クレイボーン公爵夫人ソフィア・ローランズとウーラートン公爵夫人ジュヌヴィエー

ヴ・フォスター、それにウィンドウッド公爵夫人パンドラ・メイベリーが昨年の春、数週間のあいだにそろって未亡人となったのは、まったくの偶然だった。ひと月前に一年間の喪が明けると、同じように若くして未亡人となった境遇から、それまで互いに口をきいたこともなかった三人はたちまち意気投合した。

とはいうものの、〝シーズンが終わるまでに、三人がそれぞれ少なくとも恋人をひとり以上作る〟というジュヌヴィエーヴのいましがたの提案に、パンドラは期待に胸をふくらませるどころか、動揺を隠せなかった。

「だけど――」

「お話ししているところをすみませんが、ダンスを約束していたはずでは、公爵夫人？」

リチャード・サグドン卿に話しかけられて、パンドラはこれほどうれしいと思ったことはなかった。たとえ不自然さが否めないハンサムな顔と、でくわすたびに見せるなれなれしい態度が気に障ったとしても。

サグドン卿とダンスの約束をしたのはひとえに、今夜の最初のワルツの相手を迫られて、うまく断る理由を考えつかなかったせいだ。それでも、より威圧的で危険なルパート・スターリングやベネディクト・ルーカスに比べれば、この若くてきざな紳士の相手をするほうがずっとましだった。

「もちろん忘れていませんわ、閣下」ジュヌヴィエーヴに〝ごめんね〟と言うように笑いかけると、パンドラはサグドン卿の腕に軽く手を置いて、促されるままにダンスフロアへ向かった。

「おいおい、ダンテ、いったいそのざまはどうした?」クレイボーン邸の図書室に入るなり、ストラットン公爵ルパート・スターリングは親友のただならぬ様子に気づいて問いただした。「それとも、訊《き》かないほうがいいのか……?」部屋にかすかに漂う女性の香水のにおいを嗅ぎ取って、ルパートは考えこむように言葉をのみこんだ。

「ああ、そうしてくれ」シャーボーン伯爵ダンテ・カーファックスは吐き捨てるように言った。「それとも、いまごろベネディクトが何を——正確には誰の相手を楽しんでいるのか、あえて尋ねないとだめか?」

「やめておけ」ルパートはくすりと笑った。

「一緒にブランデーをどうだ?」ダンテは自分のグラスに注《つ》いでから、デカンターを掲げてみせた。

「いただこう」ルパートは後ろ手で図書室のドアを閉めた。「もうずっと以前から、いずれ継母に酒か人殺しのどちらかに追いつめられるような気がしていたんだ」

図書室のすぐ外のテラスで、パンドラはふたりの紳士の会話を聞くとはなしに聞いていた。ダンスが終わるや否や、サグドン卿に広間の隅に追いこまれ、つい先ほど、ほかの知り合いが彼に話しかけた隙にどうにか逃げ出してきたのだ。

「それなら、今夜は酒にしておけ」ダンテ・カーファックスが友人に忠告するのが聞こえる。「さいわいなことに、公爵夫人は男性客が楽しめるようにと、極上のブランデーとすばらしい葉巻をこの図書室に用意してくれた」ガラスが触れあい、とくとくと液体が注がれる音が続いた。

「ああ、確かにうまい」喉が焼けるようなアルコールを流しこんだのだろう、少ししてデビル・スターリングが満足げにため息をついた。

「そもそも、今夜われわれ三人はここで何をしているんだ?」ダンテが葉巻の煙を外に出そうとして、テラスに出るフレンチドアを大きく開きながら、けだるげに尋ねた。

「その様子を見ると、おまえの動機は言うまでもないと思っていたが」ルパートが答える。「ベネディクトは親切にもぼくに付き合ってくれた。せめてひと晩だけでも、親愛なる継母のうんざりするお供をせずに過ごしたい、と話したら」

ダンテ・カーファックスは辛辣に笑った。「おまえにそんなふうに言われていると知ったら、美しきパトリシアはさぞ愉快ではないだろうな」

「腹を立てるさ」ルパートは満足げに言いきった。「だからこそ、ぼくはそうするんだ。いつだって」

悪魔というのは名前だけではないのね……。

思わずそう考えながらも、パンドラはテラスの暗がりにじっと身をひそめていた。少しでも物音をたてれば、自分がここにいることがふたりにばれてしまう。それだけは避けたかった。

開いたフレンチドアから漂ってくる葉巻のにおいに、幸せだったころの思い出がパンドラの胸に懐かしくよみがえる。まだ若くて、何も知らなかったころの思い出が。あのころは、こうした舞踏会も両親が付き添っていてくれたおかげで、世間の目を気にするようなことはほとんどなかった。

だから今夜のように、テラスに逃げ出したいと思うこともなかった。サグドン卿の露骨で無作法な誘いに自尊心を傷つけられた姿を、ソフィアの洗練されたゲストたちに見られたくなかったのだ。

もっとも、たとえおおっぴらに侮辱されたとしても、周囲は無関心だろう。ほとんどはパンドラの存在にさえ気づかないか、気づいても話しかけてくることはあるまい。ましてや、サグドン卿のように醜聞も恐れぬ大胆な紳士にしつこく誘われていることなど、誰も気にとめないだろう。

一カ月前、パンドラは思いきって社交界に復帰しようと決めた。だが、ソフィアとジュヌヴィエーヴに引っ張られ、ソフィアが主催するこのパーティになかば強引に出席させられなければ、いまごろは孤独な日々をあいかわらず送っていたにちがいない。

「例のごとく、努力は報われなかった」ルパート・スターリングが苛立《いらだ》たしげに続ける。

「ついさっき、父の未亡人もこの舞踏会に姿を現した」

「そいつはあいにくだったな。だが、もちろんソフィアに悪気は――」

「ばか言うな、ダンテ。何もおまえのソフィアを責めているわけじゃない」

「ぼくのソフィアではない」

「違うのか？　だとしたら、この部屋に入ったときに感じた香りは、ぼくの勘違いだったのか？」

相手がしぶしぶ答えるまでに一瞬の間があった。

「いや、勘違いじゃない。だが、ソフィアには、あいかわらず追いかけまわしても時間の無駄だと思い知らされてばかりだ」

その会話の意味するところに、パンドラは驚きを隠せなかった。

ソフィアが、ダンテ・カーファックスと？　ありえないわ。だって、ソフィアはことあるごとに、ハンサムで遊び人のダンテ・カーファックスの悪口を言っているんですもの……。

「おまえの場合、少なくとも妻を娶《めと》れば、いくらかは問題が解決するんじゃないのか？」今度はダンテが尋ねる。「そうすれば、公爵未亡人はおまえの屋敷で公然と暮らすわけにはいかなくなるだろう?」

「その程度のことを、ぼくが考えなかったと思うのか?」ルパートは強い口調で言いかえした。

「それで?」

「それで、そうすれば間違いなくひとつ問題は解決するが、新たに別の問題が生じることは避けられない」

「どういうことだ?」

「求めても愛してもいない妻に、自分の一生を支配されることになる」

「それなら、欲しいと思える相手を見つければいい。少なくとも肉体的に。毎シーズン、新たな美女が次々と社交界にデビューしているじゃないか」

「三十二歳にもなって、社交界に出たばかりの小娘など相手にできるか」ルパート・スターリングの声があちこちから聞こえるのは、彼が苛立って図書室の中を行ったり来たりしているからだろう。「くすくす笑ったり、ぺちゃくちゃしゃべったりするだけじゃない。寝室でどんなことが行われるのか、まったく知らないような若い娘に縛りつけられるなんて、まっぴらごめんだ」ルパートは吐き捨てるようにつけ加えた。

「純潔をそう簡単にむげにしないほうがいいぞ、ルパート」

「なぜだ?」

「まず、ベッドの中でのテクニックを欠いていても、誰にも責められることはない。おかげで、何も知らない若い妻を自分の好みどおりに育てることができる。もうひとつ願わくばの話だが、純潔は、未来の跡継ぎが少なくとも確かに自分の血を引いているという保証にもなる」

「パトリシアがまんまとぼくの父の〝予備〟におさまったことを考えると、かならずしもそうとは限らない。おかげで、ぼくは眠っているあいだも自分の人生に恐れおののくようになったというわけだ」ルパートは毒舌を吐いた。

パンドラは気づいていた。いまや自分がテラスの暗がりでじっと動かずにいるのは、単に見つからないようにするためではない。ふたりの紳士の会話にすっかり引きこまれているからだ。つい先ほど広間で目にしたばかりなので、彼らの姿は難なく頭に思い描くことができた。

長身で黒髪、悩ましげな緑の目のダンテ・カーファックスは、広くてたくましい肩、平らな腹部、長く力強い脚を申し分のない礼装に包みこんでいる。

ルパート・スターリングも、友人を凌《しの》ぐほどではないにしても同じくらい背が高い。流行のスタイルに整えた金髪は耳のところでカールして、ちょっぴり不良っぽく知的な眉に垂れかかっている。黒の燕尾《えんび》服と真っ白なシャツは、がっしりした肩と細い腰、そして筋肉におおわれた長い脚を際立たせるように仕立てられていた。堕天使のごとき、傲慢なほどハンサムな顔にふさわしい、冷ややかで謎めいたグレーの目、筋の通った高貴な鼻、高い頬骨。そして官能的な口もとには、ときに嘲笑が浮かび、冷酷な怒りで唇が固く結ばれることもあるにちがいない。

その怒りは、目下のところ、亡き父親と何年も前に結婚した女性へ向けられているようだった。

あれはパンドラがまだ二十歳で、結婚して間もないころのことだった。ずいぶん昔に妻に先立たれた第七代ストラットン公爵が、六十代になって若い女性を後妻に迎えると決め、世間が大騒ぎしたことをいまでも覚えている。というのもその女性が、ナポレオンと戦うためにウェリントン将軍の陸軍部隊に戻った息子の恋人だったと、もっぱらの噂《うわさ》だったからだ。

昨年に公爵が世を去ってから、新たな公爵とその継母がひとつ屋根の下で暮らしていることは、パンドラもご多分にもれず知っていた――正確には、複数の屋根の下で。何しろ街にある屋敷でも田舎の別宅でも、ルパート・スターリングと父親の未亡人は、決まって同じ場所で生活しているのだ。

「とにかく、あの女と生活をともにしている限り、おまえは寝室にいるときでさえ、人生を恐れつづけることになるぞ」ダンテは先ほどの友人の言葉にそっけなく応じた。

ルパート・スターリングと、いまや未亡人となった継母との赤裸々な関係を思いがけず耳にして、パンドラの頰は赤くなった。たぶん、立ち聞きも度が過ぎたにちがいない。そろそろ広間に戻って、ソフィアに声をかけてから帰るべきだろう。そうよ、それがいいわ……。

「今夜出席している紳士の半分は、広間で舌を垂らして継母を追いかけている」ルパートが辛辣に言った。

「もう半分は？」

「紫のドレスを着た金髪の小柄な女性を、鼻息荒く追いまわしているようだ」

「すみれ色だ」

「なんだって？」

「パンドラ・メイベリーのドレスは、紫ではなくてすみれ色だよ」ダンテ・カーファックスがつぶやいた。

紳士たちがふたりきりでブランデーと葉巻、そして会話を楽しめるように、すでに屋敷のほうへ向かいかけていたパンドラは、ふいに自分の名前が出たことに驚いた。背筋を凍りつかせ、その場に立ちすくんだ。

「あれが、バーナビー・メイベリーの未亡人か？」公爵が尋ねる。

「そのとおり」

「なるほど」

ストラットン公爵の知ったふうな相槌《あいづち》には、まぎれもなく軽蔑の色がにじんでいた。表で新鮮な空気を吸ったおかげで、ようやく顔色が戻りつつあったパンドラは、またしても青ざめた。

ダンテが喉の奥で笑う。「わかってる。おまえの好みは黒髪で長身の、セクシーな女性だろう？」

「そして、小柄で金髪で華奢《きやしや》なパンドラ・メイベリーは、明らかに条件を満たしていない――」

「ひとたび、あのえも言われぬ美しい瞳をのぞきこんだら、そんなことは言っていられまい」

「そう言うおまえこそ、ダンテ、ほかの女性の瞳の美しさに気づいたらどうだ？　あるいは目に限らず、それ以外の部分に」

ダンテ・カーファックスは、友人の皮肉にあふれた口調に笑いをこらえきれない様子だった。「男なら誰でも、パンドラ・メイベリーの美しい目を見て見ぬふりなどできるはずがない」

「いったい全体、何がそれほど特別なんだ？」

「まさに彼女が今夜着ているドレスと同じ色なんだ。春に咲きこぼれる、すみれの色」ダンテは称賛を隠さずにつけ加えた。

「ひょっとして、今夜われわれを招いてくれた美しき女主人への思いがいつまでも報われないせいで、ついに脳みそがやられてしまったか?」ルパートが、ばかにするように言った。

「今日、そう言われるのはこれで二度目だ」ダンテは憤慨して言いかえした。「だが、パンドラ・メイベリーの瞳については、ぼくは自信を持って言いきれる」

「すみれ色?」ルパートはあいかわらず疑わしげだ。

「深みのある、春のすみれだ」ダンテはきっぱりと続ける。「しかも、ほかのどの女性よりも長くつややかなまつげに縁取られている」

「そのすみれ色の瞳と長くつややかなまつげが、ひとりばかりか、ふたりの男を死に追いやったのか?」ルパートの口調は痛烈だった。

パンドラは鋭く息を吸いこみながらも、壁際に置かれた錬鉄のベンチに崩れるように座りこんだ。

自分が世間からどんなふうに思われているのか、以前から気づいてはいた。しかし、これまでは目の前で公然と非難されたことはなかった。

もっとも、いまは相手の目の前にいるのではなく、立ち聞きをしているにすぎないが。諺《ことわざ》にもあるでしょう、〝立ち聞きをして自分のよい噂を聞く者はいない〟と。

「どうやら虫の居どころが悪いらしいな。ぼくはそろそろ退散したほうがよさそうだ」ダンテがルパートに告げる。

「ぼくはここに残って、ブランデーと葉巻を最後まで楽しんでから帰るとしよう」ルパートが応じた。

ひどく打ちのめされていたパンドラには、もはや彼らの言葉は聞こえてこなかった。いましがたの会話のせいで不幸な記憶が次々とよみがえり、すっかり悲嘆に暮れていた。夫とトーマス・スタンリー卿のふたりが無駄な死を遂げて以来、一年ものあいだ、幾度となくそうしてきたように。

言うまでもなく、ふたりの死は醜聞を引き起こし、当分のあいだはおさまりそうになかった。そしてパンドラは……。

「ああ、ここにいたんですか」暗がりに、聞き覚えのある声が響いた。「しかもひとりで」満足そうにつけ加えると、サグドン卿は図書室の窓のレースのカーテンからわずかにもれる蝋燭《ろうそく》の明かりの中に姿を現した。

パンドラは用心深くサグドン卿を見ながら、絹の上靴でゆっくりと立ちあがった。「そろそろ中に戻ろうと思っていたところです」

「とんでもない」若いサグドン卿はパンドラににじり寄った。「せっかくの月明かりを無駄にするのは惜しいことです。それに、このテラスなら人目につくことはない」サグドン卿は、大きく開いたドレスの襟ぐりからのぞくパンドラの胸もとにみだらな目を向け、つけ加えた。

「でも、本当に帰らないと……サグドン卿！」手荒く抱き寄せられて、パンドラは思わず声をあげた。「放してください」がっちりと腰にまわされた手から逃れようと、サグドン卿の胸を押しやるが、彼はまったく意に介さずに顔を近づけて、いまにも唇を奪おうとする。

じっとりした分厚い唇が触れると考えただけで、パンドラは吐き気をこらえきれなかった。

「心にもないことを――」

「本気よ！」パンドラは叫んだ。ただちに彼の鋼鉄のような手から逃れなければ、本当に気絶してしまいそうだった。いまや欲望をむき出しにしたサグドン卿の顔を見る限り、たとえ気絶しても逃げられるとは思えなかった。むしろ彼の腕の中で意識を失えば、相手はこれさいわいと好機に乗ずる勢いだ。「いますぐ手を放してください」

「どうやら少しばかり強引なほうが好みのようだな、美しい人よ」サグドン卿は満足げににやりとした。「それなら、甘い言葉はいっさい不要だ」

サグドン卿の片方の手が腰を離れ、ドレスの襟ぐりをつかんだ。次の瞬間、その手はいっきにやわらかな生地を引き裂き、シュミーズにおおわれた胸をあらわにした。

「じつにすばらしい眺めだ」サグドン卿は分厚い唇をなめつつ、ふくよかな胸にぎらついた視線を容赦なく浴びせる。

パンドラは喉をつまらせてすすり泣いた。この四年のあいだに、数えきれないほどの不幸に見舞われた。それでも、まさか自分の人生が、ここまで落ちたものになるとは想像もしなかった。

「お願い、やめて」サグドン卿の手から逃れようと虚《むな》しい努力を続けながら、パンドラは死に物狂いに訴えた。

「本当はこうしてほしいんだろう？」サグドン卿の手が片方の乳房をおおい、やわらかな肌に指を食いこませた。「さっきからずっと、その目で誘っていたじゃないか」

「あなたの思い違いよ。だから――」

「すぐに自分からせがむようになるさ……おい、何をするんだ！」パンドラの手がぴしゃりと頬にあたると、サグドン卿は怒鳴り声をあげた。「そんなことをして、ただですむと思うなよ、この――」

「あなたにもいずれわかるでしょうね、サグドン卿。相手がこれほど激しくいやがっているときには、いくら口説いても拒まれるかもしれないと警戒するに越したことはないわ」

次の瞬間、パンドラはふいにサグドン卿の不愉快な手から解放され、よろめくように背後のベンチに座りこんだ。鋉鉄にぶつかって脚の裏が痛むのもおかまいなしに、引き裂かれたドレスを、胸もとを隠すように握りしめた。

そして、テラスの向こうに立っている思いがけない救い主を、青ざめた顔で見つめた。
とても現実とは思えなかった。
第八代ストラットン公爵、ルパート・スターリング卿。
社交界で〝デビル〟の名で通っている男……。

2

心ゆくまで葉巻とブランデーを味わっていたルパートは、とつぜん外のテラスから聞こえてきた声に、心地よい孤独を妨げられた。

最初は恋人どうしのたわいない喧嘩《けんか》だと思って、それにはかまわずに、みずからの人生の苦境について考えつづけることにした。すなわち、亡き父の夫人であるパトリシア・スターリングの問題に対し、どう対処するのがいちばんんか。

だが、そもそもパトリシアのことを考えなければならないと思うと腹が立ち、おまけに、もはやこのまま一緒に暮らしつづけるのは無理だと認めざるをえなかった。

どうにかしなければならない。しかも早急に。ぼくは――。

テラスでの話し声はだんだんと大きくなり、それ以上物思いにふけるのは不可能になった。ついに我慢がならなくなり、ルパートは立ちあがると、図書室を横切って開け放したままのフレンチドアへ歩み寄った。くだらない喧嘩ならよそでやってくれ、と言おうとしたのだ。

ところが、目の前の光景を見るなり、恋人どうしの言い合いなどではないことがわかった。若いうぬぼれ屋のリチャード・サグドン卿《きょう》とおぼしき紳士が、顔ははっきり見えないが、女性に無理やり迫っているではないか。女性はサグドン卿の腕にしっかりと抱かれていたものの、言葉でも態度でも、彼の求愛を拒んでいるのは明らかだった。

女性は小柄で金髪で、紫の――いや、すみれ色のシルクのドレスを着ていた。見間違いでなければ、まさしく先ほど話題にしていた、ウィンドウッド公爵夫人パンドラ・メイベリーだった。そしてルパートは、めったに見間違えることはない。

「なんだ、デヴリン」サグドンが大声で文句を言いかけた。

「いまはストラットン公爵だ。閣下と言え」ルパートは冷ややかに訂正し、年下の男に鋭い目を向けた。「それに、さっきから聞いていると、どうやらおまえはこの貴婦人を困らせているようだが」

「彼女は貴婦人などでは――」

サグドンの侮辱がふいに途切れる。ルパートが彼の幅広ネクタイ《クラヴァット》をつかんで、屋敷の煉《れん》瓦《が》の壁に押しつけたのだ。

ルパートはサグドン卿の紅潮した顔に額をくっつけんばかりにつめ寄った。うまい具合に、みずからの憤懣《ふんまん》のはけ口が見つかった。

「第一に、こちらの公爵夫人は……」冷静かつ簡潔に反駁《はんばく》する。「社交界の一員で、それゆえ、確かに貴婦人だ。第二に、彼女は明らかにおまえの求愛を拒んでいる。ここまでは正しいか？」

警告をにじませた冷淡な口調に、相手の顔はたちまち青ざめた。

サグドンの喉仏はせわしなく上下に動いていた。「ああ」

クラヴァットをつかむルパートの手に力がこもる。「第三に、今後、おまえが公爵夫人の周囲一・五メートル以内に近づけば、かならず後悔することになるだろう。数日以内に身辺の整理をして、残りのシーズンは田舎に帰って過ごすほうが身のためだ」

「ぼくは――」

「最後に」ルパートの口調はあいかわらず冷静で、危険な響きをはらんでいた。「この場を立ち去る前に、公爵夫人に対して、いましがたのとうてい認めがたい行為を謝るんだ」

若い男は顔を歪《ゆが》め、あざけるような笑みを浮かべた。「彼女のような女に謝るいわれはない」

「すぐに謝れ、サグドン。ぼくがこの場に女性がいることを忘れて、おまえを二度と立ちあがれないほど殴り倒さないうちに」実際、今夜のルパートは、心の中で煮えたぎる感情を目の前の男に対して吐き出す機会を歓迎したい心境だった。できることなら、進んで楽しみたいくらいだ。

「この女は、ずっとこれみよがしに魅力を振りまいて――」

「そんなの嘘《うそ》よ！」

パンドラはたまらず声をあげた。ふたりのやりとりには、もっぱら困惑するばかりだったが、ふいにサグドン卿が向けてきた憎々しげな目つきを見て、彼がいま受けている屈辱をすべて自分のせいにしていることに気づいた。パンドラ自身は彼のあきれはてた行為を促すようなことは何ひとつしてもいなければ、ストラットン公爵に個人的に助けを頼んだ覚えもないのに、どうしてこんなことになったのかまるで理解できなかった。もっとも、それはサグドン卿も同じにちがいない。

パンドラはこみあげる不安をこらえ、〝かならず仕返ししてやる〟と言わんばかりににらみつけるサグドン卿から目をそらし、ストラットン公爵に向き直った。

「お願いですから、閣下、その手を離してください。彼が一刻も早く、わたしの目の前から消えていなくなるように」パンドラはかすれた声で訴えた。

ルパート・スターリングはパンドラに目も向けなかった。「きみに謝るまでは、離すわけにはいかない」

パンドラは、ふたたびサグドン卿のほうを不安げに見やった。たとえ彼が公爵の戒めを恐れていたとしても、彼女に対しては、敬う気持ちなどこれっぽっちも持ちあわせていないのは明らかだ。

仮に視線が実際に凶器となりうるのであれば、パンドラはいまにもテラスに打ち倒されてしまいそうだった。

サグドン卿はぎこちなく顔を上げると、不満げな表情で言った。「申し訳ありませんでした、公爵夫人」

パンドラは乾いた唇を湿し、どうにか答えようとした。「もうこれで――」

「まだだ」答えたのは、ストラットン公爵だった。「何に対して謝っているんだ、サグドン？」彼は相手を問いつめた。「公爵夫人に対するいましがたの行為は、とても容認できるものではないとわかっているのか？　それとも、単に彼女に襲いかかろうとしているところを取り押さえられて、悔やんでいるだけか？」相手の心の内を見透かしたようにつけ加えた。

サグドン卿は大きくかぶりを振った。「この女はただの八方美人だと、誰もが知っているのに……いったいどうしてそんなに騒ぎ立てる必要があるんだ？　ようやく夫の喪が明けて、次にベッドに誘いこむ男を探しているだけだというのに。もちろん、その次の男がきみでなければの話だが、ストラットン。そうだとしたら、きみのプライドを傷つけたことは謝る。あるいは、それ以外の感情を――」

サグドン卿の侮辱の言葉はそこまでだった。というのも、ストラットン公爵がふいに彼のクラヴァットを放して腕を思いきり後ろに引き、サグドン卿の顎にみごとな一撃を食らわせたからだ。おかげでサグドン卿は地面に倒れて気を失った。

「閣下！」パンドラはぱっと立ちあがると、失神して伸びている男を驚きのまなざしで見た。

ルパートは目を細め、明らかに困惑しているパンドラ・メイベリーにようやく視線を向けた。そして、破れたドレスの胸もとから、ごく薄いシュミーズにおおわれただけの驚くほど豊かな乳房があらわになっているのに気づいて、その視線はたちまち称賛のまなざしに変わった。胸のふくらみの頂は、思わず見とれずにはいられないほど深い薔薇《ばら》色に尖《とが》っているのがわかる。

彼の食い入るような視線に気づいたらしく、パンドラの頬も同じ色に染まった。彼女はまたしても胸もとに手をやり、びりびりになった破れ目を押さえて、誘いかけるような胸のふくらみを隠した。

ルパートは細めた目でパンドラを見つめた。輝くような金髪は頭のてっぺんでみごとに巻きあげられ、やわらかな後れ毛が、こめかみやうなじにそっと落ちかかっている。月明かりに照らされた卵形の顔は青ざめ、倒れている男を見ているためにまつげが下がり、そのせいで、先ほど友人が熱い口調で語っていた〝えも言われぬ美しい〟すみれ色の瞳はあいにくはっきりとは見えなかった。

パンドラは小さなピンク色の舌でふっくらした唇を湿らせると、かすれた声で言った。

「彼をどうなさるつもりですか？」

ルパートは黒い傲慢な眉をつりあげた。「どうするつもりもない。そのままそこに寝かせておけばいい」

「でも――」

「目を覚ましたら、顎にかすかな痛みを感じるだろう」ルパートは満足げにつけ加えた。「だが、それと自尊心の傷だけではすまないはずだ。もちろん、サグドンの言ったことがすべて事実で、きみが実際に彼の乱暴な求愛を促し、ぼくが邪魔したことに腹を立てていなければの話だが」ルパートは彼女を疑わしげに見やった。

パンドラは息をのみ、ますます頬を赤く染めた。「どうしてそんなひどいことが言えるんですか?」

ルパートは広い肩をすくめた。「世の中には、少々……熱烈な求愛を好む女性もいるものだ」

「言っておきますが、わたしはけっしてそういう女性ではありません」パンドラは憤ってぴしゃりと言った。「それでは、わたしはこれで――」

「ドレスがそんな状態では、そのまま戻ることはできまい」ルパートはもどかしさを隠すことなく黒い燕尾《えんび》服の上着を脱いだ。「さあ、はおるんだ」彼は上着をパンドラに押しつけた。「ぼくが馬車を手配するから、すぐに帰るといい」

パンドラは公爵の手に触れないように気をつけながら、みごとな仕立ての上着を受け取った。やや苦労しつつ、ドレスの前を押さえたまま上着を肩にはおろうとした。

「まったく。見ていられないな、手を貸そう」そのぎこちない手つきを見て、公爵は苛立《いらだ》たしげにため息をついた。パンドラの手から上着を取って、華奢《きゃしゃ》な肩にかけた。

その瞬間、パンドラは彼の体が放つ熱に包まれた。同時に、彼のコロンと、先ほどまで吸っていた葉巻の香りに鼻をくすぐられる。

「安心しろ、すぐに馬車の手配をする。この屋敷の主人には、きみが頭痛で帰ると伝えておこう」サグドン卿が苦しげなうめき声をもらして身動きしはじめると、公爵はさげすむように彼を見やった。「我慢できないほどの頭痛、だと」

デビル・スターリングの射抜くようなグレーの視線を避けるべく、パンドラはまつげを伏せた。

「ごめんなさい……まだお礼を言っていなかったわ。タイミングよく現れて助けてくれて、本当に感謝しています」

「どんなふうに?」

彼の含みのある口調に、パンドラははっとまつげを上げた。「え?」

「気にしないでくれ」公爵はぶっきらぼうに言って、顔を上げた。「図書室に入っていたほうがいい。ぼくが出ていったら、戻ってくるまで、誰も入ってこられないようにドアに鍵をかけておくんだ」そして、みるみる意識を取り戻しつつある足もとの男を、またしても冷ややかに見やった。

公爵の上着のぬくもりに守られていながらも、パンドラはぞっと身震いをした。けれども、ぬくもりとともに男らしい香り――サンダルウッドとパインツリーのコロン、高級な葉巻、それにおそらくルパート・スターリング自身の体から漂うかぐわしいにおいにも包まれていて、その香りは神経を静めると同時にかき乱した。

「そうさせてもらいます」パンドラはうなずくと、公爵よりも先に、蝋燭《ろうそく》が灯《とも》された図書室に入った。彼がフレンチドアの錠を下ろし、カーテンを引いて外から見えないようにするなり、パンドラはいくらか動揺がおさまるのを感じた。

さしあたって危険が遠のいたことを実感するにつれて、いましがたの出来事があらためて脳裏によみがえる。もしストラットン公爵が助けに来てくれなかったら、いまごろどうなっていただろう。サグドン卿は気取った男だが、大柄で、もちろんパンドラよりもはるかに力が強い。ストラットン公爵に邪魔をされなければ、彼は卑劣な目的を最後まで達していたかもしれない。

「いまごろどうなっていたかなどとは、考えないほうがいい」

パンドラがみるみる顔色を失った理由を難なく察して、ルパートは忠告した。

「考えない、ですって?」パンドラは声をつまらせた。「そんなの無理だわ。だって、あなたが現れなかったら、彼はもしかしたら――」

「おいおい、今度は泣いているのか？」

長くつややかなパンドラのまつげに涙がにじみ、たちまち血の気を失ったなめらかな頬にこぼれ落ちる。ルパートは思わずうめき声をもらした。女性の涙を前にして無力感に打ちひしがれるのは、彼もほかの男となんら変わりはなかった。

「ぼくが危ないところで現れたことを思い出して、それで終わりにするんだ」ルパートは慌てて言った。

長くつややかなまつげが上がり、ついにルパートはパンドラの〝えも言われぬ美しい瞳〟とやらを目の当たりにした。それは、まさしく春に咲きこぼれるすみれの底知れない深い色にほかならなかった。

男がひとたびのぞきこめば、何もかもを忘れ、その誘いこむすみれ色の深みに溺れるであろう瞳。

「泣いたりしてごめんなさい」パンドラはそれ以上涙がこぼれないようにこらえ、細い手首にかけたビーズの手提げ袋《レティキュール》からレースの縁取りのハンカチを取り出し、頬に残った涙の跡をそっと拭った。

ルパートは心の底から困惑した――いまなお困惑しているが、正直なところ、それはこの女性がこぼした涙のせいではない。すみれ色の瞳の抗《あらが》いがたい魅力のせいだった。「きみに分別があれば、ぼくが帰りの馬車を手配して戻ってくるまで、この図書室から出ようとは思うまい」

ルパートの尊大な口調ににじみ出たまぎれもない冷酷さを聞き取って、パンドラは思わずたじろいだ。気品のあるハンサムな顔に苛立ちの表情を浮かべたルパートは、いまやパンドラを助けたことを後悔しているかのように、鼻をつんと上げてこちらを見おろしている。あるいは、もう事は片づいたのだから、できるだけ早く責任から逃れたくてたまらないと言わんばかりに。

「心配なさらなくても、自分の置かれた立場はじゅうぶん理解しています」パンドラは静かに言った。「それより、あなたのほうこそ上着を着ないで広間へ戻るんですか?」公爵がそのつもりだと気づいて、パンドラは驚きで目を丸くした。

「やむをえないだろう。いまはぼくよりも、きみのほうがそれを必要としているのだから」そう言ってもう一度パンドラをちらりと見やってから、背を向けて廊下に出ると、後ろ手でしっかりドアを閉じた。「鍵をかけるんだ」ドアの向こう側から、彼の命令する声がはっきりと聞こえた。

パンドラは慌てて言われたとおりにすると、あらためてルパート・スターリングの上着を肩に巻きつけ、力なくドアにもたれかかった。これでひとまず窮地を脱したが、クレイボーン邸と、そこにいる人々からじゅうぶんに離れない限り、心から安心することはできないだろう。

それに……行きがかりで自分を助けてくれた相手からも？

ええ、もちろんストラットン公爵からも離れる必要がある。パンドラはそう認めざるをえなかった。体の震えは止まりそうにない。ついさっき、蝋燭の明かりの中で自分を見つめていたルパート・スターリングの目を、どうしても忘れることができなかった。気品を漂わせた険しい顔には、あたかも冷ややかな一瞥《いちべつ》で彼女のすべてを見て取ったかのように、明らかに値踏みする表情が浮かんでいた。そして、気がすんだと思いきや、さっさと図書室から出ていったところを見ると、一刻も早く厄介払いをするつもりなのだろう。思いがけず赤の他人のパンドラに対して責任を負うはめにならなかったら、いまごろ公爵はとっくに口実をもうけて立ち去っていたにちがいない。

またしても自分の身に降りかかった恐ろしい出来事を思い出して、パンドラの脚はがくがく震えた。本当に、ルパート・スターリングが現れなかったら、サグドン卿は首尾よくみだらな行為に及んでいただろう。パンドラにその気があろうとなかろうと。サグドン卿の場合、無理やり相手をものにすることも厭《いと》わないはずだ。

パンドラは、自分が世間の人々にどう思われているのか、どんなふうに噂《うわさ》されているのかをよくわかっていた。パンドラがトーマス・スタンリー卿と浮気をして夫を裏切り、そのために夜明けの決闘が行われ、始まってすぐに、ふたりとも互いの銃弾に倒れて命尽きた……というのがもっぱらの噂だった。

それは、まったくのでたらめだった。

けれども一年前、パンドラが自分は不貞などまったく働いていないと訴えようとしたにもかかわらず、周囲はそのでたらめな話を信じこんだ。残念ながら今夜の出来事も、世間がいまだにパンドラの身の潔白を信じていないことを物語っているにほかならなかった。テラスで立ち聞きしたルパートとダンテの会話から、ふたりも一年前に流れた噂を耳にして、そのまま鵜呑《うの》みにしていることは明らかだ。

ウースターシャーの貧しい地主でギリシア文学の学者、ウォルター・シンプソン卿と妻のレディ・サラのひとり娘として育ったパンドラは、四年前にバーナビーと結婚するまで、世間知らずで、どんな相手でも信じる娘だった。

社交界にデビューして最初のシーズンが無事に終わったとき、パンドラも好意を持った何人かの紳士から結婚の申し込みを受けた。しかしパンドラの父親は、誰ひとり娘の相手として認めようとしなかった。あとになって気づいたのだが、父ウォルター卿には地主の才覚がなく、それゆえ一家は苦しい生活を強いられていた。そんな一家の窮状を救えるだけの財力を持った紳士は、求婚者たちの中にはいなかったのだ。パンドラの父は、土地の管理よりも読書を好むような人物だった。

そして二年目のシーズンに入り、パンドラはふたたび結婚を申し込まれた。今度の相手は、若くてハンサムで、おまけに驚くほど裕福なウィンドウッド公爵バーナビー・メイベリーだった。言うまでもなく、ウォルター卿はその申し込みをしっかり捕まえて放さなかった。

バーナビーとの結婚のことで父を責めるのは、間違っているかもしれない。父はもはや自分の言い分を主張することはできないのだから。三年前の冬、ウォルター卿はインフルエンザに倒れて命を落とし、それからわずか数週間後、母もあとを追うようにしてこの世を去った。それに何よりもパンドラ自身、バーナビー・メイベリーのようなハンサムで裕福な紳士に見初められてうれしくないわけがなく、公爵夫人となることに胸を躍らせていた。

バーナビーとの婚約期間は短かった。そのあいだパンドラは、魅力的で礼儀正しい婚約者にすっかり夢中になっていたせいで、彼と夫婦になったとたん悪夢のような人生が待ち受けているとは想像もしなかった。

悪夢は終わることがなかった。パンドラをめぐって行われたとされる決闘で夫が死亡してからというもの、どこへ行っても絶えず醜聞がつきまとった。今夜、サグドン卿の侮蔑的な行為に辱められるにいたって、ようやく最後を迎えた。

最後――なぜなら、今夜の出来事を機にパンドラは気づいたからだ。社交界から完全に身を引くことが周囲のため、ひいては自分自身のためだと。

夫バーナビーの遺産のほとんどは、彼の男系の爵位継承者にあたる、さして親しくもない従兄弟《いとこ》に渡った。だが結婚したときの夫婦財産契約によって、パンドラにもちょっとした財産と、公爵の資産に含まれないロンドンの私邸が遺《のこ》された。ロンドンの高級住宅街にあるわけではないものの、喪に服しているあいだ、パンドラはそこでひっそりと静かに過ごすことができた。あの屋敷を売りはらえば、手もとにある資金と合わせて、田舎にそれなりの土地を買うこともできるだろう。そして、残りの人生をひとりで心穏やかに暮らすことも夢ではないかもしれない。

そんなことを言い出せば、ソフィアもジュヌヴィエーヴも猛烈に反対するのは目に見えている。ふたりとも、友人になった当初から親切にしてくれた。ソフィアはやさしく、ジュヌヴィエーヴは憤りもあらわに、好きで夫を裏切って死にいたらしめるような妻などいるはずがないと、きっぱり言いきった。

そうしてソフィアやジュヌヴィエーヴとはすっかり親しくなったが、自分が夫を裏切ったわけでも、ましてや死にいたらしめたわけでもないという真相を、パンドラはいまだにふたりにも打ち明けられずにいた。それには理由がある。真実を明らかにすれば、パンドラ自身が深い傷を負うのはもちろん、友人たちにも衝撃を与えることは避けられないだろう。

言うまでもなく、パンドラはふたりとの友情を大切に思っている。しかし、今夜あんな不愉快な目に遭ったせいで、このままロンドンにいればサグドン卿のようなふしだらな男の餌食になるほかないだろう、と思わざるをえなかった。そんな人生など、まっぴらごめんだ。

「鍵を開けても大丈夫だ、パンドラ」

短いノックとともに、ルパート・スターリングのぶっきらぼうな声が聞こえた。

部屋に入ってドアを閉めるなり、ルパートはパンドラが先ほどよりもやや落ち着きを取り戻したことを見て取った。もちろん、あいかわらずひどく青ざめているせいで、深いすみれ色の瞳には不安が色濃くにじんでいる。それでも優美な顔には、つい数分前に図書室を出たときに見られた動揺ではなく、覚悟を決めたような気高さが表れていた。

それにしても、この上なく優雅な美しさだ。象牙色の肌、理知的な高い額、吸いこまれそうなすみれ色の瞳、みごとな弧を描くふっくらとしてなまめかしい唇、その上にまっすぐ伸びた細い鼻、やや頑固そうに上を向いた小さな尖った顎……。彼女の夫と愛人のふたりが、その美しさを独占するべく決闘をしたのも無理はないと、ルパートは無意識のうちに考えていた。

ルパートは口を引き結んでから告げた。「主人にはきみが帰ることを伝えた。外で馬車が待っている。これをはおって帰るといい」ルパートはクレイボーン公爵の執事に頼んで借りた黒い外套《がいとう》を差し出した。「これがあればぼくの上着を返してもらえるし、きみも……だめになったドレスを隠すことができる」

「ありがとうございます」

パンドラの声はかすれていた。ルパートの上着とクレイボーン公爵の外套とを交換するあいだ、すみれ色の瞳はまつげに隠れて見えなかった。

ルパートは自分の上着を着て袖口をきちんと伸ばしてから、パンドラに非難がましい目を向けた。

「そもそもサグドンのような男と外を歩くなんて、いったい何を考えていたんだ？」

責めるような口調に憤慨してか、つややかなまつげに縁取られたすみれ色の目が大きく見ひらかれた。

「一緒に外に出たりなんかしていません。しばらくひとりでそこのテラスにいたら、彼がわたしを見つけて……」

パンドラはふいに言葉を切って頬を赤く染めた。ルパートとダンテがふたりで話しているあいだ、図書室のすぐ外のテラスにいたと白状してしまったことに気づいたのだろう。

いつから聞いていたんだ？　ルパートは重苦しい気分で考えた。これだけ顔を赤くしているところを見ると、彼女について噂していたのを聞かれたにちがいない。

「本当に？」ルパートは鼻の穴をふくらませた。「そこにいるあいだに、何か興味深い話を耳にしたかな？」

パンドラは百五十五センチほどしかない体を精いっぱい伸ばして答えた。「いいえ、ちっとも」

ルパートは眉をひそめてみせた。「本当に？」

「ええ」パンドラは、彼の継母についての話を聞いてしまったことを認めるつもりはなかった。パンドラ自身に関するコメントについては、少なくともダンテ・カーファックスの発言はさほど失礼ではなかった。それにとても喜べない公爵の意見も、社交界の大半の人間と同じで、個人的に知っているからではなく単なる噂に基づいたものだ。

少なくとも、ルパート・スターリングが、サグドン卿の不心得な求愛から彼女を救い出すはめになるまでは。

パンドラは大きくため息をついた。「そろそろ失礼したほうがよさそうですね」

「異存はない」ルパートは同意した。「公爵夫人の執事が、馬車を正面玄関ではなく裏口にまわすように手配してくれた。そうすれば、ぼくたちは使用人専用の通路を通って厨《ちゅう》房《ぼう》から外に出られるから、ほかのゲストにでくわして、きみのその……身なりを不審に思われることもないだろう」

淡々とした口調で言い足した公爵を、パンドラは驚いて見やった。

「〝ぼくたち〟？」ゆっくりと問いかえす。

ルパートは誤解していた。パンドラが驚いているのは、てっきり屋敷を出る方法のせいかと思っていたが、そうではなくて、自分も一緒に行くつもりだと言ったからだった。

「ぼくたちだ」ルパートはきっぱりと言いきると、パンドラの肘をそっと取ってドアを開け、先に部屋を出るよう彼女を促した。

けれどもパンドラはそうはせずに、不安をにじませた顔でルパートを見あげた。

「自分でもわかっています。わたしがずいぶん前から社交界であれこれ言われていることは。だから、あなたにも――」

「そして、ぼくもわかっている。ぼく自身、社交界でどう言われているかを」ルパートは威圧的な目つきでパンドラを見おろした。「ぼくの女性に対する行為については、きみもいろいろ耳にしているだろう。だが、今夜はその……お世辞とは言いがたい見解を事実だと証明する気分ではないから、安心するがいい」

それを聞いて、パンドラは胸をなでおろした。ピンチから救い出されたはいいが、さらなる窮地に追いこまれたらどうしようと、一瞬、心配になったのだ。

もっとも、第八代ストラットン公爵のように、気品を漂わせたハンサムで魅力的な男性に迫られるのを窮地だと思う女性など、めったにいないにちがいない。

実際、不幸な結婚に身を落とす以前なら、これほど端整な顔立ちで結婚相手にふさわしい紳士に好意を示されれば、パンドラは大いにうれしく思っただろう――いや、有頂天になっていたにちがいない。けれども、それももはや夢と消えた。いまは、とにかく誰からも好意を持たれたくなかった。

「でしたら、行きましょう」パンドラはしぶしぶうなずくと、外套のフードを目深にかぶって髪と顔の上半分を隠した。

だが、いくら変装しようが、使用人に気づかれずに通路や厨房を通り抜けるのは不可能に決まっている。

ルパート・スターリングほど顔の知られた紳士が、自信に満ちた足取りで隣を歩いていれば、いやでも注目を浴びるだろう。自分たちのあいだを堂々と通るハンサムな公爵を見て、ソフィアの使用人たちは色めき立ち、その横にいる外套姿の女性に好奇の目を向けるはずだ。

「おそらくきみもぼく同様、誰にも気づかれずに帰りたいと望んでいるだろうが、あいにくそれは無理だろう」大勢のゲストが集う絢爛《けんらん》たる屋敷の裏の暗い通路を進みながら、ルパートは重苦しい口調で認めた。

「わかっています」

裏口に馬車が一台しか停《と》まっていないのを見て、パンドラは眉をひそめた。洗練された黒い馬車で、公爵の姿を見るなり、馬丁がストラットン家の紋章のついた扉に歩み寄って大きく開けた。

「わたしの馬車はまだ着いていないようですね」

「きみの馬車は来ない」公爵はぶっきらぼうに言うと、パンドラの腕を取ったまま自分の馬車へ向かった。「世間からどう言われようが、ぼくは乳母と家庭教師に礼儀作法をしっかり教えこまれて育った。もっとも、つねに実践しているとは言えないが」彼は眉を上げ、パンドラが先に公爵家の馬車に乗りこむのを待っていた。「そうした教えのひとつに、〝紳士たる者、困っている貴婦人を見捨ててはならぬ〟というものがあるんだ」ルパートは口調をやわらげた。

だがこの瞬間、パンドラが困っているのは、ルパート・スターリングのせいだった。ストラットン公爵の馬車に乗っているのを街角で見られ、自分の馬車ではなく、紳士の馬車で帰宅したところを使用人たちに迎えられる場面を想像したからだった。

3

パンドラは震えながら息を吸った。

「今回に限っては、乳母や家庭教師の教えを無視してもかまわないと思いますけど」

一瞬、含みのある沈黙が流れたのち、ルパート・スターリングはとうとうこらえきれずに大声で笑い出した。

「友人のダンテ・カーファックスは、きみが個性的な女性だということを言い忘れていたようだな」ひとしきり笑ってから、ルパートはパンドラのことを見直したかのようにつぶやいた。

「それは……たぶんわたしがそうではないからです」

見定めるような冷ややかなグレーの視線がまっすぐ向けられているのに気づいて、パンドラはうろたえた。

「ぼくはそうは思わないな」ルパートはゆっくりと言った。

「もちろん独断ですわ」パンドラはよそよそしくうなずいた。「でも、わたしは本当にひとりで、自分の馬車で帰りたいんです」

「なぜ?」

パンドラはますます動揺した。「なぜって――」

「ひょっとして、公爵家の馬車にぼくとふたりきりで乗るのが怖いのか?」

「そんなことありません」暗がりの中、パンドラは彼をにらんだ。

「それなら問題ないだろう」

ルパートは満足げに口を結ぶと、パンドラを抱きかかえるようにしてランタンの灯《とも》された馬車に乗せ、豪華な革張りの座席に座らせた。続いて自分もすばやく乗りこんで、向かいの席に腰を下ろすと、馬丁に向かって短くうなずいて扉を閉めるよう合図した。すぐに馬車は揺れはじめ、走り出したのがわかった。

いったい馬車がどこへ向かっているのか、パンドラには見当もつかなかった。というのも、公爵は彼女の屋敷がロンドンのどこにあるのか、いっさい尋ねなかったからだ。

ルパートは細めた目でパンドラをじっと観察した。馬車の中に灯されたランタンの温かな明かりが、彼女の姿を隅々まで照らし出す。髪とまつげは輝かんばかりの金色で、あの深いすみれ色の瞳をみごとに際立たせている。肌はなめらかな象牙色、唇は熟れたラズベリーのようだ――ふっくらとして、ちょっぴり突き出したその唇は、ふたりの紳士が彼女を奪いあうのも無理はないと思わせるほどの色気をにじませている。それは、先ほどシュミーズ越しに見えた、驚くほど豊かな胸の頂と同じ色だった……。

ヘアピンを外したら、金色の巻き毛があの美しい、いやでも目を引く胸に垂れかかり、そのあいだから熟れたラズベリーのような頂が誘うように顔をのぞかせるのだろうか？　それだけでなく、すっかりドレスを脱がせたら、脚のあいだの巻き毛もやはり同じ金色の輝きで誘いかけてくるのか……？

ちくしょう、何を考えているんだ。ここに座って、男の運命を狂わせるパンドラ・メイベリーの裸体を思い描いたりしなくても、ただでさえ自分の人生はこみ入っているというのに。

「あんなふうに乗せてもらわなくても、けっこうです」パンドラは取り澄ましたように言って沈黙を破った。「まだ若いから脚も丈夫ですし、あなたの手を借りなくても馬車には乗れます」

「だが、きみはそうしようとはしなかった」ルパートはそっけなく指摘した。いましがた自分が無意識のうちに考えていたことが、ひどく気に入らなかった。

「それは、さっきも言ったように、自分の馬車を見つけようとしていたから……」

「ぼくがそうさせるわけにはいかない理由は、さっきも説明したはずだ」ルパートはこの話の展開に、もともとないに等しかった忍耐力が限界に近づくのを感じた。明らかに馬車に乗るのをいやがっている目の前の相手をにらみつけた。

象牙色の頬が赤く染まって、つややかなまつげが下がる。「今夜、あなたに助けてもらったことは、本当に心から感謝して――」

「いまのその態度からは、とてもそうは思えない」

パンドラは傷ついたように顔をしかめ、狭い馬車の中でルパート・スターリングを見つめかえした。非難されるのも無理はない。馬車に乗ってからは、とても礼儀正しく振る舞っているとは言えなかった。感謝の気持ちを表したいと思っているにもかかわらず、ルパート・スターリングの馬車の中に彼とふたりきりでいると思うと、パンドラはどうしても平静ではいられなかった。

顔や胸もとにあからさまな視線を感じて、ただでさえ疲れきった体は、用心深く身がまえてこわばっていた。しかも頭の中で分別が警告しているにもかかわらず、パンドラも相手と同様、真向かいに座っている男性の存在を意識せずにはいられなかった。

彼の金色の髪はいまや乱れて眉にかかり、耳やうなじのところでカールしている。ランタンに照らし出された高い頬骨と角張った顎には、険しさがにじみ出ていた。あいかわらず細めたグレーの目から放たれる鋭い視線とは対照的に、手脚は革張りの座席にだらりと投げ出されている。

これほど容姿端麗な紳士に出会ったのは、パンドラにとって生まれてはじめてだった。少年のような美しい顔立ちに黒髪と青い目が魅力的だったバーナビーでさえ、ルパート・

スターリングにはかなわないだろう。

だが、折に触れて耳にする数々の噂《うわさ》のせいで、彼はこの上ない危うさを秘めてもいた。それゆえ、彼とふたりきりの状況に置かれて、パンドラは心穏やかではなかった。

「自分の馬車で帰りたいと言ったのは、今夜、これ以上あなたに迷惑をかけたくなかったからです」

筋の通った高貴な鼻の穴がふくらんだ。「できれば話題を変えたいんだが、かまわないか？」

パンドラは目をぱちくりさせた。「もちろん。あなたがそうしたいのなら」

「正直なところ」ルパートは短くうなずいた。「同じことを繰りかえし話すのには、うんざりしてきたんだ」

家まで送ると申し出たことを後悔しているのだろう――そう考え、パンドラはしかたなくうなずいた。公爵は尊大な態度で顔をそむけると、窓の外に目を向け、月明かりに照らされたロンドンの通りを行き交うほかの馬車を見つめた。

結婚生活を送っているあいだ、パンドラは社交界に入り浸っていたと言っても過言ではなかった。事実バーナビーは、夫に同伴して社交界で開かれるあらゆる舞踏会やパーティに出席するのも妻の務めだと考えていた。おかげでパンドラは、そうした場でのやりとりのほとんどを占める、礼儀正しくも意味のない世間話をすることを覚え、自分自身の考えや意見は口にしないことにも慣れた。

実際、このシーズンが始まって間もなく、ソフィアやジュヌヴィエーヴと出会って親しくなるまで、社交界には聡明《そうめい》な紳士や貴婦人はいないものと思いこんでいた。ましてや、誰ひとりそうした虚《むな》しい会話を退屈だと感じたりはしないと。

ところが、どうやらルパート・デビル・スターリングも無意味な会話を楽しめないようだ。

パンドラは好奇心をそそられて、心持ち身を乗り出した。

「それなら、文学の話はどうかしら？　あるいは政治とか？」

公爵の眉が上がった。「本当に？」

パンドラはうなずいて、彼をじっと見つめた。「わたしの父はギリシア文学の学者だったんです。おかげでわたしも、どちらの話題にも通じているの」

ルパートは苦笑せざるをえなかった。またしても、自分がこの魅惑的な美しいすみれ色の瞳の虜《とりこ》になっていることに気づいたのだ。「なるほど。それで、きみはパンドラと名づけられたのか？　珍しい名前だと思った」

記憶が正しければ、ギリシア神話に登場するパンドラは、神々からあらゆる贈り物を与えられた美しき女性。その好奇心ゆえに禁断の箱を開けてしまい、人類に災いをもたらした女性だ。

目の前の女性が、美しいと言われる神話のパンドラに負けない美貌の持ち主であるのは疑いようがないが、彼女もやはり同じように、人類を破滅させる力を持っているのだろうか？

あの不幸な結果を招いた決闘について一年前に流れた噂が本当だとしたら、疑問に対する答えは明白だ。

パンドラはルパートに用心深い目を向けた。

「この名前をつけることで、父はわたしに気品と美しさを兼ね備えた女性になってほしいと願っていたのかもしれません」

「だとしたら、お父上の願いは叶《かな》ったことになるな」ルパートは認めるようにうなずいてみせた。「それにしても、きみのお父上は忘れていたのだろうか。パンドラが箱を開けたせいで地球上の人類や動物に、ありとあらゆる災いがもたらされたと言い伝えられていることを」

パンドラに気品と美しさが与えられたことを認めながらも、その言葉は冷たく響いた。無理もない。間髪を入れずに、遠まわしな侮辱が続いたのだから。

「父が生きていたら、はたして厄災はパンドラのせいだったのか、それとも人類に非があったのか、喜んであなたと議論したでしょうね」

あざけるようなグレーの目の上で、金色の眉がつりあがる。「きみのお父上は、人類がみずから破滅をもたらしたと考えていたのか？」

パンドラもほっそりした眉を上げた。「あなたの意見は違うの？」

ギリシア神話は言うまでもなく、その哲学について女性と話しあったことなど、ルパートの覚えている限り、これまで一度もなかった。どうやらパンドラの父親は博識な人物で、ひとり娘に教育を授けることになんのためらいもなかったようだ。

その容姿の抗《あらが》いがたい魅力のせいで、ルパートはすでにパンドラを馬車に乗せたことを後悔していた。その上、男を惑わす魔性の女というのが単なる噂で、実際にはもっとすばらしい女性だったなどとは知りたくもなかった。

「どこへ向かっているのか、教えてもらえるかしら？」

「なんだって？」物思いを遮られ、ルパートは眉をひそめた。

「馬車がどこへ向かっているのか、教えてほしいと言ったんです」もともとセクシーなかすれ声が、不安に煽《あお》られていっそうなまめかしく聞こえた。

ルパートはけだるげな笑みを浮かべた。「ふたりで無事に馬車に乗りこんだとして、感情的になった女性の相手を楽しめるかどうかわからなかったからね。きみがじゅうぶんに落ち着いて、住んでいる場所を訊《き》けるようになるまで、ロンドン市内を走りまわるように御者に命じたんだ」

「わたしの家はジャーミン・ストリートです」寂しげな笑みを浮かべつつ、パンドラは彼が御者に行き先を伝えるのを静かに待ってから続けた。「確かに、さっきはサグドン卿《きょう》の厚かましい行為に動揺していたけれど、そう簡単に卒倒するような女だと思われるのは心外だわ」

実際は、それまで上品な紳士を気取っていた男にドレスを破られ、やすやすと抱き寄せられたとき、パンドラは危うく卒倒しかけた。だが、そのことをわざわざ公爵に打ち明ける必要はない。

「それなら、いったいきみはどんなタイプの女性だというんだ？」

パンドラは公爵を疑わしげに見やった。しかし、向かいの座席の背にもたれてくつろぐ紳士の謎めいた表情からは、何も読み取ることはできなかった。

「世間の噂を聞いて、あなたは――」

「ぼくの考えはすでに明らかにしたはずだ。きみについて、あるいはほかの誰についても、世間がどう見ているか、あるいは見ないようにしているかということについて」彼女の言葉を打ち消すように、公爵は長く美しい手を振ってみせた。

パンドラは舌の先で唇を湿らせた。

「だったら、さっきの質問は理解できないわ。もっとも、わたし自身の自分に対する評価は明らかに他人と異なるけれど」

「明らかに？」公爵は眉をひそめた。「ぼくの場合、世間からは傲慢で自信過剰、おまけに女性に対して不品行だと思われているが、あいにくぼくは、それに反論することはできない」

あまりにも率直な自己評価に、パンドラは思わずほほえんだ。

「だけど、本当のあなたはそんな人ではないでしょう？」

公爵の眉が上がる。「本当の？」

パンドラはうなずいた。「今夜のあなたは、騎士道にかなって親切だったわ」

「言っておくが、ぼくに人徳があると思わないほうがいい。実際のところ、そうではないし、そうありたいとも思っていない」ルパートは釘《くぎ》を刺した。

パンドラは首を振って、やさしく言いかえした。

「いいえ、あなたが思いやりのある人だということはよくわかっているわ。その証拠に……さっきはサグドン卿に無理やり迫られていたところを、こともなげに助け出してくれた」

公爵は口を結んだ。「あいにく、その行動がきみとほとんど関係なかったと言ったら？今夜のぼくは、すでにむしゃくしゃしていたから、とにかく誰かを殴りたくてたまらなかった。誰でもよかった。理由など、どうでもよかったんだ」

先ほど聞いた彼とシャーボーン伯爵との会話を思い出して、パンドラには公爵がなぜ不機嫌だったのかわかったような気がした。

「それなら……あなたがああいう行動に出た理由はどうであれ、結果的にわたしは助かったとだけ言っておきます」

ルパートはパンドラに訝《いぶか》しげなまなざしを向けた。

「それなら、ぼくも言わせてもらおう。パンドラ・メイベリー、きみは世間で言われているような女性とはまったく違う」

思いがけない言葉に、パンドラは歌うような声で笑った。「まあ。そう言ってもらえてうれしいわ、閣下――」

「ルパートだ」

パンドラはふいに口をつぐんだ。隠せないとまどいが顔に浮かんだ。「いま、なんて？」

ルパートは目を細めてパンドラを見つめた。「ぼくのことは〝ルパート〟と呼んでほしい」

座席の背もたれに体をくっつけ、パンドラは精いっぱい彼から離れた。「そんなに親しく呼びかけるわけにはいきません」

「なぜ？　きみは公爵夫人で、ぼくは公爵。したがって、社会的には対等な立場だ。それとも、きみにはすでに数えきれないほどの友人がいて、新たな友人はもう必要ないとでも？」ルパートは皮肉まじりに冗談めかして言った。

パンドラは華奢《きやしや》な喉を大きく震わせて唾をのみこむと、かすれた声で答えた。「そうではないことくらい知っているでしょう」

そのとおりだった。今夜の舞踏会で、ルパートはすでに気づいていた。社交界でわざわざパンドラに話しかけるのは、明らかに下心のある紳士だけだと。たとえばサグドン卿のような。

「今夜の女主人と、彼女の友人のウーラートン公爵夫人は、きみとの友情を大切にしているようだが」

たちまちパンドラの表情がやわらいだ。「ええ。ふたりとも、シーズンが始まってから友人として親切にしてくれています」

「そのせいで、彼女たちもあれこれ言われているというわけか」

パンドラが目を見ひらいた。「わたしのせいだと？」

「もしそうだとしたら心配かな？」ルパートは興味深げに尋ねた。

「もちろんです」パンドラはどこから見ても動揺していた――頰は紅潮し、レースの手袋をはめた手で、肩にはおった外套《がいとう》をぎゅっと握りしめている。「わたしのせいで大事な友人たちが社交界から締め出されたりしたら、いやだもの」

「きみ自身のように？」ルパートは手加減しない。

「ええ」パンドラは静かに認めた。

ルパートは肩をすくめた。「あの貴婦人たちは、どちらも自分の友人を選ぶだけの経験と自信があるはずだ。ぼくと同じく」ルパートはかすれ声でつけ加えた。

パンドラは用心深くルパートを見やった。「でも、わたしたちは友人ではなくて、単に知りあったばかりの間柄です」

「だからといって、いずれ単なる知り合い以上の関係にならないとは限らない」ルパートは鋭い目でパンドラを見つめた。「バーナビー・メイベリーとの結婚生活について、聞かせてくれないか」

ふいに話題が変わって、パンドラは驚きの表情を浮かべた。「なんのために？」

「ごく当たり前の好奇心だ。彼が死んだ状況を考えれば、とくに驚くことでもないだろう」ルパートは平然と言ってのけた。

「当たり前、には思えませんけれど」パンドラの顎が挑むようにかすかに上がる。

ルパートは優雅に肩をすくめた。「それはおそらく、きみが渦中の人物だからだ」

すみれ色の瞳が暗くきらめいた。「当然でしょう？　バーナビーはわたしの夫だったのだから」

「愛しあって結婚したのか？　少なくとも、メイベリーの側から見れば、そうだったかもしれないが」ルパートは考えこむように言った。

パンドラは表情を曇らせた。「社交界のほとんどの人たちと同じように、わたしたちも政略結婚でした」

「それで幸せだったのか？　せめて最初のうちだけでも？」彼は尋ねた。

とんでもない。

ほとんど結婚式が終わると同時に、パンドラは気づいたのだ。バーナビーが自分と結婚したのは、単に若くて世間知らずで従順な妻を必要としていたからだったと。そうすれば、シーズン中は舞踏会にエスコートし、彼がロンドンや田舎に数多く所有している屋敷では、女主人として雑事を任せることができる。要するに、自分が選んだ生活スタイルの妨げにならない妻を求めていただけだった。結婚する前でさえバーナビーは情熱的に愛をささやくことはなかった。むしろ夫婦になると、そうした愛情表現を期待することは見当違いだと、きっぱりと言いきったのだ。

さんざん悩んだ挙句、パンドラは、その愛のない結婚をみずからの宿命として受け入れるほかないと気づいた。少女のころから夢見ていた大恋愛の末の結婚をあきらめざるをえないとしても、失望するのはほかの誰でもない自分ひとり。つまり、自分ひとりが我慢すれば、すべてが丸くおさまると考えた。

けれどもそうしたいきさつを、傲慢で人を小ばかにしたような目の前の紳士に打ち明けるつもりはこれっぽっちもない。たとえ、どんなにしつこく訊かれようとも。

「どうやら着いたみたい」見覚えのある景色に気づいて、パンドラはほっとして言った。

馬車が停《と》まり、馬丁が急いで駆け寄って扉を開けるのを待つあいだ、一刻も早く馬車を降りようと腰を浮かせた。「本当に、今夜は助けていただいて、どうもありがとうございました」

「明日、あらためてきみを訪ねよう」

「なんのために？」馬車から降り立つなり、パンドラは驚いて振り向いた。

ルパートは月明かりに白い歯をきらめかせてほほえみながら、自分も馬車を降りてパンドラに並んだ。「もちろん、今夜の恐ろしい出来事からきみがすっかり立ち直っているかどうか、この目で確かめるためだ」

この尊大で傍若無人な紳士に関する限り、〝もちろん〟も何もなかった。ましてや、明日でも、それ以外の日でも、パンドラは彼に訪ねてきてほしいなどとは思ってもいなかった。

だが、誰にも見られないようにじゅうぶん用心したにもかかわらず、今夜、ソフィアの舞踏会から外套をはおった女性が出てきてストラットン公爵の馬車に乗りこんだという噂は、明日の朝にはロンドンじゅうに広まっていることだろう。たとえ、彼が翌日に堂々と訪ねてきて、火に油を注ぐような真似《まね》をしなくても。

「お気遣いいただかなくても、わたしはもうすっかり立ち直っていますから」

「それでも、助けたからには、明日きみの無事をきちんと確かめるのがぼくの義務だ」ルパートは譲らなかった。

パンドラは不満げに彼を見あげた。ついさっきまでは、そうした細かい気配りとは無縁のタイプの男性であることが言葉の端々に表れていた。その一方で、そういう自分も、じっと控えていた馬丁の存在を意識して、遠慮がちに受け答えしていたのも事実だった。

いくら馬丁がふたりの会話にまるで関心を払っていないように見えたとはいえ、実際には、ひと言残らず耳を傾けていてもおかしくはない。そして今夜、仕事から解放されたとたんに、公爵家のほかの使用人たちに噂を触れまわるかもしれない。

使用人は主人の行動を逐一把握していないと考えるのは、貴族の思い上がりにすぎない。主人の弱みを握っていないと安心するのは……。

パンドラはめいっぱい背筋を伸ばすと、よそよそしい口調で言った。「どうぞ気のすむようになさってください」

「ぼくはいつでもそうしているよ」ルパートはからかうように答えた。パンドラの手を口もとに近づけると、彼女の驚いた目を悠然と見つめながら、手袋におおわれた指に唇を押しあてた。「では明日」

パンドラは火傷《やけど》をしたかのように、ぱっと手を引っこめた。「さようなら、閣下」

「すぐにまた会えるよ、愛《いと》しいパンドラ」

ルパートはかすれた声でつぶやきながら、屋敷の正面の段を急ぎ足でのぼっていく彼女の姿を、考えこむようにじっと見つめた。パンドラが段をのぼりきると玄関の扉が開き、彼女は一度も振り向くことなく、すべりこむように屋敷の中に入っていった。
それから、自身の屋敷に帰ることを考えて、ルパートの眉間にしわが寄った。
間違いなくそこで自分を待っている女性のことを考えて。

4

「わざわざ訪ねてきてくださって、ありがとうございます」

翌朝遅く、ロンドンの私邸の青とクリーム色を基調にした応接間で、パンドラはうわべだけの丁重な笑みを浮かべて立ちあがると、例のごとく傍若無人な足取りで入ってきたルパートを迎えた。彼女は眉ひとつ動かすまいと努力しながら、執事のベントリーに向かって下がるように合図したが、内心では、公爵が律儀にも翌日に訪問する約束を守ったことにひどく動揺していた。

だが、今朝もあいかわらず驚くほどハンサムなルパートを目の前にしては、動揺を隠すのは至難の業だった。金色に輝く髪は、眉の上と耳もとやうなじで乱れ、セクシーな、それでいて天使のように整った顔にグレーの目が鋭くきらめいている。シルバーのベストと真っ白なシャツの上にはおった極上のダークグレーの上着は、広くたくましい肩を際立たせ、長く形のいい脚は黒いパンタロンに包まれ、黒のヘシアンブーツはぴかぴかに磨きあげられていた。

「閣下、ご紹介します。彼はわが家のお抱え弁護士、ミスター・アンソニー・ジェソップ」パンドラは一緒に部屋にいた、まずまず若い黒髪の紳士に向き直った。「ミスター・ジェソップ、こちらはストラットン公爵よ」

ふたりは以前からの顔見知りだったらしく、弁護士の丁重なお辞儀に対し、公爵は短くうなずきかえしただけだった。ルパートの鋭いグレーの目に見つめられて、アンソニー・ジェソップは慌てた様子でテーブルの上の書類をかき集めた。

「じゃあ、落ち着いたらすぐに連絡してくださいね、パンドラ」弁護士はパンドラに笑顔を向けた。

パンドラが今朝いちばんに事務所に連絡を入れると、アンソニー・ジェソップは一時間もしないうちに訪ねてきた。だがいまとなっては、彼女は用件を手際よく終わらせてしまったことを悔やまずにはいられなかった。おかげで、公爵に帰ってもらう格好の口実を失ってしまった。

「ええ、そうするわ」パンドラはにっこりほほえみかえして執事を呼んだ。

アンソニー・ジェソップはバーナビーの生前から彼の弁護士を務め、最近ではパンドラの相談に乗っていた。この一年間、パンドラがロンドンの屋敷を切り盛りするだけでなく、みずからの財産を管理するにあたってもどうにか無事にやってこられたのは、ひとえにジェソップの協力があったからだ。

弁護士は自分よりもわずかに年下の紳士に頭を下げた。「それでは、失礼いたします、閣下」

「ああ」ルパートはにこりともせずにうなずくと、弁護士が執事とともに出ていくのを待ってから口を開いた。「大掃除でもやっているのか、パンドラ？」

パンドラは驚いて問いかえした。「どういう意味ですか？」

「玄関広間に旅行鞄《かばん》がいくつかあったようだが。貧しい者に寄付するために回収してもらうんだろう？」

ルパートのあけすけな物言いに、パンドラは思わず息をのんだ。今朝も、昨晩のざっくばらんな会話を続けるつもり？　社交辞令のひとつもなく？

それでも、パンドラはどうにか自分のペースに持ちこもうとした。「飲み物をお持ちしましょうか、閣下？」問いかけるように公爵を見た。

ルパートはパンドラの儀礼的な態度に顔をしかめた。「いや、いらない」

「それなら、どうぞおかけになってください」パンドラは動じることなく、自分が座り直した窓際のクリーム色のソファから最も離れたところにある、肘掛け椅子をすすめた。

その言葉をあからさまに無視すると、ルパートは断固とした足取りで部屋を横切り、大柄な体をパンドラの横のソファに沈めた。とたんにパンドラは、彼の存在感に圧倒された。否が応にも感じる彼のエネルギーを気にしないようにしたが、虚《むな》しい努力に終わった。

「どういう状況なのか説明してもらえないか?」ルパートが問いただした。

「状況?」

引き締まった、それでいて官能的な口もとに、おもしろくもなさそうな笑みが浮かぶ。

「広間に旅行鞄が置いてあることと、なれなれしい弁護士がきみの応接間にいたことについて」

「それより、今朝はとてもいい天気だと思いませんか、閣下?」パンドラは屋敷の裏にある、手入れの行き届いた日当たりのいい庭に目を向けた。「ここには馬に乗っていらしたの?　それとも馬車で?」

「それがどうした?」ルパートは苛立《いらだ》たしげにパンドラの問いかけを退けた。

「わたしはただ――」

「きみが〝ただ〟どうしたいのかはわかっているよ。だが、あいにくぼくはここに座って、きみと形式的な意味のない会話をするつもりはない」ルパートはパンドラに厳しい視線を向けた。「もう一度訊《き》く。なぜ朝っぱらから弁護士が来ていたんだ?　広間に置いてある、あの旅行鞄はなんだ?」

彼の執拗《しつよう》な態度にむっとして、パンドラは眉をひそめた。「せめて、礼儀正しい会話ができるふりだけでもしたらどうですか?」

「断る」

パンドラは落ち着かない様子で立ちあがった。「ゆうべも言ったように……あの不愉快な出来事からはすっかり立ち直っていますので、どうぞご心配なく」彼女はこれみよがしに眉を上げた。

ルパートは明らかな非難のまなざしを無視した。実際、パンドラはサグドンの露骨な求愛から、少なくとも表面上は完全に立ち直っているようだ。今日も美しくカールした金髪を巻きあげ、こめかみやうなじに後れ毛を垂らしている。淡い藤色の洗練されたドレスは、深いすみれ色の瞳と、ほんのり赤く染まった象牙色の頬をみごとに引き立てていた。

そう、確かに表向きは本人の懸命の努力の甲斐《かい》あって、パンドラ・メイベリーはどこから見ても優雅で礼儀正しい女主人だ。ルパートは頑として認めたくなかったが、彼女のすみれ色の目は昨晩とまったく変わらぬ美しい魅力をたたえているし、ふだんなら間違いなくそのまま隠しとおすことができただろう。目の下にできた、かすかな隈《くま》に気づかなければ。

もっと言えば、頬の赤みが自然なものではなく、念入りな化粧だと見抜くことができなければ。あるいは、礼儀正しく笑みを浮かべた口もとがこわばっていると気づかなければ。長く優雅な首は早鐘のごとく脈打ち、藤色のドレスの深い襟ぐりの下では、ふくよかな胸がせわしなく上下していると。

そして、あの弁護士――彼女を〝パンドラ〟と呼ぶ厚かましい男と、広間に置かれた意味ありげな旅行鞄をなんとも思わなければ。

こうしたことすべてに気づかなければ、パンドラは昨晩の出来事から完全に立ち直っていると断言できただろう。

「喜ぶといい。今朝早く確かめたところ、サグドン卿《きょう》はこれから先の予定をすべてキャンセルして、いまこの瞬間にも、週末までにヨークシャーにある一族の領地に帰るための準備を進めているところだ」

「よかった、ひとまず安心だわ」パンドラは明らかにほっとした表情でうなずいた。

ルパートは苛立たしげに立ちあがって声を荒らげた。「これでさっきの質問に答えられるだろう」

「大きな声を出さないでいただけるかしら」

いいぞ――ルパートは心の中で満足げにうなずいた。彼は美しいすみれ色の瞳が反抗的にきらめいたのを見逃さなかった。変に取り澄ましているよりも、こっちのほうがずっといい。

「いいだろう」ルパートはそっけなく応じ、冷静な口調で用心深く続けた。「よかったら、なぜきみの持ち物が旅行鞄につめられているのか、それから、なぜ今朝弁護士を呼んだのか説明してほしい。もちろん、あの男は今朝ここに来たんだろう?」

パンドラは苛立ちもあらわに眉をひそめた。「広間に旅行鞄があって、弁護士を呼んだのは、もちろん今朝になってからです」しかつめらしく言い添える。「理由は、わたしがロンドンを発《た》つから」

やはり疑っていたとおりだとわかって、ルパートは不満を隠さなかった。「サグドンと同じ時期にロンドンを離れるのは、賢明とは思えないが」

パンドラの頬が怒りで紅潮した。「単なる偶然よ」

「ぼくはわかっている。だが、世間はそうは思わない」

「たしか、わたしたちはお互いに同じ意見ではなかったかしら？　わたしが何をしようと、世間の人は勝手なことを言うものだと」

ルパートの表情が険しくなる。「自分の発言を逆手に取られるのは好きじゃないね」

パンドラは華奢《きゃしゃ》な肩をすくめた。「たとえ事実でも？」

「いつ出発するんだ？　どこへ行くつもりだ？　いつまで？」

パンドラはレースの手袋をはめた手をなげやりに振ってみせた。「荷造りが終わって、準備がすべて整いしだい。行き先や期間は……数日中に考えるわ」

目を細めると、ルパートは非難するようにパンドラを見つめた。ゆうべ、彼女を度胸のある女性だと思ったのは勘違いだったのか？　サグドンに暴力と言葉で傷つけられても、必死に泣くまいとしていた姿は目の錯覚だったのか？　帰りの馬車の中で、ルパートの侮辱に対して毅然《きぜん》とした態度を崩さなかったように見えたのは。「つまり、世間体に屈して逃げることにしたわけだ」

「そういう見方は公平じゃないわ」いまやパンドラの頬は真っ赤だった。

ルパートは肩をすくめた。「不公平なのは人生だよ、パンドラ。ぼくじゃない」

パンドラの顎がつんと上がる。「わたしは逃げも隠れもしないわ、閣下。ただ、世間がまだ一年前の出来事を許していないと……あるいは、忘れていないと考えただけ」

ルパートはあざけるような笑みを浮かべた。「きみがいつまでも尻尾を巻いて逃げてばかりいたら、永久にそのままだ」

知りあったばかりで、パンドラに失望したと言えば、相手に干渉しすぎることになる。つねに他人と距離を置いて、冷ややかな目で見つめているルパートにとって、それは相容《あいい》れない行為だった。

くそっ。昨晩、ストラットン邸へ戻ってからの不愉快な出来事を思い出すだけで、女性がいかに気まぐれな生き物であるかを実感するにはじゅうぶんだった。あまりにも不愉快で、いまのパトリシア・スターリングとの関係は、もう一日たりとも――いや、一時間でさえ続けられないと思ったほどだ。

「口で言うのは簡単だわ」こらえた涙が深いすみれ色の美しい目を潤ませる。「ずっと信じて耐えてきたけど……」パンドラはかぶりを振り、目をしばたたきながら必死に涙を流すまいとした。「ゆうべのことがあって、はっきりと気づいたの。いま、わたしがロンドンにいてもなんの意味もないと」

「きみにはふたりの友人がいるじゃないか。クレイボーン公爵夫人と、ウーラートン公爵夫人が」

パンドラはため息をついた。「ええ。彼女たちには感謝の言葉もないくらいよ。でも、わたしがしばらくロンドンを離れたほうが、ふたりのためにもなるわ」

ルパートはうんざりしたように鼻を鳴らした。「だから、それが逃げているというんだ」

「わたしが、まるで憎むべき罪を犯しているような言い方はやめて」パンドラは不満げにルパートをにらんだ。ルパートに対しても、また、こうもやすやすと立ち入った話を許してしまった自分に対しても、ひどく困惑していた――あれだけ固く決意をしていたはずなのに。

昨晩、パンドラはベッドの中でなかなか寝つけずに考えていた。明日、ルパート・スターリングが本当に訪ねてくるようなことがあれば、精いっぱいの努力をして、互いに礼儀正しい他人どうしのごとく会い、別れようと。もちろん、このまま自分とかかわりつづけることで社会的に不利な立場になると彼が気づけば、きっと思い直すはずだと思っていたが。

ところが、本当に現れたばかりかルパートがいっさいの社交辞令を省いたため、距離を置けなくなってしまった。

パンドラは金色の巻き毛を揺らしながら、あきらめたようにかぶりを振った。「あなたは軍隊にいたんでしょう?」彼女は確信して尋ねた。

ナポレオンと戦うために陸軍で過ごした歳月が脳裏によみがえり、ルパートの表情はいっそう険しくなった。「それがこの話といったいなんの関係があるんだ?」

パンドラはかすかにほほえんだ。「長年の経験を通じて、勝ち目のある戦いに挑むのは勇敢だけど、勝ち目がない場合には撤退したほうがいいと……そのほうがむしろ賢明だと学ばなかったのかしら?」

「それは違うな」ルパートは、いまやおなじみとなった尊大な口調で否定した。そのグレーの目は、けっして妥協しない頑固さをにじませている。「戦う前から負けることなど考えもしない。きみのほうこそ、とっくに学んでいるはずだ。世間の人間は移り気で、流行や思いつきに流されているだけだと。ただし、彼らが唯一、許しもせず、忘れもしないものがある。それは臆病者だ。ただ一度の出来事のせいできみがロンドンを去れば、ぼくは、そして結果的に彼らは、間違いなくきみを〝腰抜けの臆病者〟だと思うだろう」

「ただ一度じゃなくて」パンドラは耐えきれずに憤慨し、声をあげた。「これまでさんざん味わってきた辛苦の、とどめの一撃よ」

「きみは臆病だ、パンドラ」

もしパンドラが暴力に訴える性格だったとしたら、まさにこの瞬間にも、ルパート・スターリングの高慢ちきな引き締まった頬を喜んで引っぱたいてやっただろう。しかし実際には、例のサグドン卿を別にすれば、パンドラは二十四年間の人生で他人を殴ったことなど一度もなかった。バーナビーとの不幸な結婚生活のせいで、かつて内に秘めていたあらゆる衝動が少しずつ、けれども確実に消え失《う》せた。だからこそ、かならずしもとは限らないが、いまのような場合でもたいていは平然と落ち着いていられるのだ。彼女はそう考えていた。

ここで、腹立たしいほど冷酷無情なルパート・スターリングの挑発に乗るのは、明らかに賢いとは言えない。われを忘れて感情を爆発させても、かえって自分がみじめになるだけだ。

「それがわたしに対する正直な意見だとしたら、残念ながら改めることは難しいでしょうね、閣下」

「もう一度〝閣下〟と呼んだら、残念ながら、ぼくはきみの意にそわない行動を取らざるをえない」ルパートはきれいに並んだ白い歯を食いしばって警告した。

「そもそも、閣――あなたは、なぜわたしのことに口をはさむの？」氷のようなグレーの目が細められても、パンドラは臆することなくルパートを見すえた。「ひょっとして、わたしが社交界に復帰したのを、お涙ちょうだいの芝居か何かだと思っているの？　一日かそこら、あるいは退屈するかほかの気晴らしが見つかるまでのあいだ、楽しめるとでも？」

その質問については、ルパートはまだ答えたくなかった。とりあえず、いまは自分がパンドラ・メイベリーを求めていると認め、彼女のほうも助けを求めているはずだと考えるだけでじゅうぶんだった。

ルパートは肩をすくめた。「今日ぼくがここに来たのは、ゆうべの出来事があって、きみの無事をこの目で確かめたかったのはもちろんだが……」先ほどのパンドラと同じく、わざと焦《じ》らすように言う。

「もちろん、ね」パンドラはそっけなく繰りかえした。

「きみに伝言があるからだ」ルパートはよどみなく続ける。「ヘイバラ伯爵夫人からだ。今夜のオペラにきみを招待したいそうだ。伯爵夫妻のボックス席に」

思いがけない、そして途方に暮れる招待の話に、パンドラは思わず息をのんだ。「覚えている限り、ヘイバラ伯爵夫妻とは面識もないはずだけど」

「だが、ぼくはある」

パンドラはルパートの満足げな口調に警戒して身がまえた。

「どういうことかしら」

「伯爵夫人は母方の叔母なんだ」

「その叔母さまが、今夜、わたしをオペラに招待したいと？」

ルパートは当然だと言わんばかりに眉を上げた。「そう言ったはずだ」

パンドラは顔をしかめた。「つまり、同じボックス席にあなたも招待されていると解釈して間違いない？」

ルパートが尊大な様子でうなずく。「ぼくもグループの一員となる予定だ」

「それで、そのグループというのは……？」

「ヘイバラ伯爵と伯爵夫人、きみ、そしてぼくだ」

「どうして？」

ルパートの眉がさらにつりあがって、金色の前髪に隠れる。「どういう意味だ？」

「どうしてわたしのエスコート役をわざわざ買って出たの？」

彫刻のような唇が引き結ばれた。「それには理由がある」

やっぱり、思ったとおりだわ。「その理由とやらは、聞かせてもらえるのかしら？」

「だめだ」

またしてもパンドラは、〝悪魔〟というのは単なる呼び名ではないのだと思わざるをえなかった。「わたしがまた人前で恥をかくところを見たくて、今度は親戚の協力を仰ぐつもり？」

とたんに公爵の顎がこわばった。「きみをオペラにエスコートするのが、なぜ恥をかかせることになるのか。よかったら説明してもらいたいね」

パンドラはため息をついた。「今夜オペラに来ているほかの人たちは、きっとわたしを無視するばかりか、わざと会話に入れないようにするにちがいないわ。ことによったら、あなたや伯爵夫妻までも侮辱されかねない」

ルパートは心を動かされたようにパンドラを見つめた。「大丈夫だ。ストラットン公爵であるぼくと一緒にいる限り、社交界の人間は誰ひとりとしてきみを無視することはない。ましてや、会話から外すようなことなど」

彼の言うとおりかもしれない、とパンドラは沈んだ気持ちで認めた。社会的にも政治的にも、ルパート・スターリングは間違いなく一目置かれる人物であり、他人から侮辱されることなど考えられなかった。「あなたの叔母さまたちはどうなのかしら――あなたには楽しみや気まぐれにしか思えなくても、そのせいでおふたりの社会的な立場が悪くなるかもしれないわ」

いかにも誇り高きストラットン公爵らしく毅然としたまま、ルパートはパンドラに哀れむような目を向けた。「叔父も叔母も、ぼくと同じで世間体に関心がない」

「そうは言っても――」

「いい加減にしろ、パンドラ」いつまでも煮えきらないパンドラの態度に、ルパートはとうとう我慢できなくなった。「ぼくたちは今夜、ヘイバラ伯爵夫妻と一緒にオペラへ行く。以上だ」

美しいすみれ色の目に、またしても涙がきらめいた。

「いったいどうして、そんなにわたしを苦しめるの？　過去に、わたしか、それとも夫が、そうと気づかないうちにあなたに失礼なことをしたの？　だからその償いとして、わたしにわざと恥をかかせようとしているの？」

「ばかなことを言うな」

「ばかなのはわたしじゃないわ、ルパート――」

パンドラはふいに言葉を切った。公爵の仕打ちを嘆くあまり、ついうっかり彼を親しげに呼んでしまったことに気づいて、美しい顔に困惑の表情が浮かぶ。

「あの、とにかく……申し訳ないけど、今夜あなたと一緒にオペラになんて行けないわ」パンドラは冷静に続けた。「ゆうべは、やむをえずソフィアの舞踏会に出席したけど、それは彼女をがっかりさせたくなかったからなの。この一カ月、ソフィアはずっとわたしを励まして、親切にしてくれたんですもの。だけど、あなたに対してはなんの義理もないわ」

若いのに落ち着きはらったパンドラの物腰に、ルパートはまたしても感心せざるをえなかった。ひょっとしたら作り話かもしれないが、それでも堂々とした語り口にはちがいない。それだけでなく、他人に対する気遣いも感じられる――ふたりの友人、そしてルパートと、彼の叔父、叔母に対して。

世間で言われているような、結婚して以来ずっと不貞を働きつづけ、そのせいで夫を死に追いやった女性とは、とても思えない。

「ぼくはゆうべ、きみをサグドンから助けてやったんじゃなかったかな？」

パンドラはためらいがちにルパートを見た。「ええ……」

ルパートはぶっきらぼうにうなずく。「その結果、サグドンはぼくの忠告を受け入れて、ぼくたちがこうしているあいだにも、もっと涼しくて風の吹く地方に向けて出発する準備をしている。違うか？」

〝忠告〟という言葉に、パンドラはかすかにほほえんだ。「そのとおりよ」

「だとすれば、きみはぼくに対して恩義があるということになる」

「でも――」

「今夜、七時半に馬車で迎えに来る」口答えしようとしたパンドラを遮って、ルパートはきっぱりと言いきった。

パンドラは信じられないといった表情でかぶりを振った。「あなたみたいに頑固な人には会ったことがないわ」

ルパートは自信に満ちた笑みを浮かべた。まるで悪びれた様子はない。「昔からそう言われている」

パンドラは軽い驚きを覚えた。確かにルパート・スターリングは傲慢で指図がましく、皮肉っぽくて、冷酷なところさえある。おまけに、いまパンドラが非難したように、信じられないほど頑固だ。

けれどもその一方で、女性の不名誉な評判に対してさえユーモアのセンスを忘れず、自分や自身の態度を面白半分に語る。パンドラは、だんだんとルパートのそうした態度を無視できなくなっていた。

ルパートは外見も性格も、亡き夫とはまるで違う。威厳のある物腰も、思わず目を奪われるほど端整な顔立ちも、長身でたくましい体つきも。バーナビーはルパートよりも三、四歳年上だったが、少年のような顔とほっそりした体のせいで若く見えた。ルパートはぜったいに自分の意志を曲げようとはしないものの、裏を返せば、その態度は何があっても彼女を守るという強い気持ちの表れで、彼と一緒にいる限りけっして傷つくことはないだろうとパンドラに思わせた。それは、バーナビーと暮らしていた三年間には一度も感じたことのない気持ちだった。

ただし、ルパート自身に傷つけられることは別として。

彼がまったくの善意から手を差し伸べていると信じるほど、パンドラは愚かではなかった。「でも、やっぱり知りたいわ。あなたは、何が目的でわたしに近づこうとしているのか」

ルパートは眉を上げた。「なぜぼくに下心があると決めつけるんだ?」

すみれ色の瞳が暗くきらめく。「わたしはあなたよりも年下だし、世間からはさげすまれているかもしれない。でも、若さや社会的な立場だけで判断して、わたしが何もわからない人間だと思ったら大間違いよ」

「ぼくがきみをそんなふうに扱っていたとは気づかなかった」

パンドラはかぶりを振った。「ゆうべまでは、わたしたちは口をきいたこともなかった。そして、はじめて口をきいたのは、けっして楽しい状況でも、歓迎すべき場面でもなかった。だから、あなたが親戚にわたしをオペラに招待するよう説得したのは、ただの親切ではなくて、ほかに何か理由があるはずだわ。ひょっとして、わたしを目くらましに利用しようとしているの？　人々の関心をそらすために……あなたがいま親密な関係にある、ほかの女の人から」

この女性が美しいだけでなく、自分に負けないくらい頑固で、驚くほど聡明《そうめい》だということは、ルパートにはすでにわかっていた。だが、それだけではなかった。その鋭敏さに、並みの男なら、たちまちいたたまれなくなるのは間違いない。つまり、パンドラが自分と親友との内輪話に通じていることを知らなければ……。

しかしルパートは、パンドラが自分たちの会話を立ち聞きして、自分と父の未亡人との複雑な関係についてすべて理解しているのではないかという気がしてならなかった。

ルパートはちっともおもしろくなさそうな笑みを浮かべた。「親愛なるパンドラ、きみは今夜七時半、ぼくが迎えに来たときに、オペラを観《み》に行くのにふさわしい服装でここで待っているだけでいい」

ルパートが先ほどの問いにいっさい答えていないのは、明らかに意図的だった。どうやら彼は平然と他人のことに口出しして文句を言う反面、彼自身については何ひとつ明かさないつもりらしい。

それでも、とつぜんのオペラへの招待は彼の継母となんらかの関係があるにちがいないと、パンドラは心の中で信じて疑わなかった。公衆の面前で、人々が眉をひそめて噂《うわさ》をするようなウィンドウッド公爵夫人と一緒にいれば、別の不名誉な関係から周囲の目をそらすことができると。

気持ちとしては、あいかわらずルパートの招待を断りたかったものの、公正を重んじる心がそれを許さなかった。認めたくはなかったが、昨晩、ひとりでは逃れられない窮地から救い出してくれた彼に対しては、明らかに恩義がある。

パンドラはため息をつくと、どうにか背筋を伸ばして言った。「わかりました、閣下。ヘイバラ伯爵夫人の親切なご招待をお受けして、今夜、オペラへ行きます」

「なぜ五分早くその言葉を言えなかった?」ルパートがパンドラをにらんだ。

「ただし、ひとつ条件があります」パンドラは断固とした口調で続けた。「今後、あなたからのこのような招待はいっさい受けません」

細めた目から放たれる視線を、パンドラはまばたきもせずに受けとめた。

表向き、招待はルパート本人からではなく、叔母のセシリアの寛大な心遣いによるものだった。今朝早く、ルパートは叔母を訪ねて、昨晩の出来事を語って聞かせたのだ。それゆえ、彼はパンドラの条件を受け入れることに異存はなかった。

おまけに、とくに好きでもないオペラを観てひと晩を過ごさなければならないのは、ルパートの疲れきった心には、まさに拷問にほかならなかった。

5

「きみは、このくだらない劇を楽しんでいるふりをしているだけだろう?」

耳もとでルパートのささやき声が聞こえても、パンドラはむき出しの肩をぴくりとも動かさなかった。舞台上でオペラの主人公が滔々《とうとう》と、これみよがしに失恋を嘆く場面を、何食わぬ顔で見つめていた。

約束どおり、公爵家の馬車は七時半きっかりに迎えに来た。黒い燕尾《えんび》服と白いシャツで正装したルパートが息をのむほどハンサムなことを、パンドラは心の中で認めざるをえなかった。広くがっしりした肩に外套《がいとう》をはおった彼が黒のシルクハットを取ると、当世風に伸ばしたみごとな金色の巻き毛が現れた。

パンドラは、自分の服装に対する形式的な賛辞を冷静に受けとめた。羽根飾りのついた紺色の帽子は、彼と同じく金色に輝く巻き毛を際立たせ、帽子に合わせた紺色のシルクのドレスは、フレンチスリーブから大胆に肩がのぞき、高いウエストが胸のふくらみを強調するデザインのものだった。袖から伸びた腕は、淡いブルーのレースの手袋で肘の上までおおわれている。

ふたりで劇場へ向かうあいだ、パンドラはよそよそしい態度を崩さなかった。冷たい表情をわずかにやわらげたのは、ヘイバラ伯爵夫人に温かい笑顔で迎えられたときと、伯爵が青い目をきらめかせて、彼女の手袋をはめた手に口づけをしたときだけだ。ルパートがわが物顔でパンドラの肘を取って劇場に足を踏み入れるなり、パンドラはふたたび能面のような表情に戻った。

知り合いにでくわして挨拶されるたび、ルパートは尊大な態度でうなずいたり、頭を下げたりした。中には、公爵の隣にいる女性の正体に気づいて、あからさまに驚く者もいた。だが、ルパートが断言したとおり、そうした紳士や貴婦人たちも、彼の目の前でパンドラを無視するようなことはしなかった。

それでもヘイバラ伯爵家のボックス席にたどり着いたころには、パンドラは脚がどうしようもなく震えて、ルパートの引いた椅子に崩れるように座りこんだ。彼はそのまま後ろに下がり、パンドラの真後ろの椅子に、長身を折りたたむように腰を下ろした。

ルパートがその至近距離を利用して耳もとでささやくと、彼女は温かい息に愛撫《あいぶ》のごとく素肌をなでられるのを感じた。

「念のために言っておくと、閣下、ヒロインがこの世を去ったばかりで、彼女の恋人は悲しみに打ちひしがれているところよ」パンドラは用心深く小声で言った。

周囲の人々が扇で口もとを隠しながらささやき、ことあるごとに自分たちのほうをちらちら見ていることには気づいていた。実際、ふたりは舞台上の公演以上に注目を集めていたと言っても過言ではなかった。

「それなら、なおさらばかな男だ」ルパートはいかにも関心なさげに切り捨てた。「ぼくとしては、そんな女々しい弱虫とかかわるのはまっぴらごめんだね。ところで、きみはどうして宝石をいっさい身につけないんだ？」

ふいに話題が変わって、一瞬、パンドラのなめらかなむき出しの肩がこわばったようにルパートには見えた。だがパンドラはすぐに自制心を取り戻したらしく、今夜ずっとそうしてきたように、あいかわらず腹立たしいほど冷ややかな態度で彼の問いに答えた。

「ときには母の真珠をつけることもあるわ」

「だが、ゆうべも今夜もつけていない」

パンドラの口が固く結ばれる。「ええ」

「なぜ？」

「その話は、オペラが終わるまで待っていただけませんか、閣下？」そう言って、パンドラは同じボックスに座っている伯爵夫妻を意味ありげに見やった。

叔母も伯爵も、下方のステージから聞こえてくる耳障りな歌声に、さっきから熱心に耳を傾けているようだ。

ルパートはあくびをした。「それまでに、退屈すぎて死んでしまいそうだ」

彼の失礼な言葉に、パンドラはこみあげる笑いをこらえて唇を噛《か》んだ。実際、これほど気分の滅入《めい》るオペラはめったにあるものではない――バーナビーとの結婚生活で、数えきれないほどオペラを鑑賞したパンドラがそう思うのだから、おそらく間違いないだろう。

「もうじき解放されるわ」パンドラは請けあった。

「それはありがたい」ルパートは見るからに安心した様子でつぶやいた。「こんなものを楽しいと思って観《み》に来ている連中の気が知れないな」

「楽しいと感じる基準が、ほかの人とは違うのでは？」

「ぼくには、葬式のほうが断然おもしろい」

これにはパンドラも思わずにやりとさせられた。「それなら、お葬式にはあまり参列しないほうがよさそうね」

「ありがたいことに、オペラよりは機会が多い」

パンドラはわずかに眉をひそめた。「そんなにオペラが嫌いなら、なぜ今夜はわざわざ来たの？」

しばし間を置いてから、ルパートは静かに答えた。「おそらく会って、姿を見せるために」

パンドラは身をこわばらせた。「誰に会って姿を見せたいのか、教えてもらえるのかしら?」

「尋ねられれば」ルパートはあっさりと答えた。

パンドラは主人公の嘆きの場面が終わりに近づきつつある舞台から目を離し、観客席を見わたして、そこに座っている紳士や貴婦人たちをひそかに観察した。その中にストラットン公爵未亡人の顔が見つかるかもしれないと考えて——正確には、予想して。

パトリシア・スターリングとは、とくに付き合いがあるわけではなかった。向こうのほうが少し年上で、彼女を取り巻く友人たちも、パンドラの知り合いに比べるとはるかに華やかだった。だが、これまでに何度か会ったことはあるため、昨晩、ダンテ・カーファックスがルパートの好みの女性の特徴を挙げたときに、ありありとパトリシアの姿が思い浮かんだ。すらりと背が高く、均整の取れたスタイルで、黒髪に淡いブルーの目の典型的な美人。

ところが、ひそかに観客席の端から端まで見まわしても、パンドラは公爵未亡人の姿を見つけることはできなかった。

「さっき捜していた目当ての人物は、見つかったのか?」

しばらくして、劇場の外でパンドラを馬車に乗せながら、ルパートはからかうように眉を上げた。彼の叔父と叔母は早々に帰った。四人の子どもを留守番させていた伯爵夫人は、その日、熱を出した末っ子の容態が心配だったのだ。

明日の朝、幼い従妹《いとこ》のアルシアにかわいらしいおもちゃでも送ってやろう。叔母を見送りながら、ルパートは心の片隅にメモをした。

ルパートが帽子を取って馬車に乗りこみ、向かいの座席に腰を下ろしてからも、パンドラの視線はあいかわらず他人行儀だった。

「とくに誰かを捜していたわけではありません」

周囲の目が気にならなくなってもなお堅苦しい態度を崩さないパンドラに、ルパートは口を真一文字に結んだ。

「そうかな？」

「ええ、閣下――」

「きみにその形式張った敬称で呼ばれるのは気に入らないと、何度も言ったはずだ」

パンドラ・メイベリーのような美しい女性と、気の置けない叔父や叔母とともにひと晩を過ごしても、ルパートは昨晩から胸を騒がしている不穏な感情を静めることはできなかった。それどころか、ますます苛立《いらだ》ちはつのるばかりだ。

苛立ち？

それとも興奮か？

今夜パンドラを迎えに行ったときに、色白の美しい顔に映える、吸いこまれそうなつややかなすみれ色の瞳や、紺色のドレスの袖口からあらわになった真珠のように輝く肩、深い襟ぐりから垣間見える胸のふくらみを目にして、ルパートは確かに興奮を覚えた。そして劇場のボックス席で、いつ果てるともわからないあいだ彼女の真後ろに座りながら、あの真珠のような肩や、いっさい宝石をつけていない無防備なほっそりとした首を眺め、それとともに彼女のほのかな香水の香りに包まれるうちに、全身の神経がますます研ぎ澄まされた。

おかげでルパートは硬く張りつめている下腹部のこわばりを静めるために、革張りの座席で身じろぎせざるをえなかった。

パンドラはルパートの不快な状態にはちっとも気づいていない様子で、冷静に続けた。

「そうやって口に出して言えば、相手はどんなことでも、あなたの気に入らないことはやめなければならないの？」

「いかなるときも」ルパートは満足げにうなずいた。

パンドラは聞きとがめるように眉を上げた。「こうして一緒に馬車に乗っているけれど、わたしたちはお互い正式に自己紹介もしていないわ、閣下」

「ぼくはルパート・アルジャーノン・ボーモント・スターリング。チャーウッド伯爵、デヴリン侯爵などを経て、現在はストラットン公爵だ」ルパートはいかにも形式張ってゆっくりと言った。「あなたが望むことならなんだってしますよ、奥さま」

「疑わしいものね」

パンドラのさげすむような表情に、ルパートは眉をつりあげた。「何人もの女性が、これまでにぼくが誠心誠意……尽くしてきたと証言するはずだが」

「それはともかく」パンドラは頬を真っ赤に染めながらも、断固とした口調で続けた。「世間の目をごまかすためにわたしを利用するのは、やめてほしいの」ふっくらとした上唇が不満げにつりあがる。

この子猫には爪がある――ルパートはパンドラの素顔を見透かすように、細めたグレーの目を銀色にきらめかせた。小さな爪が自分の体を引っかき、背中に食いこむのを感じながら、幾度となく彼女の中に身を沈めたら……。

何を考えているんだ。

ルパートにとって、パンドラは目的を達するための手段にすぎなかった。そう、パトリシア・スターリングとの関係を解消するための手段だ。だから、パンドラとの交わりを楽しむことはまったく別問題のはずだった。

もちろんダンテの言うとおり、美しいパンドラをベッドに誘いこむことができれば一挙両得にはちがいないが、けっして必要不可欠なことではない。

「今朝も同じようなことを言っていたね」ルパートはおかしそうにパンドラを見つめた。

「もし父の未亡人のことを言っているのなら、そんな曖昧な言い方はやめて、はっきりそうと言ったらどうだ」

すみれ色の瞳が憤然ときらめいた。

「誰のことを言っているのか、あなたははっきりわかっているでしょう？　なぜわざわざわたしが説明する必要があるのかしら」

言われなくても、ルパートにはわかっていた。何しろ、九カ月前に父が死去して以来、自分と継母が同じ屋敷で暮らしていることは、ロンドンじゅうの人間が知っているのだ。その理由はともかくとして。

公爵未亡人がいまでも公爵家に居座りつづけている理由を知っているのは、ルパートの弁護士とパトリシア・スターリング本人、ルパートの親友であるダンテとベネディクトだけだ。

そして、言うまでもなくもうひとり。亡き父――すなわち、理性を失ったチャールズ・スターリングだ。第七代ストラットン公爵にして、目下のルパートの苦境に対して全責任を負う人物。

パンドラの助けを借りれば、その苦境からひょっとしたら無事に抜け出すことができるかもしれない。「見かけだけでは物事を測ることはできないんだよ、パンドラ」彼はごまかすように答えた。

そんなことは、パンドラ自身がいちばんよく知っていた。だが、世間でさまざまな憶測を呼んでいるルパート・スターリングの生活について、彼本人がどう説明をするつもりなのか――そもそも説明する気はあるのか――は理解できなかった。つまり父親の死後、未亡人になったその継母と、公然と一緒に暮らしている事実について。しかも彼女はルパートの父親と結婚する以前、息子である彼と親密な関係だったと言われている。

パンドラは、まともに取りあわずに公爵を見やった。「あなたに対してなんらかの義理があるとしたら、今夜ですべて返したわ。これで、もう二度と会うことはないでしょうし、会いたいとも思っていません。あなたがいま送っている不埒《ふらち》な生活スタイルについても、まったく関心がありませんから」

「なるほど」

パンドラは、目の前の気品を漂わせた端整な顔を警戒するように見つめた。淡いグレーの目にきらめく、おもしろがっているような表情と、官能的な口もとに浮かんだ皮肉っぽい笑みに心が騒ぐ。

「〝なるほど〟というのは、どういう意味？」

「それに関しても、ふたりきりで話せる機会が訪れるまで待ったほうがいいと思うが」そう言って、ルパートは馬車の後部に腰かけている馬丁のほうを意味ありげに見やった。

馬丁の存在に用心を怠らない彼の態度に、パンドラも同意せざるをえなかった。ほとんどの場合、貴族は話している最中に使用人の存在を気にかけず、彼らを家具か何かのように、役には立つが自身の感情や意見はないものと見なしている。だが、それはとんでもない思い違いだ。主人のプライバシーについて、使用人はしばしば知られては困ることまで把握しているものだ。

パンドラ自身、身をもって苦い経験をしたように。

パンドラは首を振った。「もうふたりきりで話す機会なんてないわ」

「いや、そんなことはないよ。きみの屋敷に着いてから、きみが夜の一杯に誘ってくれさえすればね。今夜、オペラへ連れていってもらった礼を言うために」ルパートは平然と言ってのけた。

「そもそも、わたしはちっとも乗り気じゃなかったわ」

「確かにそうだが」ルパートはあっさり認めた。「それでも、礼を言うのが礼儀というものだろう？」

まったく、いままでにこんなにいまいましい紳士に会ったことはあるかしら？　たとえ会っていたとしても、パンドラは思い出せなかった。それに、目の前の紳士ほど苛立たしくて癪《しゃく》に障る人物なら、けっして忘れることはないだろう。

最も苛立たしくて癪に障るのは、彼に対する感情がこのふたつだけではないと、自分でもよくわかっていることだ。

激しい怒りの陰に、興奮するような、目が覚めるような、これまでに経験したことのない感情が隠れていた。スリル、とでも言えばいいのか。とにかくパンドラは、ルパート・スターリングの言動や表情をことごとく意識していた。劇場のボックス席に座り、彼の姿が見えなかったときでさえ、背後に彼の存在を確かに感じていた。いつの間にか、彼のぬくもりに、香りに包まれていた。サンダルウッドとパインツリー、それにルパートだけが放つ香りに。そのぬくもりと香りに全身の神経が研ぎ澄まされ、彼の呼吸だけでなく、かすかな身動きまでも感じていた。

それは生まれてはじめて経験する感覚で、なんと呼ぶべきか見当もつかなかった。わかっているのは、ただそうした感覚が体の奥底で生じているということだけだ。

狭い馬車の中で、いまなおその感覚はみずからの体を目覚めさせ、興奮を呼び覚ます。そのせいでドレスの下で胸の頂がうずき、脚のあいだが耐えがたいほど熱くなるのを感じていた。

屋敷で彼とふたりきりになるなんて、とんでもないわ。

パンドラは革張りの座席に座ったまま、背筋をぴんと伸ばした。

「それでしたら、いまここでお礼を申しあげます。そうすれば、お互いにこれ以上礼儀正しく振る舞う手間が省けるでしょう」

「おいおい、パンドラ、それはないだろう?」ルパートはかすれた声で笑った。「きみのせいで、今夜、ぼくはあのオペラを耐え忍ぶはめになったんだ。せめて、それなりのブランデーをすすめてくれてもいいはずだ」

「オペラを選んだのは、あなただったはずよ」

「きみが喜ぶと思ったからだ」

パンドラの目が丸くなった。

「そんなこと、思ってもいないくせに」

「わずか二十四時間前に知りあったばかりだというのに、すでに考えを見抜けるほど、きみはぼくの性格を知り尽くしているのか?」ルパートは疑わしげに眉を上げた。

「いいえ。もちろん、わたしはあなたのことをよく知らないわ」またしてもパンドラの頬が赤くなる。「実際には、まったく知らない」眉をひそめて言い直した。「よく言えば、謎めいた男性に見えるけど——」

「いま社交辞令は必要ない」ルパートはぶっきらぼうに遮った。

「言われなくても、わかっています」すみれ色の目が不満げにきらめく。

ルパートは口を歪《ゆが》めて笑った。

「心配しなくていいよ、パンドラ。きみの屋敷で誰にも邪魔されずにふたりきりになったら、すべてわかるだろう」

そんなことを言われて心配しないほうが無理だと、パンドラは思った。

「外出中に灯《とも》す蝋燭《ろうそく》の数について、ぜひとも使用人に注意しておくべきだな」

屋敷へ向かう馬車の中、パンドラは押し黙ったままだった。だが、同じように自分の考えに没頭して黙りとおしていた公爵がふいに沈黙を破ったのに驚いて、彼に訝《いぶか》しげな目を向けた。

「きみの屋敷は、まるでカールトンハウス・テラスのように煌々《こうこう》と明かりが灯されている」ルパートはパンドラの無言の問いかけに答えた。

身を乗り出して馬車の外に目をやると、パンドラにもその光景が見えた。馬丁が扉を開けると、屋敷の正面側の部屋は残らず蝋燭が灯されているようだった。

「どういうことかしら……」パンドラは呆然《ぼうぜん》とつぶやきながら馬車を降りた。

「ひょっとしたら、使用人たちはきみが留守なのをいいことに、〝さよならロンドン〟パーティでも開いていたんじゃないのか？」ルパートは皮肉っぽく言うと、彼女の隣に降り立って帽子を頭にのせた。

「ばかなこと言わないで」当然のごとく彼女の肘を取って、屋敷の玄関前の階段を上がるルパートを、パンドラは鋭くにらみつけた。

ルパートは顔をしかめた。

「〝ばか〟呼ばわりされたのは、今日これで二度目だ」

「それだけのことをしたからよ」パンドラは手厳しく言った。

確かにそうだ、とルパートはしぶしぶ認めた。それにしても、親友のダンテとベネディクトを別にすれば、ストラットン公爵に向かってこれほど歯に衣《きぬ》を着せない話し方をする勇気のある者はいない。そう考えると、パンドラ・メイベリーに対する敬意と称賛の気持ちがにわかに高まった。

「きみは――」

ルパートが言いかけたとき、執事が玄関のドアを開け、それと同時に屋敷の奥から何やら騒々しい物音が聞こえてきた。騒ぎの中心となっているのは、誰かが泣き叫ぶ声のようだ。その叫び声はルパートの耳に、先ほどのオペラの歌に匹敵するほど耳障りで不快に響いた。

「いったいどうしたんだ？」

ルパートがパンドラをかばうようにわきに押しやって、彼女の屋敷の狭い玄関広間に足を踏み入れると、目の前はまさに修羅場と化していた。この小さな屋敷では不要に思えるほど数多くの使用人たちが、一様に取り乱した様子で、意味もなくうろうろ歩きまわっている。やかましい叫び声をあげていたのは、階段のいちばん下の段に腰かけていた中年の痩せた女だった。

ルパートは不機嫌を隠さずににらんだ。「やかましいぞ。いますぐ黙れ」

次の瞬間、叫び声も騒音もぴたりとやんだ。広間に集まっていた使用人たちが目を丸くして振り向く。ルパートは険しい表情のまま満足げにうなずいた。

ルパートがあらためてあたりを見まわすと、広間には彼のほかに六人しかいなかった。すでに執事とわかっている年配の男性。ハウスメイドとおぼしき、見るからにおしゃべり好きの娘がふたり。ベージュのドレスにエプロンをつけ、ふっくらした外見から判断して、おそらく料理人だと思われる中年の女性。それから十二、三歳くらいのみすぼらしい格好の少女は厨房《ちゅうぼう》の手伝いだろうか。いかにも寄せ集めの面々で、ルパートの屋敷で雇われている使用人とは明らかに異なっていた。

ルパートに続いてパンドラが玄関に入ってきたとたん、階段に座っていた女がふたたび泣き叫びはじめた。

「申し訳ありません、奥さま」こけた頬に涙を流しながら、女は立ちあがって主人に駆け寄り、真っ赤に泣き腫らした目で訴えるように見つめた。「誰も気づかなかったんです……みんなで一階で夜遅い夕食をとっていて……奥さまがお休みになる支度をしようと二階に上がったときに、はじめて気づいたんです……奥さまの寝室にある美しいものが、残らず……」女はまたしても泣きはじめた。

その声に耳をつんざかれ、思わず頭痛を覚えたルパートは、苦々しげに顔をしかめた。「いますぐ静かにしないと、ぼくの目の前から有無を言わさずどかしてやる」彼は厳然と言い放った。

「やめて、ルパート。彼女がどれだけ動揺しているかわからないの？」パンドラはとがめるような顔をルパートに向けた。「落ち着いて、ヘンリー」声をやわらげながら、ひどく取り乱した女に近づく。「泣いていたら何があったのかわからないわ」そう言って年上の女の手を取ると、安心させるように握りしめた。

一方のルパートは、女のすすり泣きは言うまでもなく、一向に要領を得ない説明に業を煮やしていた。すぐ横でおろおろしている執事に向き直った。「どういうことなのか説明してくれ」静かに促した。

「ヘンリーの言ったとおりです、閣下」執事は眉をひそめて説明した。「みんなで一階にいて、遅い夕食をとっているあいだに、何者かが屋敷に忍びこんで奥さまの寝室に入ったんです」

「それで？」

執事は顔をしかめた。「部屋はひどく荒らされていました」

ルパートは威厳を示すように眉を上げた。「警察には連絡したのか？」

執事が気まずい表情を浮かべる。「まだです、閣下」

ルパートは彼をにらみつけた。「なぜ？」

「それは……」執事は後ろめたい目でちらりとパンドラを見やった。女主人は、あいかわらず小声で女と話している。「わたしどもも、ついさっき気づいたものですから。それに、わたしにはどうしたら――」

「今夜はもうこれくらいにしましょう」パンドラがきっぱりと言った。ヘンリーから事のいきさつを――身の毛のよだつような話をくわしく聞いて、ルパート・スターリングの前ではこの問題についてこれ以上話すべきではないと判断したのだ。そうでなくても、彼にはすでに個人的なことを知られすぎている。

過度に関心を示す頭の回転が速いこの紳士に、まだ警察を呼んでいないのは女主人が警察沙汰にしたいかどうか、執事のベントリーが判断しかねたからだということを知らせる必要はまったくない。

パンドラは執事に向き直った。「ベントリー、みんなを台所へ連れていって、気持ちが落ち着くようにブランデーでも飲ませてあげて」

「いや、それよりも、まずは公爵夫人の青の間に、同じブランデーとグラスをふたつ持ってきてくれ」ルパートは年上の相手に向かって尊大な態度で命じると、パンドラの肘をしっかりと取った。「ひどい顔色だ」パンドラが強いアルコールに難色を示すと、ルパートは厳しい口調でつけ加えた。

確かにそうかもしれない……。だけど、できれば……いいえ、わたしがどう考えようと、何を望もうと関係ない。今夜のことは、明らかにわたしが悪いのだから。

「閣下の言うとおりにして、ベントリー」パンドラはくたびれた口調で命じた。この出来事について、多少なりとも納得のいく説明をするまでは、これ以上かまわないでほしい、あるいは帰ってほしいと言っても、ルパートは間違いなく聞く耳を持たないだろう。

とは言うものの、どの程度ルパートに説明すればいいのか、どこまで話すつもりなのか……パンドラは自分でもよくわからなかった。

6

「さっきから待っているんだが」ルパートが促す。

「待っているって、何を？」ソファに腰かけたパンドラは、色白の顔をしかめて彼を見あげた。

ルパートは、部屋の奥にある火が消えた暖炉の前に立っている。少し前に彼がグラスに注《つ》いだブランデーは、手袋をはめたパンドラの手の中で、一度も口をつけられないまま残っていた。客間に入るなり、ふたりは外套《がいとう》と帽子を脱いだ。そこへ、すかさずベントリーがブランデーのデカンターとふたり分のグラスをのせた銀のトレーを運んできて、彼らの外套と帽子を無言で片づけたのだった。

ルパートは空になった自分のグラスにお代わりを注いでから、用心深い口調でパンドラの問いに答えた。

「言うまでもなく、説明を待っている」

パンドラは金色の眉を上げた。「わたしにもどういうことなのか――」

「これだけは言っておくが」ルパートが容赦なく遮ると、パンドラの顔にたちまち警戒の色がにじんだ。「嘘《うそ》をつかれるのは好きじゃない」

「誰だってそうだと思うけど」

パンドラはわざと明るく言って、恐る恐るグラスに口をつけたが、その強烈さに思わず顔をしかめた。

「とりわけ、女性に嘘をつかれるのは嫌いだ」ルパートがつけ加えた。

「それは、あらゆる女性があてはまるの？　それとも、特別な好みがあるのかしら？」パンドラはたっぷり半分ほどブランデーが入ったグラスを、できるだけ遠ざけるようにサイドテーブルに置いた。

その軽口に、ルパートの口が引き結ばれた。

「きみが皮肉っぽいユーモアでごまかそうとしなければ、ぼくももっと友好的な気分になれるはずだ」

「あなたが何を聞きたいのかがわかっていたら、わざわざ皮肉を言う必要もないと思うわ」パンドラはつぶやいた。

「聞きたいのは真実だ」

パンドラはなげやりに肩をすくめた。「わたしの経験では、ある人の真実が、かならずしも別の人間にとって……ルパート！」彼がパンドラの両腕をつかんで、顔をぐいと突き出したので、彼女は驚いて声をあげた。

ルパートは険しい顔でパンドラをにらんだ。

「きみは今夜、オペラに出かけているあいだに何者かが屋敷に侵入したと聞いても、驚きもしなければ悲しみもしなかった。おまけに、寝室へ行って盗まれたものがあるかどうかを確かめてもいない。いったいどういうことだ？」彼の口調は驚くほど穏やかで、それだけにいっそうすごみを感じさせた。

パンドラはごくりと唾をのんで喉を上下させた。「ほかに差し迫った心配事があったから――」

「貴重なものが盗まれていないかどうか確かめるよりも、差し迫っているのか？」ルパートは容赦なく問いつめる。

自分の持ち物の中に、はたして盗まれるような貴重なものが残っているのだろうか。そう考えると、パンドラはもう少しで自嘲気味に笑うところだった。もう少しで。だが、ルパートの表情はあまりに険しく、その顔はあまりに間近に迫っていたため、怒りにきらめくグレーの目から視線をそらすことができなかった。

「あなたが帰ってから、いくらでも確認することはできるわ」

「それを待っていたら、いつになるかわからないだろう。この状況について、きみが何から何まできちんと説明するまで、ぼくはどこにも行くつもりはない」ルパートは無情にも告げた。

「状況も何も……」パンドラは言いかえす。「何者かが今夜わたしの屋敷に侵入して、使用人たちをひどく動揺させて、家じゅうが大騒ぎになった。いまのところ、この件に関してわかっているのはそれだけよ」

ルパートは長いあいだパンドラの顔を穴が空くほど見つめた。だが、その落ち着きはらった美しい顔や、こちらを平然と見つめかえす瞳からは、何も読み取ることはできなかった。

それにしても、なんと優雅で美しい瞳だろう。底知れぬ泉のごとく深いすみれ色で、謎めいた魅力をたたえている。

ちくしょう。いまはパンドラの美しい瞳に見とれている場合ではない。もちろん、それ以外の部分にも。

ルパートはふいにパンドラを放して身を起こしたが、あいかわらず鋭い視線を注いだままだった。「それなら、いまから一緒に二階へ見に行こう」

「その必要はないわ」

「とにかく、一緒にきみの寝室へ行く」パンドラの顔に警戒の色が浮かんだのを見て、ルパートは目を細めた。「きみは何を恐れているんだ?」

「何も恐れてなんかいないわ」

パンドラはだしぬけに立ちあがった。象牙色の頬が紅潮しているのは、おそらく怒りのせいにちがいない。

「わかったわ。どうしてもと言うなら、一緒に二階へ行きましょう」比類ない瞳が深い紫色にきらめく。「もっとも、あなたが何を期待しているのかは見当もつかないけれど。わたしが恋人でもかくまっていると?」パンドラは軽蔑したような目でつけ加えた。「寝室に男を引っ張りこんで、夜な夜な楽しんでいるとでも思っているの?」

ルパートは、パンドラが結婚しているあいだに不貞を働いていたという噂《うわさ》を忘れたわけではなかった。当時から、人づてに耳にしてもなんとも思わなかったが、こうして実際にパンドラに会って話してみると、ますますどうでもいいように思えてきた。一方で、仮にその噂について事実を聞く機会があれば、ほかならぬパンドラ自身の口から聞きたいとも思っていた。

パンドラ・メイベリーには、どこか超然としたところがある。ひょっとしたら、そうした心ない噂に傷つかないために、あえて冷静さを装っているのだろうか。はじめて会った瞬間から、自分がどうにかして打ち破ろうとしてきた冷静さを。

ルパートは一瞬、笑みを浮かべた。「そうは思っていない」

「本当に?」パンドラは挑むように見つめる。

彼はまたしてもほほえんだ。自信たっぷりに。「ああ」

パンドラは冷ややかに彼を見やった。「そう考えているのは、あなただけよ」

ルパートは大げさにかぶりを振ってみせた。「言っただろう、ぼくは世間のくだらない噂を鵜呑《うの》みにはしない」

パンドラの笑みは、ちっともおかしそうではなかった。「すばらしいわ。わたしと知りあったおかげで、あなたはその傲慢な鼻で世間の人たちをあしらうことができるというわけね」

ルパートが望んでいるのは、それだけではなかった。「ぼくをもっと怒らせるつもりなら、パンドラ、あいにく無駄骨だと言わざるをえないな。ぼくも、ぼくの傲慢な鼻も、どれだけ侮辱されようが無頓着なんだ」

「それは幸運だこと」

ルパートは部屋の入り口に近づいてドアを開けた。「さあ」パンドラを先に行かせるためにわきに寄った。

パンドラはドレスの裾をひるがえしながらルパートの前を通り過ぎた。顎をつんと上げ、すみれ色の瞳を怒りにきらめかせ、またしても頬を憤怒《ふんぬ》で真っ赤に染めている。

ルパートはことさらゆったりした足取りであとに続いた。これほど強引にパンドラと一緒に彼女の寝室を訪れて、いったいどうするつもりなのか。けっして下心があるわけではない。だが、長年の軍隊生活において、彼はたびたび直感で危機を切り抜けてきた。その直感が、何かがおかしいと告げている。

何者かが不法に侵入したというのに、パンドラのこの落ち着きぶりは明らかに不自然だった。

「まあ……」

寝室に入って目にするであろう光景に、パンドラは心の準備ができているつもりでいた。どんなにめちゃくちゃな状態になっているか、ヘンリーから伝え聞いていたので、シーツがずたずたに引き裂かれていることも、破られた枕やマットレスから飛び出した羽毛が部屋じゅうに散らばっていることも、化粧台の香水の瓶が引っくりかえったり、割れていたりすることも、引き出しがすべて開けられて、中に入っていた衣類が残らず床に投げ捨てられていることも頭では理解していた。

寝室に足を踏み入れるなり、目の前にそうした光景が広がっていることは覚悟していたはずだった。それでも、自分のものがことごとく引き裂かれ、壊されているさまを目の当たりにして、パンドラは予想以上のショックを受けた。犯人は、目当てのものが見つからなかった腹いせに、彼女の大事にしているものをすべて破壊してやろうと決めたかのようだった。

「座るんだ」ルパートは引っくりかえった寝室の椅子を持ちあげてもとに戻すと、パンドラが倒れる前に座るようにすすめた。少なくともルパートの目に、彼女はいまにも倒れそうに見えた。

美しい顔からは血の気が失われ、すみれ色の瞳には深い苦悩がにじんでいる。パンドラは紋織りの生地が張られた椅子にありがたく腰を下ろした。震える口もとをおおっている手もわなないていた。

ルパートは目の前にしゃがみこんで、パンドラのもう一方の手を両手で包みこんだ。

「誰の仕業だ、パンドラ?」うなるような声で問いただす。

パンドラが目をまたたくと、こみあげた涙に長くつややかなまつげが触れ、呆然《ぼうぜん》と宙を見つめる彼女の頬に伝い落ちた。

「パンドラ?」ルパートはいっそう強く彼女の手を握りしめた。「誰がこんなことをしたのか教えてくれれば、かならずそいつに相応の罰を受けさせよう」彼はきっぱりと請けあった。

「わたしが犯人について何か知っていると、どうして思うの?」パンドラはかぶりを振ってルパートの手を振りはらうと、立ちあがって部屋の奥へ行き、化粧台の上に散らばったものや壊れたものを拾いはじめた。

ルパートは眉をひそめて、ゆっくりと身を起こした。「なぜなら、今回がはじめてではないからだ。違うか?」

パンドラははっと振り向いた。その目は驚きで丸くなっている。「なぜそんなふうに思うの？」

ルパートにも確信があったわけではなかった。いままでは。だが、自分の問いに対するパンドラの反応で疑念が裏づけられた。

「さっきも言ったが、きみはちっとも驚いたり悲しんだりしなかった。それに、なぜ警察を呼ばなかったのか尋ねたとき、執事はきみのほうを見た。つまり、これは何者かがきみを故意に傷つけるためにやったことじゃないのか？」

パンドラの肩の緊張がいくぶんやわらいだ。「嫉妬に駆られた妻とか？」彼女は挑むように問いかえした。

ルパートは息を吸って、冷静な口調で言った。「それもあながち間違いとは言いきれない。そう思わないか？　たしか、トーマス・スタンリーには妻がいたはずだ」

パンドラは目をつぶった。

ええ、そうだったわ。トーマス・スタンリー卿《きょう》――バーナビーとともにあの決闘で命を落とした男性には、確かに妻がいた。それに、幼い子どももふたり。それこそ、まさにパンドラが一年前の出来事の真相を誰にも打ち明けなかった、そして一生打ち明けまいと決意した理由だった。

パンドラはまぶたを上げ、まっすぐルパートを見つめた。「ええ、いたわ」くたびれた口調で認める。

ルパートはそっけなくうなずいた。「そうとなれば、その妻が犯人かもしれないと疑うのは――」

「いいえ、違う」パンドラはきっぱりと打ち消した。「クララ・スタンリーは、ふたりの子どもと一緒にコーンウォールへ移り住んだの。あれは……彼女の夫の葬儀が終わって間もないころだったわ」

「それでも、誰かに金を払って――」

「やめて、ルパート。何があっても、ぜったいに彼女じゃない」

パンドラがだんだんと苛立《いらだ》ちをつのらせているのがルパートにもわかった。よく見ると、すみれ色の目は緊張し、下唇は小刻みに震え、床に散らばったものを拾っては化粧台に戻す手がわなないている。

その疲れきった手を額にあて、パンドラは言った。「ねえ、もうずいぶん遅いわ。いつまでもこんなふうにわたしの寝室にいるべきじゃないと、そろそろ気がついてもいいんじゃないかしら」

「そのとおりだ。その点で言えば、互いに評判を気にするのはもはや手遅れだろうね。だとしたら、今夜きみがこの家にひとりでいるのは、いい考えとは言えない」

「でも、わたしはひとりじゃ――」

「ぼくはそうは思わない」ルパートはぶっきらぼうに遮った。

「使用人たちが――」

「年寄りの男と、うわついた若いメイドがふたり。太った料理人に、頭がおかしそうな年端もいかない手伝いの娘。それからヒステリックな侍女」

「ベントリーはそれほど年をとっていないわ」パンドラは憤慨して言いかえした。「あの若いメイドたちは彼の孫娘で、三年前にふたりの両親が亡くなって以来、ずっと彼が面倒を見てきたの。ミセス・シバーズはふくよかで陽気な女性だし、あのお手伝いの子は彼女の娘のメイジーといって、ちょっぴり……物覚えが悪いけど、けっして頭がおかしいわけじゃない。それにヘンリーは……以前のメイドにしかたなく世話をされるくらいなら、少しばかり感情の起伏があってもかまわないわ」パンドラは背筋を伸ばし、挑むようにルパートの視線を受けとめた。

「なぜ、しかたなく世話をされていたんだ?」ルパートは怪訝《けげん》そうにパンドラを見た。

パンドラの頬がかすかに赤くなった。「昔は、夫がすべての使用人を雇っていたからよ」

ルパートは理解した。つまり、この一年で使用人を自由に雇う権限を得たパンドラは、ふたりの若い孫娘の面倒を見なければならない初老の執事、料理人と、おそらくその私生児にちがいない〝ちょっぴり物覚えの悪い〟娘、そして些細《ささい》なことでヒステリーを起こすメイドを雇うことにした。

どの使用人も、それまで働き口を見つけるのに苦労していたことは想像にかたくない。にもかかわらず、パンドラは彼らを雇った。分別がなくわがままで、おまけに夫を裏切っていたという噂とは、またしても相容《あいい》れない。

ルパートは大きくため息をついた。「パンドラ、この屋敷に忍びこんだのが誰にせよ、もう一度ここに戻ってくるとは思わないか？」

「これまで、そんなことは――」パンドラはふいに言葉を切ると、愕然《がくぜん》とした表情でルパートに非難の目を向けた。「いまの質問は引っかけだったのね」

そのとおりだった。真実を聞き出すためなら、ルパートは何度でもそうするつもりだった。少なくとも、いま、パンドラが打ち明けてもかまわないと考えていることだけでも……。

「ということは、やはりぼくのにらんだとおり、以前にも同じことがあったんだな？」

「ええ」

「何度？」

「この一年で、三度。でも、だからといって、クララ・スタンリーが犯人だということにはならないわ」パンドラはルパートをきつくにらんだ。「彼女のことはそっとしておいてもらえないかしら？　もうじゅうぶん苦しんでいるはずだもの」

またただ。クララ・スタンリーの苦悩の最たる原因だとされる女性には似つかわしくない、心遣い。

腑《ふ》に落ちない点が多すぎる。パンドラはまだ何かを隠している、とルパートの直感がささやいた。少なくとも、正直に話していないことがある。とはいっても、嘘をついているようには見えない。ただ自分の都合のいいように真実をはぐらかしているだけだ。

ルパートは日ごろ顔を出しているクラブで、紳士たちがパンドラ・メイベリーの美しさについて噂しているのをしばしば耳にした。パンドラがいかにして夫を裏切っていたかを。したがって、パンドラの夫と、愛人と名指しされた男の死にまつわる醜聞も、いやでも耳に入ってきた。

だがふたりが亡くなって以降、パンドラに新たな恋人、あるいは恋人たちができたという話は聞かない。クラブでも〝悪名高い美貌の公爵夫人とベッドをともにした〟と自慢する紳士はひとりもいなかった。

もちろん、パンドラには絶えず悪い噂がつきまとい、世間からさげすまれているために、たとえ人目を忍んでも彼女と関係を持とうとする男はいなかったのかもしれない。だが、どういうわけか、ルパートにはそうは思えなかった。その証拠に、サグドン卿はいっさいいやがっている様子はなかった。

昨晩の出来事を思い出しただけで、ルパートの口もとはこわばり、鼻の穴がふくらんだ。パンドラの引き裂かれたドレス、薄いシュミーズ越しにくっきりと見えた、胸のふくらみと薔薇《ばら》色の頂……。

「何かなくなっているものはないか？」

パンドラはかぶりを振った。「全部、もとどおりにしてみないことにはなんとも言えないけれど……たぶんないと思うわ」

ルパートは目を細めた。「過去の三度は、何か盗まれたのか？」

「わたしの知る限り、何も」

「きみの知る限り？　なぜはっきりわからない？」

いかにも疑《うたぐ》り深い口調に、パンドラはため息をついた。

「夫婦財産契約で、バーナビーがわたしよりも先に死んでふたりのあいだに子どもがいなかった場合、わたしには住む屋敷と生活に必要な資金が遺《のこ》されることになっていたの。この屋敷はウィンドウッド家の財産には含まれていなかった。それどころか、バーナビーの遺言書で贈られるまで、こんな屋敷があることも知らなかったわ。わたしに贈られたときには、すでに家具は備えつけられていたから、一年前にここに移って以来、ほとんど手をつけていない。調度品は何ひとつ変わっていないし、もともと飾ってあった絵画もちゃんと壁にかかっているわ」

ルパートの経験では、紳士がロンドンに妻の知らない屋敷を所有する理由は、往々にしてひとつしか考えられなかった。その早すぎる死を迎える前に、バーナビー・メイベリーがここに愛人を囲っていたということはありうるだろうか。しかも、遺言書に妻へ贈ると記していた屋敷に。

仮にそうだとすれば、妻に対するそれ以上の侮辱はない。だが、パンドラの冷静なまなざしや表情を見る限り、彼女はその侮辱にまったく気づいていないようだ。

あえて言うならば、その事実も、パンドラが世間で噂されているような経験豊富で世慣れた女性ではないことを物語っている。実際、使用人の雇用に際しても思いやりを見せるくらいだから、パンドラはとてもそんな女性には思えなかった。

ひょっとしたら、バーナビー・メイベリーの愛人が慌てて荷物をまとめた際にうっかり忘れ物をして、それを取り戻すために三度――いや、四度もここに戻ってきたのだろうか。だとすれば筋が通る。ルパートはひそかに調べてみようと決意した。

夫が屋敷をなんのために使っていたのか、パンドラが知らないのであれば、しばらくはそのままにしておくのがいいだろう。パンドラがふたたび化粧台の上を片づけはじめると、ルパートの目に無防備なうなじと肩が飛びこんできた。その無防備さは、意に反して、守ってやりたいと思わずにはいられなかった。

床に散らばったシルクの下着を踏まないように注意しながら、ルパートは無言で部屋を横切ってパンドラの背後に立った。

「パンドラ――おい、どうした?」小さな悲鳴とともに、パンドラが手袋をはめた手を化粧台からすばやく引っこめたのを見て、ルパートは鋭い口調で尋ねた。

「大丈夫、ガラスの破片で指を切っただけよ」

パンドラは顔をそらしたまま答え、傷ついた手を胸にあてた。驚いたのは、とつぜん指に走った痛みのせいだけではない。ルパートがすぐそばにいたせいだ。無理もなかった。その瞬間まで、今夜のさまざまな出来事で頭がいっぱいで、困惑するほど間近にルパートが立っていたことにちっとも気づかなかったのだ。

「見せてみろ」

むき出しの肩をつかまれ、体の向きを変えさせられると、パンドラの背中はとっさにこわばった。ルパートは金髪の頭を下げ、傷の具合を確かめるために、そっと彼女の手を取った。

「手袋に血がにじんでいるな。手袋を外すんだ」彼はぶっきらぼうに命じた。

輝かしい金髪に魅了されていたパンドラは、はっとして自分の手に目をやり、レースから染み出ている血を見て驚いた。「まあ」手を引くと、手袋を腕にすべらせてゆっくりと外した。「そんなにひどくないようだけど……」見たところ、人さし指のやわらかな先に、ほんの小さな傷があるだけだった。

「見せて」ルパートはまたしてもパンドラの手をつかむと、まだ血のにじんでいる傷口を厳しい表情で丹念に調べた。「ガラスが中に残っているかもしれない」

「たぶん大丈夫よ」

自分よりもずっと大きなルパートの手に手を握られているせいで、今夜の事件による動揺はすっかりおさまっていた。息は喉につまり、自分の手をそっと包みこむ、長く細い指の動きを感じようと全身の神経が覚醒している。

「念のために」ルパートは最後まで言わずに、パンドラの手を口もとに運ぶと、傷ついた指を熱く潤った口に含んだ。

「な、何してるの？」あまりにも親密な行為に、パンドラは息をのんだ。傷の痛みなどすっかり忘れた。しっとりした熱い舌に指を包まれたかと思いきや、ルパートがその指をやさしく吸いはじめた。「ルパート！」パンドラは叫んだ。少しずつ呼吸が、浅く、速くなる。

金色の長いまつげが上がって、きらめくグレーのまなざしがパンドラの目をとらえた。彼は甘やかな手当をやめようとはしなかった。

パンドラはまったく息ができなくなった。目の奥をのぞきこまれるような誘惑的なまなざしと、彼の行為がもたらす驚くほど親密な感覚の虜《とりこ》になっていた。その信じられないほど官能的で禁じられた感覚のせいで、ドレスの中で胸が張りを増し、先端が硬く尖《とが》って、脚のあいだが熱くうずき、パンドラはとまどった。彫刻のごとく非の打ちどころがない唇が自分の指を包みこむ光景から、目を離すことができなかった。

その瞬間、パンドラは彼の思いやりを感じると同時に、性欲をかき立てられていた。やさしく指を吸われるたび、胸の頂がぞくぞくとうずく。まるでルパートの唇に触れられているのが、指ではなく、その部分であるかのように。だんだんと体の芯から熱がこみあげ、秘所に潤いがあふれ、震える脚をぎゅっと閉じても抑えることはできなかった。

「まあ、すみません！」ふいにヘンリーがノックもせず寝室に入ってきて、驚きの声をあげた。「知らなかったんです。てっきり閣下はとっくにお帰りになったものだと……」言葉がぎこちなく途切れる。

ルパートは狼狽《ろうばい》するメイドにはかまわず、パンドラを好奇の目からかばうように立ち位置を変えた。パンドラはとっさに手を引っこめようとしたが、ルパートは力強く握り、グレーの目を暗く輝かせながら、彼女の不安に満ちた目を見つめ、もう一度、さらに一度、傷ついた指をゆっくりとなめた。それから、小さくぽんと音をたてて口から引き抜いた。

パンドラの華奢《きゃしゃ》な指は根元まで濡《ぬ》れ、きらめいていた。

「ガラスの破片はもう残っていないようだ」ルパートの声はかすれていた。

パンドラの頬は赤く染まり、動揺のあまり胸が小さく波打っていた。「放して」自分の力で手を抜くのが無理だと悟ると、彼女は小声で訴えた。

ルパートの唇にからかうような笑みが浮かぶ。その唇を、またしても彼女の傷ついた指にあててから、彼は手を放した。「乳母から、傷にキスをするのが何よりの特効薬だと教わってね」

傷にキスをする？

うずくことがあるとは知らなかった体の部分が、うずいていた。そして、それはけっして不快なものではなかった。それどころか、いまやパンドラは胸や秘めやかな脚のあいだに、これ以上ないほど心地よい刺激を覚えていた。

7

パンドラはごくりと唾をのみ、からからに渇いた喉を湿らせてから、険しい口調で答えた。

「でしたら、もうわたしはすっかり大丈夫です、閣下」非難がましくルパートをにらむと、寝室の入り口に突っ立っているメイドに向き直った。「どうしたの、ヘンリー？」

ただでさえ気が動転していたところに、さらなる緊張を強いられて、哀れなメイドはすっかり打ちひしがれているようだった。

「あ、あの、お手伝いを……その、つまり……またあとで来ましょうか？」ヘンリーはルパートをちらりと見やった。

「いいえ、その必要は――」

「そうしてくれ」ルパートは傲慢な態度で遮った。

パンドラは彼をにらんでから、やさしくメイドに声をかけた。

「その必要はないわ、ヘンリー。閣下はちょうど帰るところだから」これみよがしにつけ加えた。

ルパートはそれでもひるまずに、ゆっくりと眉を上げた。「ぼくたちのいまの……会話はまだ終わっていないと思うが」

頬が赤く染まる。それが恥ずかしさのせいなのか、それとも怒りのせいなのかは、パンドラ自身わからなかった。「この件について、もう今夜はこれ以上話すことはありませんわ」

「本当に？」ルパートは念を押した。

「本当に」パンドラの口もとがこわばる。「ヘンリー、閣下をお見送りしてもらえるかしら？」

「でも――」

「せっかくだが、ひとりで帰るよ」その口調は氷のごとく冷ややかだった。

だったら、そうして……いますぐに。パンドラはそう言いたかった。そんなふうに思うのは恩知らずだと、本当はわかっている。屋敷に入って、おもちゃ箱を引っくりかえしたような騒ぎだったにもかかわらず、ルパートはずっと親切だった。

いいえ、そのあいだ、ただずっと親切だっただけではない――その証拠に、胸も脚のあいだも、いまだに熱くうずいている。

「ただし」公爵はきっぱりと続けた。「ぼくが、そうするべきだと判断してからだ」

彼が判断してから？　なんて傲慢な人なのかしら。

パンドラにしてみれば、とうに帰ってくれていたほうがありがたかった。「もう下がってかまわないわ、ヘンリー」目の前の頑固者をじっとにらみながらも、パンドラは穏やかに言った。

「はい、奥さま」ヘンリーはお辞儀をした。「もちろんですとも。もし何かありましたら――」

「頼むから、早く行ってくれ」ルパートが命じた。

ヘンリーが寝室のドアを閉めて立ち去るなり、彼は吐き捨てるように言った。

「毎日、あの女にまわりをうろつかれてよく平気でいられるな。ぼくだったら、あのヒステリーと優柔不断で頭がおかしくなりそうだ」

「それなら、これ以上我慢することはないわ」パンドラはそっけなく言いかえした。「それにしても、どういうつもり？　ヘンリーにあんなふうに思わせて……あなたとわたしが、まるで……とにかく、すぐに帰ってください」パンドラは苛立《いらだ》ちもあらわにルパートを見た。

「さっき帰ると言ったはずだ」ルパートは平然としている。

「まだ何か？」張りつめた沈黙ののち、ルパートがちっとも帰るそぶりを見せないので、パンドラは急《せ》き立てるように尋ねた。

ルパートは例のごとく尊大な調子で眉を上げ、鋭いグレーの目で彼女を見つめた。「今夜、あることについて、きみと話しあうつもりだった」

パンドラは警戒するように身をこわばらせた。「それで？」

その様子を見て、ルパートは鬱屈した笑みを浮かべた。「だが、ここでぼくたちを待ち受けていた状況は、どう見ても話をするのにふさわしいとは言えない」

「どう見ても」

パンドラのつれない口調に、ルパートの笑みが広がる。「だから明日、もう一度ここに来て、あらためて話すことにする」

パンドラは思わず声を荒らげた。「わからないの、ルパート？　〝つもりだった〟とか、〝ことにする〟といった自分勝手な言い方をするよりも、わたしの意向を尋ねてくれたほうが、はるかに愛想よく応対できるということが」

「まさしく」ものの見事に切りかえされて、ルパートは苦笑せざるをえなかった。いまの反撃は、まさに頭の回転が速い証拠。それと同時に、パンドラは彼の周囲にいる女性たちとは異なって、けっしてストラットン公爵に媚《こ》びへつらったりはしないことを物語っていた。

そして、先ほどのパンドラの反応――赤く染まった頬、波打つ胸、乱れた呼吸も、ふたりのあいだで、にわかに深まりつつある親密さにとまどっている証《あかし》だ。

だが、パンドラの体がぼくを意識しているという事実は、彼女に告げようとしていることに対して、はたして吉と出るか凶と出るか。

その答えは、おそらく明日になればわかるだろう。

「座って、パンドラ。このあいだ会ってから、いったい何があったのか、残らず話して」

翌日の午後、小さな応接間でふたりきりになったとたん、ジュヌヴィエーヴ・フォスターは待ちきれない様子で尋ねた。

「何もないなんて言わせないわよ。今朝うちに訪ねてきた人は、まるで口をそろえたように、ゆうべあなたがデビル・スターリングと一緒に劇場に現れたことしか話題にしなかったんだから」非難のまなざしをパンドラに向けているのは、そのことについて、パンドラが自分の口からジュヌヴィエーヴに知らせなかったせいにちがいない。

デビル・スターリング。

その名前がどんなにルパートにぴったりか、パンドラは身をもって理解した。堕天使のごとく高貴な顔立ちをしていながら、その本性は悪魔にほかならず、パンドラを苦しめて楽しんでいる。

あるいは、誘惑して？

昨晩の、あの寝室での親密なひとときを思い出すたび、パンドラの全身は熱くなった。

とはいうものの、ルパート・スターリングは指にキスをしただけだというのに、なぜこんなに熱く、苦しくなるのかは、まったく理解できなかった。

今日、友人を訪ねたのは、それが理由でもあった。ジュヌヴィエーヴなら、おそらく自分よりそうしたことに通じているだろうから、この気持ちがなんなのか説明してもらえるかもしれないと思ったのだ。

パンドラは椅子に座ったまま身を乗り出して、ジュヌヴィエーヴが紅茶を注《つ》いでくれたカップを手にした。

「ヘイバラ伯爵夫妻も一緒だったのよ。正確にはルパート・スターリングではなくて、彼らに招かれたの」

ジュヌヴィエーヴは赤褐色の眉を上げた。「だけど、公爵が裏で手をまわしたんでしょう?」

パンドラは頬を赤く染めた。「確かに、招待するように叔母さまに進言したのは彼だと思うけど……」

「そうに決まってるわ。それで?」

「オペラはひどく退屈で――」

「オペラのことなんかどうでもいいの」友人はかぶりを振った。「わたしが知りたいのは、それ以外のこと全部よ」じれったい様子でつけ加える。「そもそも、あなたをオペラに招待するよう叔母さまに言ってもらうほどデビル・スターリングと親しくなったのは、どういうきっかけだったのか。それに、こっちのほうがもっと大事だけど、終演後に屋敷まで送ってもらってから、何があったのか」ジュヌヴィエーヴの青い目が楽しそうにきらめいた。

ルパートのざらついた舌が傷ついた指をなめ、その指を熱く潤った口に含まれ――そうしているあいだも、悪魔のような銀色に輝く目にじっと見つめられていたことを考えただけで、パンドラの頬は熱くなり、脈が乱れた。あのどきどきするほど親密な行為のおかげで、しばらくは、荒らされた寝室のことなどすっかり忘れていたほどだった。

パンドラは唇を湿らせてから口を開いた。

「ソフィアの舞踏会の晩に、テラスで会ったの。会ったのはまったくの偶然よ」パンドラは慌ててつけ加えた。この一年のあいだに、何者かが繰りかえし屋敷に押し入ったことは、ジュヌヴィエーヴにもソフィアにも黙っていた。そして、ソフィアの舞踏会の晩に、危うくサグドン卿《きょう》に襲われかけたことも、ジュヌヴィエーヴに話すつもりはなかった。友人でいてくれるジュヌヴィエーヴとソフィアには心から感謝しているだけに、ふたりにトラブルを打ち明けて心配をかけたくなかったのだ。「そういえば……あの晩以来、ソフィアに会ったり話したりした？」

ジュヌヴィエーヴは赤褐色の巻き毛を輝かせて首を振った。「この二日間、あなたともソフィアとも、まったく音信不通だったわ。どうして?」ジュヌヴィエーヴの好奇心が高まる。「ソフィアにも何かあったの?　わたしが耳に入れておくべきことが」

あの舞踏会の晩に立ち聞きした話に触れるのは、おそらく軽率だろう。ダンテ・カーフアックスが、じつは以前からソフィアに思いを寄せていたという話に。

「いいえ。ただ、舞踏会が大成功に終わって、ソフィアも喜んでいるんじゃないかと思っただけ」パンドラは軽い口調で言った。

「そしてあなたは、デビル・スターリングとのことから話をそらそうとしているだけでしょ?」ジュヌヴィエーヴは上品に口を尖《とが》らせた。

「まさか」パンドラは静かに笑った。「本当に、あの人がわたしに……関心を示すなんて、自分でも驚いているわ。あなたと同じように」

「どうして驚くことがあるの?　あなたはすごくきれいだし、魅力的だし——」

「それにいろいろ噂《うわさ》されているせいで、ほとんどの紳士は、公の場ではわたしに近寄りもしない。それなのに、裏でこっそりベッドに誘いこもうとしている」

ジュヌヴィエーヴは憤然と鼻を鳴らした。「そんなことを言ったら、デビル・スターリングだって噂とは無縁じゃないわ」

「それはそうだけど……」

ルパートのとても清らかとは言えない噂は、彼が公然と継母と暮らしはじめる以前から流れていたと気づいて、パンドラはわずかに眉をひそめた。ゆうべ寝室にいたときには、そうした継母との関係はおくびにも出さなかったが。

「でも、男と女では事情が異なるわ」

「確かに、残念ながら何ひとつ同じではないわね」ジュヌヴィエーヴは顔をしかめた。

パンドラはジュヌヴィエーヴを興味深げに見つめた。「あなたはどうなの？　自分の恋人探しについては、ちっとも話してくれないのね」

「まだ話すことがないからよ」そのせいで、ジュヌヴィエーヴは深く傷ついている様子だった。「とにかく、もったいぶらないで、パンドラ。最後までくわしく話してちょうだい」

パンドラはルパートとの関係を事細かには話さず、とりわけ最初に出会ったいきさつと、寝室での親密なひとときについては省略した。けれども、熱心に耳を傾けるジュヌヴィエーヴに対して、それ以外のことはすべて語って聞かせた。

パンドラが話し終えるころには、ジュヌヴィエーヴの青い目は興奮で丸くなっていた。

「それで、あなたたちは今日も会って話したの？」

「まだよ」しかしパンドラは、今朝、買い物に出かけているあいだに、ルパートが訪ねてきたことを知っていた。ルパートは名刺を残し、午後にふたたび来ると言い置いて帰ったという。だから、ジュヌヴィエーヴを訪ねることにしたのだ。もっとも、このまま永久に彼を避けられるとは思っていなかった。「彼がわたしに話したいことって、なんだと思う？」

「わからないの？」ジュヌヴィエーヴの目がいたずらっぽくきらめく。

昨晩、ルパート・スターリングが帰ってから、パンドラはいったいなんの話だろうと幾度となく考えた。だが、考えれば考えるほど妄想がふくらみ、ついに観念して友人に意見を求めることにしたのだ。

「ベッドをともにしてほしいと頼むのよ。決まってるじゃない」ジュヌヴィエーヴは興奮を隠さずに言った。

パンドラのたどり着いた結論も同じだった。

「だけど、そんなことをしたら彼のベッドは定員オーバーじゃないのかしら？　すでに別の女性が占めているのに」パンドラは指摘した。

「まったく、いやらしいんだから、パンドラは」てっきり友人が真顔で冗談を言ったものと思いこんで、ジュヌヴィエーヴはおかしそうに笑った。「ついに彼はパトリシア・スターリングに飽きて、あなたに乗りかえようとしているわけね」

「光栄だわ」パンドラの皮肉っぽい口調は、彼女の本心が正反対であることを物語っていた。

「わたしたちが話していたとおりになったじゃない」ジュヌヴィエーヴが褒めそやす。

「この退屈なシーズンが終わるまでに、三人ともすてきな恋人を少なくともひとりは見つけようって」

確かにジュヌヴィエーヴはそう提案した。そのときのことを、パンドラはまざまざと思い出した。大胆かつ危険な提案で、はっきり答えるのがためらわれたほどだった。いま思いかえせば、ソフィアもあまり乗り気ではないように見えた。

パンドラは立ちあがった。「だからといって、ルパート・スターリングを相手に選ぶつもりはないわ」

「どうして?」ジュヌヴィエーヴは信じられないといった表情でパンドラを見あげた。「彼はギリシア神のような美男子よ。もしくは堕天使のように。まぎれもなく――」

「悪魔が仮面をかぶっているだけよ。しかも、すぐに剥がれる仮面を」パンドラは取りつく島もなかった。

「誰かがぼくの名前を出すのが聞こえたが?」

ルパートのおもしろがっているような声に、パンドラはぱっと振り向き、その勢いでめまいを覚えた。それでも、当惑して立ち尽くしているジュヌヴィエーヴの執事の背後に、ハンサムな〝堕天使〟の顔が見えた。そして次の瞬間、広い肩をぴったりおおう極上のチャコールグレーの上着、真っ白なシャツに淡いグレーのベスト、長くたくましい脚を包みこむ黒いパンタロンという非の打ちどころのないいでたちでルパート・スターリングが現れると、パンドラの心臓は止まりそうになった。

ルパートの仕立て屋は、彼が自分の作った服をこれほど完璧に着こなしているのを見たら、うれし涙を流すにちがいない。けれどもパンドラは、とつぜんジュヌヴィエーヴの応接間の入り口に現れたルパートの姿に、ほとんど息もできなかった。

パンドラのひどく驚いた顔を見て、彼女が故意に自分を避けてまわっていることへの苛立ちはわずかにおさまった。

今朝、ルパートはパンドラの屋敷を訪ね、午後にもう一度出直した。だが二度とも〝奥さまはお留守です〟と告げられ、矢も盾もたまらずに彼女の行き先を尋ねた。自分がだしぬけにここに現れたせいで、パンドラがすっかり狼狽《ろうばい》しているのを見て、ルパートはしてやったりと思わずにはいられなかった。

「ストラットン公爵閣下でございます」執事は大きな声で告げながらも、訪問者を応接間に通す前に、あらかじめ名前を伝えられなかったことを詫《わ》びるように女主人を見た。

だが、それがルパートの作戦だった。朝からずっとパンドラを追いまわすはめになって、これ以上、彼女に逃げるチャンスを与えたくなかったのだ——たとえば、正面玄関以外の出入り口から屋敷を抜け出すような。

今日のパンドラの露骨な態度のように、女性に避けられるのは、ルパートにとって生まれてはじめての経験だった。何しろ、いつもは自分が会いたくも話したくもない女性を避ける側なのだ。

「ごきげんよう、ストラットン公爵」ジュヌヴィエーヴ・フォスターは立ちあがって優雅にお辞儀をしたと思いきや、濃いブルーの目をいたずらっぽくきらめかせて、まだ呆然《ぼうぜん》としているパンドラを見やった。

ルパートは帽子とステッキを執事に渡すと、ふたりの貴婦人が心置きなくおしゃべりをするのに選んだ、こぢんまりとした居心地のよい応接間に足を踏み入れた。「ごきげんよう、マダム」彼はウーラートン公爵夫人の差し出した手を取って、恭しく頭を下げた。「ごきげんよう、パンドラ」ルパートはことさらゆっくりとつけ加え、振りかえってパンドラを見おろした。

得意げにきらめくグレーの目に、まぎれもないあざけりの色を見て、パンドラは心の中で自分に言い聞かせた。彼がわたしを動揺させるつもりなら、まんまと思う壺《つぼ》にはまってしまったけれど、いつまでも混乱したままの姿を見せてますます鼻を高くさせるわけにはいかない。

「こんにちは、ルパート」パンドラはよそよそしく挨拶を返した。「今日みたいにうららかな春の午後に、どうしてここへ?」相手が挑んでいるのだとすれば、彼女もみごとに挑戦を受けて立った。

「もちろん、親愛なるパンドラ、きみがここにいるからだ」ルパートはゆっくり答えた。

「もし……失礼でしたら、どうかお許しを、マダム」彼はジュヌヴィエーヴに魅力的な笑顔を向けた。

「ちっともかまわないわ、ストラットン」ジュヌヴィエーヴはそっけなく答えた。「ご一緒にお茶でもいかが？」

「せっかくですが、今日は遠慮しておきます。遅くならないうちに、パンドラを馬車に乗せるつもりなので」

パンドラは背中をこわばらせた。「自分の馬車を待たせているわ」

「勝手ながら入ってくる前に、きみの馬丁を帰らせた。きみはぼくの馬車で屋敷まで送り届けると言って」

パンドラは鋭く息を吸いこんだ。「あなたにそんな権利は――」

「権利はある」

「ふたりだけにしてあげたほうがいいかしら？　人目をはばからずに、その問題を解決できるように」ジュヌヴィエーヴが口をはさむと、怒りで紅潮したパンドラの顔に、明らかに反発の表情が浮かんだ。

「その必要はないわ」

「そうしてください」

パンドラは同時に正反対の答えを口にしたルパートをにらみつけ、その傷ついたふうを装った顔を見て、ますます腹を立てた。この紳士に限って、傷つくようなことはあるはずがない。

「ここはジュヌヴィエーヴの屋敷なの。まさか自分の応接間から出ていくように頼むわけにいかないでしょう？」

「あら、わたしなら喜んで出ていくわ」ジュヌヴィエーヴは請けあった。

パンドラは友人に非難めいた目を向けた。「わかったわ……じゃあ、あなたには自分の応接間でくつろいでもらって、わたしは、この……話し合いの続きをしながら閣下の馬車で屋敷まで送ってもらうわ。それが、ここにいる全員にとって最善の策だと思うけど。わたしの馬車は彼が帰らせてしまったようだから」

だが、そうすれば一台の馬車にふたりきりで乗ることになる。ジュヌヴィエーヴを訪ねるだけだと考えて、ヘンリーを連れてこなかったのだ。

「すばらしい」明らかに非難されているにもかかわらず〝閣下〟は謝りもせずに言った。

「それでは失礼します、マダム」彼はジュヌヴィエーヴにお辞儀をした。

「ごきげんよう」ジュヌヴィエーヴがあっさり応じる。

「パンドラは、ぼくがかならず無事に屋敷まで送り届けます」そう言って、ルパートは例の魅力的な笑みを浮かべた――いまなら、喜んでそのハンサムな顔を引っぱたいて消してやりたい笑みを。

パンドラがけっして乱暴を働くような人間ではないことを考えると、あいかわらず傲慢な彼の態度のせいで、パンドラがいかに不満と苛立ちを抱えているかは明らかだった。

「いい加減、怖い目でにらむのはやめてくれないか」

快適な馬車に向かい合わせに座って、しばらくしてから、ルパートは苛立たしげにパンドラを見やった。

「だが、すでにぼくに腹を立てているようだから、ついでに言っておこう。さっき、きみの留守中にハイバリー邸の鍵を交換させた」

パンドラが訝《いぶか》るように押し黙った隙に、ルパートは彼女の姿に見とれた。今日のドレスと美しいボンネットも、とてもよく似あっている。その色は、比類ないすみれ色の瞳とまさしく同じだ。

いまは彼に向けて怒りの火花を散らしている、すみれ色の瞳と。

「わたしの家の鍵を、交換させた？」パンドラは食ってかかった。

ルパートは尊大な態度でうなずいた。「昨晩きみの屋敷に侵入した犯人は、どこも破っていなかった」

「あなたはそんなこと知らないはずよ」

「いや、知っている。窓は割れていなかったし、ドアの鍵も壊されていなかった。そのことから推測すると――」

「どう推測しようと勝手だけど」パンドラはこぶしを握りしめて遮った。「本当に、なんて人なの。あなたほど傲慢で……」

痛烈に非難するはずだったパンドラの言葉は、ふいに遮られた。一日じゅう彼女を追いかけていたせいで、ルパートもいい加減にうんざりしていた。ルパートはふたりのあいだの距離をすばやく縮めると、彼女をしっかりと抱きしめて、その誘うようなやわらかな唇にみずからの口を押しあてた。

とつぜんのキスにショックを受けたパンドラは、しばらくのあいだ呆然としていた。彼の腕に抱かれたまま、彫刻のごとき唇が自分の唇を大胆に貪るに任せる。心地よく、誘惑するように。こんなにも興奮を感じるべきではないことも、その一方で、どうやっても興奮を抑えられないことも、パンドラにはわかっていた。

ルパートが指にキスをした、この上なく官能的なひとときと、こうして巧みに唇にキスをしている、この瞬間とのあいだには、あたかも時間の隔たりがないように感じられた。ふたりを包むように突如として燃えあがった炎は、避けられないものであるかのように。抗《あらが》いがたいかのように。

パンドラはわずかに顔を上げ、いまや思いのままに自分の口を味わっているルパートの唇の感触を確かめようとした。少しずつ腕が上がり、レースの手袋をはめた手は、いつの間にか極上の上着に包まれた広くたくましい肩をつかんでいた。ふくよかな胸とうずく頂は、腰に力強くまわされた腕に抱き寄せられて、ルパートの硬い胸に押しつぶされている。ふたりのあいだの空気は、まさに性的な緊張に満ちていた。

ルパートの片方の手が胸のふくらみを包みこむのを感じて、パンドラは小さな悲鳴をあげた。彼の親指のやわらかな先が、尖って敏感になった頂をかすめると、その悲鳴はあえぎ声となり、燃えるような快感が体じゅうの血管に流れて、果実のごとく熟れた脚のあいだを潤わせた。

その快感のほかは、パンドラはすべてを忘れた。彼女が唇を開くと、ルパートはすかさず舌を輪郭に沿って這《は》わせてから、口の中にすべりこませた。彼の舌は感じやすい曲線や熱いくぼみを隅々まで探りあて、口じゅうをわが物顔でまさぐり、そのあいだにも手で胸を愛撫《あいぶ》しつづける。やがて熱を帯びた素肌に、ひんやりとした手があてられたかと思いきや、その手がドレスの胸もとのやわらかな生地を押しさげ、むき出しになった豊かな胸のふくらみを包みこんだ。たっぷりと揉《も》みしだき、長い指が尖った先端にやさしく触れた。

パンドラは、かつて味わったことのないほどの興奮の渦にのみこまれた。ルパートは敏感な頂を容赦なくもてあそぶ。巧みな指が熟した先端をつまんではこすると同時に、舌が口の奥のくぼみをリズミカルになでまわす。気がつくと、脚のあいだの秘められた場所も同じリズムで熱く脈打ちはじめていた。

そのまま誰にも邪魔されなければ、はたしてどうなっていたのか、パンドラには想像もつかなかった。だが、馬車の外で遠慮がちな咳払《せきばら》いが聞こえた瞬間、彼女はなかば現実に引き戻された。

そして霧に包まれたような頭に、ルパートの馬丁の声が響いた。「公爵夫人のお屋敷に到着いたしました、閣下」

パンドラはとっさに身を引いて、驚きで丸くした目でルパートを見あげた。見つめかえす彼の目は銀色にきらめき、頬はわずかに紅潮し、いつもよりも腫れた唇はみだらな曲線を描いている。

混乱した頭をはっきりさせようと、パンドラはかぶりを振った。自分がこうしたことを許すべきではないと考えた理由を思い出そうとした。けっして許すべきではないと。

そうだったわ。パンドラは思いあたった。

「答えはノーよ、ストラットン」ぴしゃりと言うと、パンドラはさらに彼の腕から逃れ、窓に顔を向けて、外で待っている馬丁に馬車の扉を開けるよう合図した。馬丁が目を合わせようとせずに、さりげなく空を見あげたことには気づかないふりをした。

ルパートは馬車を降りようとするパンドラの腕をつかんで、手荒く自分のほうに体を向けさせた。すみれ色の瞳に怒りの火花が飛び散っている。その怒りとは裏腹に、彼女の頬は興奮で赤らみ、さらけ出されたままの胸はふくらんで先端はつんと尖り、愛らしい唇も情熱的なキスでわずかに腫れていた。「何に対する答えだ?」彼はうなるような声で尋ねた。

パンドラは目を見ひらいた。「ゲームはやめて。わたしは真剣よ」

張りつめて、狂おしいほど脈打っているルパートの下腹部が叫んでいた。自分が望んでいる唯一のゲームは、パンドラが裸で横たわり、そのすべらかな脚のあいだに深々と身を埋《うず》めることだと。

ルパートは苛立たしげにため息をついた。「本当に、なんのことだかわからないんだ」

パンドラの目が濃い紫色になった。「それなら、いまここで手短に言うわ。いまも、これから先も、わたしはあなたの次の愛人になるという〝いかがわしい名誉〟を受け入れるつもりはないわ」

これ以上ないほど率直な言葉に、ルパートはひどく驚いて、思わずパンドラのやわらかな腕を握る手を緩めた。その一瞬の隙をついて、パンドラは彼の手を振りはらうと、すばやく馬車を降りて、堂々とした足取りで開かれた屋敷のドアの中に入っていった。彼女に命じられたのであろう、すかさず執事がドアを閉めた。

ひとり馬車に残されたルパートは、革張りの座席の背にもたれた。驚きのあまり、そうすることしかできなかった。

昨晩オペラに招待したのも、今日、話をしたいと告げたのも、いましがたのキスも、すべては自分を愛人にするための布石だった――パンドラはそう思いこんでいる。

とんでもない。

これほど侮辱的でなければ、パンドラの勘違いも、それに対する彼女の反応も楽しむことができたかもしれない。それにしても〝いかがわしい名誉〟というのはどういう意味なのか？

「ストラットン邸に戻られますか、閣下？」

ルパートは辛抱強く待っている馬丁にぼんやりと目を向け、少しして、やっとわれに返るなり決意を固めた。「いや、ぜったいに帰らないぞ」

ルパートは勢いよく馬車から石畳の通りに降り立った。

「ここで待っていてくれ、グレグソン」そして、苦々しげにパンドラの屋敷の窓を見あげた。「少し時間がかかるかもしれないが」

パンドラが早足で階段をのぼり、すっかり片づいた寝室に入ってボンネットを外すなり、とつぜん背後のドアが開け放たれた。驚いて振りかえると、見るからにいきりたったルパートが入り口で仁王立ちになっている。

「どうして……？」

「念のために言っておくが」ルパートはドアをばたんと閉めると、ゆっくりと、足音をたてずにこちらへ向かって歩き出した。「何かを断る場合、ふつうは頼まれるまで待つものだ」

後ずさりをして化粧台に突きあたったパンドラは、身を守るように両手を胸にあて、不安げに目を見ひらいてルパートを見つめた。ルパートはパンドラの数センチ手前で止まると、背が高く肩幅の広い体躯《たいく》で威圧するように立ちはだかった。「わたしは、てっきり……」

「言い訳は無用だ」ルパートはきれいに並んだ白い歯を軋《きし》らせた。「あれほどあからさまにぼくを侮辱する前に、きみがこの状況について少しでも考えたとは思えない」

彼がなんのことを言っているのか、パンドラは端《はな》からとぼけるつもりはなかった。

「ジュヌヴィエーヴも同じ意見よ。この二日間、あなたがわたしに関心を示しているのは、明らかにわたしを愛人にするつもりだからと」

「ぼくについて、ご友人とそれほど深く話しあってくれたとは光栄だね」だが、言葉とは裏腹にその口調は冷ややかだった。「ふたりにはっきり言っておかなければならない。ぼくの最近のいわゆる〝関心〟について、きみたちの導き出した結論は、まったくの誤りだと」

「まあ……」パンドラはこれほどの屈辱を味わったことはなかった。打ちのめされるあまり、この場から逃れて、どこかに隠れたい気分だった。どこでもいいから。だが、ルパートが目の前に立ちふさがっていては無理だ。パンドラが舌先で唇を湿らすと、その動きに食い入るような視線を感じた。「侮辱してしまったのなら謝るわ、閣……ルパート」怒りに燃えたグレーの目が警告するように細められたのを見て、パンドラは言い直した。「そんなつもりはなかったの。わたしはただ――」

「ぼくがはっきり口に出して言う前に、愛人になるという〝いかがわしい名誉〟を辞退したかった」

確かにわたしはそう言った、パンドラは内心ひるみながらも認めた。ルパートはその言葉に腹を立てているのだ。「それは……もちろん、そういうふうに思われて心から喜ぶ女性も――」

「やめろ、パンドラ」ルパートは荒々しく遮った。「ぼくに対する侮辱は、どうやっても取り消すことはできない」

今度は動揺が顔に出た。「あのときは、わたしも怒っていたから――」

「ぼくがそんな申し出をして、きみを侮辱するつもりだと思ったからだろう?」歯を食いしばったルパートの顎が、こわばっているのがわかる。

「ええ……そのとおりよ。ねえ、ルパート、お願いだから、もうちょっと……離れてくれないかしら?」威嚇するように立ちはだかる彼を見あげているせいで、パンドラは首が痛くなってきた。おまけに、ルパートに部屋じゅうの空気を吸われてしまったかのように、息ができなかった。

「断る」

断固とした口調に、パンドラは目をまたたいた。「あなたは招かれてもいないのに、わたしの寝室にいるのよ」彼女は反撃に転じた。「二日間で、二度も。だから、せめてその威圧的な態度だけでも改めるべきだと思うけど」

非難を受けとめたルパートは、おそらくそのとおりだと認め、パンドラを怯《おび》えさせないように一歩後ろに下がった。「これでいいか？」

「少しは……ましになったわ」パンドラは小さくため息をついた。

いまの自分たちの状況が滑稽だと気づくと、ルパートは当初の怒りが少しずつおさまるのを感じた。金色の巻き毛に、魅惑的なすみれ色の瞳の、ひどく美しいパンドラ・メイベリー。その彼女が、つい先ほど、ほかの誰よりも痛烈に、徹底的に、自分を侮辱した。相手が男の場合、自分に対してそんな口のきき方をしようものなら、たちまち決闘を申し込むところだろう。

実際、パンドラの夫と愛人がその運命をたどったことを思い出し、ルパートの心はわずかに沈んだ。

ルパートはパンドラから離れると、窓際に近づいて眼下の通りを眺めた。公爵家の四頭立ての馬車は、あいかわらず石畳に停《と》まって、彼をストラットン邸まで運ぶのを待っていた。おそらく、おとなしく馬車に乗って帰るのが賢明だろう。

そこで自分を待ち受ける女性さえいなければ……。

決意を新たにして背筋を伸ばすと、ルパートは振りかえった。それから、用心深い目で様子をうかがっているパンドラに向き直った。

「驚くかもしれないが、ぼくの申し出は、愛人になってほしいということではない——妻になってほしいんだ」

8

パンドラはわけがわからずにルパートを見つめた。

いまのは聞き違いに決まっている。彼がそんなことを頼むはずがない……あの彫刻のような唇で無意味なことを断言することはあっても、傲慢なルパート・スターリングが相手に何かを頼むわけがない。

万が一そんなことがあったとしても、やはり聞き間違えたとしか思えなかった。プライドの高い、洗練されたストラットン公爵ルパート・スターリングが、醜聞にまみれたパンドラ・メイベリーを公爵夫人にしたいなどと言い出すはずがないのだから。

「きみが黙りこんでいるのは、ある意味では歓迎すべきことだ。だがその一方で、先ほどの侮辱よりも喜ばしいとは思えない」緊迫した沈黙が流れる中、ルパートはゆっくりと言った。

パンドラはまばたきをすると、目を細めてルパートを見あげた。

「いまのはあなた流の冗談？」負けじと言いかえす。「そうだとしたら、ちっともおもしろくないわ」パンドラはもどかしげに寝室の中央に進み出た。「お願いだから、もう帰って」突き刺さるような視線を彼に向けた。

それは、まったくルパートが望んでいた反応ではなかった。人生で最初の――できることなら最後の求婚が、よもや冷やかしだと思われるとは、なんという皮肉か。そう、この状況は確かに喜ばしいとは言えない。

「よかったら、きちんと説明してもらえないか？　ぼくが誰かと結婚することが、なぜ冗談に思えるのか」ルパートは尋ねた。

すみれ色の瞳が静かにきらめいた。

「相手がわたしだからよ。あるいは世間が考えているような、わたしという人間だから」パンドラはそっとつけ加えた。

この数日間で、ルパートは目の前の女性について知りうることをすべて学んだ――彼女の夫と愛人が死んでから、社交界がパンドラをさげすんできたこと。パンドラが喪に服しているあいだに、ほとんどの人間が彼女の存在自体を忘れ去ろうとしたこと。そして数週間前にパンドラが社交界に復帰してからは、大部分の人間があからさまに彼女を避けていること。クレイボーンとウーラートンの両公爵夫人のみが、積極的に彼女と付き合っていること。

だからといって、ルパートはこうした状況が自分とパンドラの結婚の妨げになるとは思わなかった。むしろ、みずからの妻となる女性について、あの不幸な出来事のあとのことではなく、生まれながらの素顔を知りたかった。

ルパートは眉を上げてみせた。「それで、世間はきみのことをどう考えているというんだ？」

パンドラはじれったそうにルパートを見た。「夫とトーマス・スタンリー卿《きょう》が、決闘で死んだのよ」

「それで？」

パンドラが唇を引き結んだ。「言わなくてもわかるでしょう？」

「いや、わからないな」

「やめて、ルパート」パンドラは悲しげに笑った。「わたしには悪い噂《うわさ》がつきまとっているの。何も気にせずにわたしを受け入れてくれるのは、ほんのひと握りの友人だけ。そんな女に自分からかかわりたいと思う紳士がいるなんて、信じられないわ。ましてや結婚を申し込むなんて。実際、あなたが二度もわたしの寝室に無理やり入りこんだのは、わたしに対してちっとも敬意を抱いていない証拠よ」

落ち着かない様子で寝室を歩きまわるパンドラの姿を、ルパートは目を細めて見つめていた。赤みの引いた頬はやわらかな象牙色で、いつものすみれ色の瞳は色濃く、ほとんど紫に見える。

「あるいは、きみとベッドをともにしたい気持ちの表れか」

パンドラは疑うような目でじっとルパートを見つめ、しばらくしてから、深々とため息をついた。

「その目的を達するために、わざわざ結婚を申し込む必要なんてない。喜んでそう教えてくれる人は、世間にいくらでもいるはずよ」

「すでにはっきり言ったはずだ。しかも、何度も。よほどのことがない限り、ぼくは世間の連中の言うことには耳を貸さない」ルパートはゆっくりと言った。「それに、自分の妻を選ぶことに関して、彼らの承認を得るつもりもない」

「だとしたら、あなたはばかよ」

部屋を行ったり来たりするパンドラは、もはや興奮を隠せなかった。頬はまたしても赤くなり、足を踏み出すたびに金色の巻き毛が揺れる。

「そんなことをしたら、あなたの名前に傷がつくわ」

ルパートはパンドラを見おろした。「ぼくはストラットン公爵だ。ぼくの求婚を受け入れれば、きみはストラットン公爵夫人となる。つまり、ぼくが傷つけられる恐れのある名前は消えてなくなるわけだ」

「あなたは――」

「そうだ、パンドラ。自分がいつ、誰と結婚するかを決めるのは、このぼくだ」ルパートの上唇が軽蔑するように歪《ゆが》む。「世間の連中は誰ひとり、きみの結婚生活が実際のところどんなものだったか知らなかった。そうだろう？　それとも、きみは彼らの目の前でスタンリーと関係していたのか……あるいは、ひょっとしたら彼らのいないところで？」

「ばかなこと言わないで」パンドラは我慢できずに声をあげた。

ルパートは短くうなずいた。「それなら、ぼくは未来の花嫁について、ぜひとも真実を知りたい」

真実？

それは世間で思われていることとは、ほど遠いものだ。

よりによってルパート・スターリングに、真実を打ち明けてもいいのかしら。もし信じてもらえれば、この一年で着せられた汚名を残らずすすぐことができるだろう。もし信じてもらえれば……。

バーナビー・メイベリーとの三年間に及ぶ結婚が、最初から最後まで見せかけにすぎなかったと主張したら、はたして誰かに信じてもらえるのだろうか。この結婚は、バーナビーが本当の性的嗜好《しこう》を隠すための偽装だったと。一年前の夫バーナビーとトーマス・スタンリー卿による決闘は、パンドラを奪いあって行われたものではなく、ふたりがそれぞれ親密に付き合っていた〝男性〟が同一人物だったと発覚したせいだということを、信じて受け入れてくれる人がいるのか。

パンドラが夫の驚くべき性的嗜好を知ったのは、結婚式の晩のことだった。彼が寝室に入ってきたのは、今後はいっさいそこで寝ないと告げるためだけだった。夫婦の営みは言うまでもなく、ただ女性の体に触れると考えただけでもぞっとすると。

続けてバーナビーから聞かされた事実に、パンドラは呆然《ぼうぜん》として、吐き気すら覚えた。みずからの私生活について、バーナビーが形式上の妻に打ち明けたのは、彼女の父親の借金をすべて肩代わりしたからだった。つまり、自分たちの結婚の実態について少しでも他言するようなことがあれば、父親が破産することになると脅したのだ。夫が男性しか愛せないのだという衝撃の事実を知って、パンドラは屈辱のあまり、父が他界してからもこの件については固く口を閉ざしていた。

一年前に、パンドラがみずからの汚名をすすごうともしなかったのは、そうすることで、何も知らない三人が幸せに暮らせるとわかっていたからだった。トーマス卿の未亡人とふたりの子どもが、哀れみではなくあざけりを買うくらいなら、自分が悪者になるほうがはるかにましだと考えたのだ。

いま、ルパートに真実を打ち明けられずにいるのも、それが理由だった。

パンドラは背筋を伸ばした。「わたしのほかに、あなたの妻となるのにふさわしい貴婦人がいるんじゃないかしら？」

パンドラが誰のことを指しているのかは明らかだ。その女性のことを考えただけで、ルパートの鼻の穴がふくらんだ。

パトリシア・スターリング。父の未亡人。父の死後、自分が九カ月にわたって公然と一緒に暮らしていると思われている女性。

たとえパトリシアが地上に残された唯一の女性であっても、二度と肌を触れあわせることはないだろう。

だが、ありがたいことに女性はほかにもいる。「父の未亡人のことを指しているのなら、はっきりそう言ったらどうだ」

「じゃあ、そうさせてもらうわ」すみれ色の瞳がきらめく。「良心があるのなら、あなたは彼女に結婚を申し込むべきじゃないの？」

「言っておくが、パトリシア・スターリングに関しては、良心が痛むようなことはいっさいない」ルパートは冷静に言った。

「本当に？」パンドラは半信半疑だった。

「本当だ」ルパートの顎はこわばった。「それに、父親の未亡人と結婚するなど、個人的にも社会的にも受け入れがたいことだ」

パンドラは非難めいたまなざしを向けた。

「だから、ほかの女性と結婚して隠そうとしているんでしょう……継母とのふつうではない関係を」

「やっと舌が動くようになったと思ったら、どうやら毒舌になっていたようだな」ルパートはパンドラを冷ややかに見つめた。

象牙色の頬がみるみる赤く染まる。「あなたたちふたりの噂を立てたのは、わたしじゃないわ」

「ぼくでもない」ルパートは言い張ったものの、いまの自分の生活が世間で取り沙汰されているのが誰のせいなのかは、言われなくてもわかっていた。「いまはパトリシアのことは置いておいて、さっきの話の続きをするわけにはいかないか？」

パンドラは金色の眉を上げた。「わたしにあなたとの結婚を考えるように提案した、あの話？」

不信感のあらわな口調にばかにされたように感じて、ルパートの顎がこわばる。「そうだ」

「そのお話なら断ります。仮に求婚を受け入れたとして、その結婚生活にかかわるもうひとりの女性の存在を忘れられるとは思えないもの。たしか、フランス語でそういう言葉があったわ」

「三人婚《メナージュ・ア・トロワ》」ルパートは厳しい語調で言った。

「ええ、それ」パンドラの表情も硬く、あいかわらず頬を紅潮させている。「わたしたちが結婚したら、そういうふうに暮らすことになるのかしら」

「ふざけるな、そんなことあるものか」

「そんな乱暴な口のきき方をしなくても——」

「そうせずにはいられないんだ、くそっ」ルパートはパンドラをにらみつけた。「言っておくが、パトリシアが父の妻になると知った日から、ぼくは彼女に指一本触れていない。もちろん、二度と触れるつもりもない」冷淡につけ加えた。

激しい口調に圧倒されて、パンドラは眉をつりあげた。「信じられないわ」

「どう思われようが、それが事実だ」

まさか……ひょっとしたらわたしと同じように、ルパートも世間の心ない噂の犠牲者なのかしら？　とはいっても、彼の身がまったくの潔白であるとは思えなかった。この十年のあいだに耳にした彼の浮き名がすべて嘘《うそ》であるはずがない。

それでもパトリシア・スターリングとのことに限っては、あるいは彼は潔白なのかもしれない。自分がバーナビーと結婚していながら、トーマス・スタンリー卿と関係していたと根も葉もない噂を立てられたように。

だが、いくらルパートが激しく否定しても、パンドラにはにわかに信じがたかった。なんといっても、彼の父親が亡くなってから現在にいたるまで、ふたりは公然と一緒に暮らしているのだから。

だから、ルパートの求婚には別の理由があるにちがいない。考えられる唯一の理由は、パンドラが最初に出した結論と同じものだった――彼は若くて美しい継母との道ならぬ関係から周囲の目をそらすために、別の女性と結婚しようとしている。

かつて愛のない偽装結婚を強いられたパンドラにしてみれば、二度と同じ過ちを繰りかえすような真似《まね》はしたくなかった。

「あなたの求婚は、言うまでもなくお断りを――」

「なぜ〝言うまでもなく〟なんだ?」ルパートが遮った。

「わかりきったことでしょう?」パンドラが切りかえすと、ルパートはまたしても傲慢な顔で彼女を見おろした。

「ぼくにはわからないね」荒々しい声をあげる。

パンドラはため息をついた。「わたしたちは、ほんの数日前に知りあったばかりなのよ。それなのに、あなたが自分に夢中だと信じるほど、わたしがうぶな女だとは思っていないでしょう?」実際、純潔はともかく、パンドラの純真な心は結婚式の晩にすっかり打ち砕かれてしまった。「それに、わたしだってあなたに夢中ではないわ」パンドラは最後にきっぱりと言った。だが内心では、こんな状況でなければ、たぶん彼に魅了されていただろうことは自分でもわかっていた。

ルパート・スターリングは、驚くほどハンサムなだけでなく、人間的な魅力を兼ね備えていることもパンドラは見抜いていた。昨晩、劇場から帰って、何者かが屋敷に侵入したことがわかったときも、彼は自分を気遣い、守ろうとしてくれた。そのあとの寝室での親密なひとときと、今日の馬車での出来事は……。

バーナビー・メイベリーと結婚したときは、パンドラはまだ二十歳で、もちろん男性をまったく知らなかった。ゆうべと、先ほどのルパートの馬車の中で、パンドラは生まれてはじめて肉体的な快感を味わった。そのあまりの心地よさに、思い出しただけでいまでも胸が張りを増し、先端が硬くなるほどだった。

けれども、もはや自分は世間知らずでも、結婚したばかりの初々しい乙女でもない。男性に心から愛されて、その愛に情熱的に応えたいという少女時代の憧れも、とっくに消えてしまった。だから、このままルパートのもたらす快感に身をゆだねることはできなかった。そうするだけの勇気がなかった。

「もう話は終わったわ――ルパート？」腕を強くつかまれ、パンドラは驚いて彼を見あげた。

「そう、ぼくはルパートだ」彼は歯を見せて笑ったが、ちっともおもしろくなさそうな表情だった。「バーナビー・メイベリーではない。トーマス・スタンリーでもない。ルパート・スターリングだ。そして、たとえ……ぼくたちがほんの数日前に知りあったばかりだとしても、そのあいだに、自分がきみに対して正直に振る舞わなかったとは思っていない。違うか？」意図的にパンドラと同じ言葉を用いながら、ルパートはグレーの目を冷たくきらめかせて彼女を見おろした。その頬に、頬骨が剣の刃《やいば》のごとく鋭く浮き出ている。

「気づいていないわけじゃないわ」パンドラは慎重に認めた。

ルパートはそうだろうと言わんばかりにうなずいた。「そして、いまも嘘をつくつもりはない。なぜぼくがきみと結婚したいのか、と尋ねたね。だから答えよう。それを聞いて、その理由が結婚するのに妥当かどうかを判断するのは、きみに任せる。それでかまわないか？」

その是非はともかく、いまの言葉はパンドラの耳に冷たくてよそよそしく、打算的にさえ聞こえた。

「わたしはすでに求婚を断ったのに、それでもその理由を教えてくれるの？」

ルパートの高貴で整った顔がわずかにやわらぎ、彼女の腕をつかんでいる手が緩んだ。

「理由を聞けば、ひょっとしたらきみは考え直すかもしれない」

だが、パンドラにはそうは思えなかった。「言っておくけど、わたしが近いうちにロンドンを発《た》つ計画は着々と進んでいるの。計画を変更するつもりもないわ」

ルパートはうなずいた。「この部屋から、きみのものがほとんど消えていることには気づいていた」

パンドラは疲れたような笑みを浮かべた。「壊れてしまって直せないものがたくさんあったせいでもあるわ」

「誰がなんの目的でやったのか、まだわからないのか？」

「さっぱり」パンドラは肩をすくめた。

ルパートも犯人は見当がつかなかったが、彼女の屋敷が一年で四度も侵入された理由については自分なりに推測していた。何者かが――おそらくメイベリーの愛人が、メイベリーのとつぜんの死を知って、見つかるとまずいものをここに置いて出ていったのだ。その人物は、間違いなくハイバリー邸の鍵を持っている。だからルパートは今日、屋敷の鍵を交換させたのだ。犯人が何を捜しているのかはまだわからなかったが、一日も早く犯人の正体を突きとめるつもりだった。

「話がそれてしまった」不法侵入の件はさておき、ルパートはパンドラの腕を放した。「ぼくが結婚しなければならない理由を話すあいだ、あの椅子に座っていたら？」

「結婚しなければならない理由？」椅子の端に腰かけながら、パンドラは訝《いぶか》しげに問いかえした。

さすがはパンドラだ――この二日間で、ルパートは彼女の頭の回転の速さに気づいていたが、案の定、彼女は話の鍵となる言葉を聞き逃さなかった。

「ぼくは結婚しなければならない」ルパートは冷然と認めた。「みずからの不愉快な悩みの種を取り除くために」

すみれ色の目が丸くなる。「パトリシア・スターリングのこと？」

ルパートの笑みはこわばっていた。「そうだ」

パンドラは眉をつりあげた。「よくわからないわ」

「いまから話すことを知っているのは、ぼくのふたりの親友と弁護士だけだ」ルパートは寝室を歩きまわりはじめた。「まず最初に、きみが考えているとおりだということは認める。確かにぼくは、継母がまだパトリシア・ハンプソンだったころに、彼女と親しい関係にあった」口もとが自分をあざわらうように歪む。「完全にぼくの過ちだ。これほど自分の首を絞めたことはない」

「それで？」

ルパートは深々と息を吐き出した。「最初から話そう」

「それに越したことはないわ」

冗談めかした言い方に、ルパートは思わずパンドラをにらみつけた。「自分の過ちについて話すことには慣れていないんだ」

「あなたはきっと、めったに過ちを犯さないから、この件については例外としてもかまわないのよね？」

「パンドラ」

「ごめんなさい」パンドラは寂しげにほほえんだ。「あなたがあまりにも……不機嫌そうだったから。たった一度の過ちを認めるだけで」

ルパートは不機嫌どころではなかった。いまでは、美しくも策略家のパトリシア・ハンプソンとベッドをともにしたことは言うまでもなく、そもそも彼女に目をとめた日をなかったことにしたいくらいだった。

「きみにきちんと説明すれば、たぶん不機嫌になる理由をわかってもらえるだろう」ルパートは顔をしかめた。「当時、ぼくは陸軍の任務に就いていた……もう七年前のことだ。過酷な毎日だったが、ルシファーやダンテと篤《あつ》い友情を築いたのもそのころだった。ともに戦地へ赴き、笑って勝利の美酒に酔いしれつつも、次の戦いが最後になるかどうかは誰にもわからなかった」ルパートは、ある意味では楽しかった日々に思いを馳《は》せた。

同じ部隊に配属されるまでは、ルシファーやダンテとは顔見知り程度だったが、ともに戦い、ともに酒を飲み、ともに女遊びに興じるうちに三人の絆《きずな》は深まり、いまではきょうだい以上に親しい仲だった。

「あるとき、短い休暇で帰省した折に、パトリシアを紹介された。そのときに彼女の思惑に気づくべきだった」ルパートは自己嫌悪に陥ってかぶりを振った。「パトリシアはデヴォンシャーの貧しい男爵の末娘で、社交界にデビューしてからすでに数年がたっていた。知りあってすぐに、彼女は、その……なんというか、自分はいつでも楽しむ用意があると言ってきた。ぼくは愚かにも、その誘いに乗ってしまった」パンドラが大げさに眉を上げてみせると、ルパートは顔をしかめた。「わかっているよ。女性のこととなると、ぼくはきみに言われたように、救いようのないばからしい」

「別に意地悪をするつもりはなかったのよ」

ルパートはため息をついた。「知りあってからしばらくのあいだ、パトリシアとぼくはふたりきりで会っていた。やがて休暇が終わって、ぼくは部隊に帰ることになった。すると彼女は、それまでずっとほかの男性からの求婚を断りつづけてきた理由を明らかにした。いわく、結婚相手にふさわしい身分の紳士が現れるのを待っていたのだと。そして、ぼくこそがその紳士だと言った」彼の目つきが険しくなった。「ぼくはためらうことなく、彼女の期待を打ち砕いた」

パンドラの目が丸くなった。「でも、あなたと付き合っていたせいで、パトリシアの評判には傷がついたんじゃないの？」

「自分でも、こんなことになるとは考えていなかった」ルパートは見るからに苦悩をにじませていた。「きみがどう思おうと、パンドラ、ぼくは紳士だ。紳士というのは、貴婦人の……貞節について誰かと話すような真似はしない」

しばらくのあいだ、パンドラはぽかんと彼を見つめていたが、ふいにその言葉の意味を理解した。「あなたは彼女のはじめての相手ではなかった」

「はじめてどころか」ルパートは厳しい顔で認めた。「最後でもなかった。きみに気まずい思いをさせてしまったら、すまない」パンドラが目をそらしたのに気づいて、ルパートは眉をひそめた。「ただ、ぼくは自分がなぜパトリシアとの結婚を考えもしなかったのかを説明したいだけだ。ぼくは……彼女は断られたことに納得しなかった」

「そうでしょうね」パンドラもパトリシアをよく知っているわけではなかったが、これまでに何度か顔を合わせたことはあった。パトリシア・スターリングは確かに美しいが、自分とはまったくタイプが異なり、気分屋で、何かと男性に媚《こ》び、いかにも世慣れていたので、パンドラは親しくするどころか好意すら抱けなかった。

いまやルパートの視線は氷のごとく冷たかった。「ぼくたちは言い争いになった。そしてパトリシアは、ぼくが結婚を断ったことで報いを受けるだろうと脅した。そのときはただのはったりだと思って、ぼくは深く考えずに予定どおり部隊に戻った。それが大きな過ちだった」またもやルパートの表情が険しくなった。「ほどなく父から手紙が届いて、近々結婚すると知らせてきた。その相手というのが、ほかならぬパトリシア・ハンプソンだった」

パンドラは小さく息をのんだ。「それがあなたに対する復讐《ふくしゅう》だったのね……お父さまと結婚することが」

「そのとおり」父からの手紙を受け取ったときの衝撃を、ルパートはいまでも忘れられなかった。父が、自分と関係を持ったばかりの女性と結婚するつもりだと知ったときのことを。

「結婚を阻止することはできなかったの？」

よみがえった怒りに目をきらめかせながら、ルパートは陰鬱な表情で答えた。「手遅れだった。その手紙がぼくのもとに届いたときには、すでに結婚式が予定されていた日付は過ぎていた」

「そのことで、お父さまと話を……話す機会はあったの？」

「何を話すというんだ？」ルパートは顔をしかめた。「あなたの妻は、かつてぼくとベッドをともにしていましたと？」

「もちろん、そんなことは言えないけれど、でも……お父さまは、あなたたちの噂を耳にしなかったのかしら？」

ルパートは首を振った。「父は、ぼくに輪をかけて社交界と距離を置いていたし、そもそもぼくは父と疎遠だった。ぼくは母にそっくりだったんだ。両親は政略結婚で、うまくいっていたとは言えなかった。父とぼくは一緒にいても互いに気まずい思いをしていた。だから、父の知らないことを、わざわざ話す気にはなれなかった。新しい公爵夫人とぼくが、かつて……親しかったなどとは、口が裂けても言えなかった」

「その気持ちはよくわかるわ」パンドラはうなずいた。「それで、お父さまは再婚して幸せだったの？」

ルパートの口がひどく歪んだ。

「父は目がくらむほど美しい若妻に夢中だった。そうなるのはわかっていたが」そして、彼は眉間にしわを寄せた。「ところがパトリシアは、ことあるごとに、以前のようにぼくをベッドに誘いこもうとした」

パンドラの眉がつりあがる。「それで、あなたは――」

「やめろ！」ルパートは語気荒く遮って、歯を食いしばった。「さっきも言ったとおり、あの女は不愉快この上ない。彼女に触れるくらいなら、蛇に触るほうがましだ」

激しい憎悪のこめられた口調は、とても演技とは思えなかった。パトリシアがルパートの父親と結婚した事情を考えれば、彼がこれほど継母を嫌悪するのも理解できた。「お父さまは、妻のそうした行動に気づいていたのかしら？」

「いや、気づいていなかったはずだ。さいわいにも」ルパートは言った。「父の遺言書がそれを裏づけている」重苦しい口調だった。

パンドラは用心深くルパートを見た。「もしかして、そのお父さまの遺言書のせいなの？　あなたがわたしに……ほんの数日前に知りあったばかりの女に結婚を申し込んだのは」

ルパートは思わず感嘆のまなざしを向けた。パンドラのことを知れば知るほど、好意を抱かずにはいられなかった。確かにパンドラと出会ったのは〝ほんの数日前〟だったが、短いあいだに、彼女が美しく魅力的な女性であるばかりか、洞察力と知性も兼ね備えていることにもルパートは気づいた。パンドラと話していると、ほかの女性と一緒にいるときのように退屈することはなかった。彼女は、ほかのどんな女性とも違う。

「そのとおりだ」ルパートは認めた。「わかってほしい。父とはけっして近しい間柄ではなかったが、それでもぼくは父の揺るぎない行動規範を尊敬していたし、鋭い観察眼と豊かな知性には頭が下がる思いだった」

六十代にして、なお威厳のあった故ストラットン公爵を思い起こして、パンドラはうなずいた。とにかく社交界で人望が厚く、かつてバーナビーが公爵を褒めているのを聞いたこともあった――その政治に対する鋭敏な理解力と公正な視点によって、議会からも一目置かれる存在だと。

「だが不幸にも、こと妻に関しては、父のそうした優れた能力はまったく発揮されなかった」ルパートは厳しい口調で続けた。「その結果、父は遺言書にある条項をつけ加えたんだ。若く美しい妻のせいで、すっかり分別を失っていたとしか思えない。すなわち、息子であるぼくが結婚するまでは、妻はあらゆる公爵家の屋敷に住みつづけることができると」

「そう……」

なぜルパート・スターリングがいまの、道徳に反しているように見える生活を送っているのか。ようやくその理由がわかって、パンドラの息は吐息となって吐き出された。

「それで、お父さまが亡くなってから、パトリシアはつねにあなたが住む屋敷で暮らすことにしたのね」

ルパートの口から低いうなり声がもれる。「そうだ」

「あなたがほかの場所で暮らしたら？」

ルパートは肩をすくめた。

「一度、ベネディクト・ルーカス卿の屋敷に滞在させてもらったが、結局、かえって面倒なことになった。まあ、混乱するほどではなかったにしても。ストラットン家の数多くの領地や事業を管理する際に、ストラットン邸にいれば防ぐことのできた手違いが発生したんだ。そういうわけで、どれだけ厄介でも、どれだけ不愉快でも、公爵未亡人が同じ屋敷にいる状態が、かれこれ半年以上続いている」

パンドラ自身は、自分をちっとも求めておらず、一緒にいることさえ厭《いと》われている紳士とともに暮らすなど想像もつかなかった。実際、自身の結婚生活では、式の翌日から、可能な限りバーナビーとは別の場所で生活するようにしていた。それだけに、パトリシア・スターリングがただひとつの目的のために、プライドを捨ててまでルパートを追いまわして屋敷から屋敷へと移り住んでいることが信じられなかった。

「ぼくと結婚するのは、そんなに耐えがたいことだろうか、パンドラ？」

いつの間にかルパートがすぐ前に立っているのに気づいて、パンドラは驚いて目を丸くした。

そして、やさしく手を取られて、ルパートの目の前に立たされた瞬間、ついさっき自分を快楽の渦に陥れた彼の愛撫《あいぶ》と、その情熱に対するみずからの解き放たれた反応を思い出した。

9

そうはいっても……。

ルパートに握られていた手を引き抜いて、彼から離れると、そばにいるときよりもずっと楽に息ができることにパンドラは気づいた。

「あなたのお父さまと結婚してから、パトリシアが自分の過ちに気づいたということは考えられないの？　つまり、本当に愛していたのは、そしていまでも愛しているのはあなただったと」

「あの女が愛しているのは、ただひとり……自分自身だ」ルパートの口が軽蔑するように歪《ゆが》んだ。「そして、ぼくに対する策略の裏にどんな動機が隠されていようと、そのことはけっして忘れまい」

パンドラは唇をきつく噛《か》んだ。

「もしそれが事実なら――」

「事実だ」

断定的な口調には、疑いをはさむ余地はなかった。「だとしたら、本当に悲しいことだし、わたしも心から同情するわ。でも――」

「またしても断るつもりか、パンドラ」まさしくそうしようとしていたパンドラに対して、ルパートは声を荒らげた。「ひと晩だけでも考えてくれ。そして明日の朝、あらためて答えを聞かせてほしい」

パンドラは眉根を寄せた。「最後まで言わせてもらえるかしら?」

責められたルパートは、背筋を伸ばして頭を下げた。

「もちろんだ。すまなかった」

パンドラはそっけなくうなずいた。「わたしが言おうとしていたのは、確かにわたしと結婚することで、あなたはいまの厄介な状況から抜け出せるかもしれない。けれど、すぐに別の問題を抱えるのは、ほぼ間違いないわ。つまり、あなたは前の夫を裏切ったともっぱら噂《うわさ》されている女と結婚することになるのよ。それどころか、その夫は彼女の愛人だと思われていた男性と決闘をして、愛人もろとも命を落としたことは誰もが知っているわ」

〝もっぱら噂されている〟と〝愛人だと思われていた男性〟という表現を、ルパートは聞き逃さなかった。

「それで、前の夫にはまったく非がなかったというのか?」すでにルパートは、バーナビー・メイベリーがけっして潔白ではなかったと考えていた。今日も、パンドラの所在を突きとめるのに一日の大半を費やしていなかったら、いまごろはバーナビーの不義を示す証拠が見つかっていたかもしれない。

パンドラは驚いてルパートを見た。「たとえ彼に非があったところで、そんな妻の行為が許されると思う？」

ルパートは目を細めてパンドラを見つめ、またしても、あの深いすみれ色の瞳に多くの秘密が隠されていることに気づいた――そして、頑《かたく》なに結ばれた口は、それらをけっして彼に打ち明けるつもりはないと物語っていた。

だが、もしパンドラが結婚に同意したら、ルパートはどれだけ時間と精力を傾けても、断固として聞き出すつもりだった。

もし彼女が妻となったら……。

いまの状況では、その可能性はないに等しい。しかし、それが逆にルパートをいっそう燃え立たせていた。なんとしてでもパンドラに求婚を受け入れさせてみせる。

「それは、彼の非がなんであるかにもよるだろう」ルパートは、ようやくゆっくりとした口調で答えた。

「前にも言ったとおり、あなたの求婚を喜んで受け入れる女性が、社交界には何十人も――いいえ、何百人もいるのに、どうしてわたしに執着するの？」

「何百人というのは大げさだ」ルパートはからかうように言った。「その中で、なぜきみを選んだかということについては……」

迷わず一歩前に足を踏み出したとたん、赤みの差したパンドラの頬とせわしない呼吸に気づいた。自分と同じように、ふたりのあいだに間違いなく存在する引力に体が反応している証拠だ。そもそも証拠が必要だとすれば。

「この二日間で、ぼくたちはうまくやっていけるとわかっただろう？　ベッドの中でも外でも」

パンドラは目を丸くして息をのんだ。「そんなことは……大きな声で言うものじゃないわ」

本当に不可解な女性だと、ルパートはどこか沈んだ気持ちで認めた。だからこそ、もっと知りたいと思わせられるのかもしれない。

パンドラは三年のあいだ人妻で、その後一年は未亡人だ。おまけに噂どおりだとすれば、貞淑な妻ではなかったことになる。一方で、きわどい言葉には頬を染めて目をそらすなど、まるで社交界に出たばかりの娘のような反応を示す。きわめて興味をそそられると同時に、ルパートは不満も覚えた。それだけに、いっそうパンドラの秘密をすべて聞き出してみせようと心に決めた。

「とにかく、ぼくの妻になったらどんなすばらしいことがあるのか、時間をかけて考えてほしいんだ。断るのはそれからでも遅くない」ルパートは諭すように言った。

パンドラの頬が愛らしく染まる。「すばらしいこと？」

「そっちの意味で言ったんじゃない」ルパートはからかった。「ぼくの妻、つまり公爵夫人になれば、もう田舎へ行く必要もない。あるいは、せっかく親しくなったふたりの友人たちと離れることもない」彼はパンドラの気持ちを代弁するように、急いでつけ加えた。

「本当は離れたくないんだろう？」

「え、ええ」すみれ色の瞳に、かすかに希望の光が灯《とも》った。

ぼく自身の魅力ではパンドラの心を動かすことはできない。ルパートは自嘲気味にそう認めた。だが、パンドラを妻にするという決意は固く、そのためには手段を選ばない覚悟だった。

「今日のところは帰るよ。あとはひとりでゆっくり考えてくれ」

「でも――」

「明日、また答えを聞きに来よう。では、ごきげんよう」ルパートは恭しく頭を下げた。一時間以上、彼女の寝室でふたりきりで話をしていたことを考えれば、まったく不釣り合いな礼儀作法だった。

「だけど……ええ、わかったわ」ルパート自身と、いまの話のせいで混乱するあまり、パンドラも無意識のうちにお辞儀をしていた。それから、呼び鈴を鳴らしてベントリーを呼ぶのが精いっぱいだった。

ルパートが執事に伴われて寝室を出ていくなり、パンドラは深い後悔に苛《さいな》まれた――彼があきらめるまで、求婚をきっぱり断りつづけるべきだった。けれども、こういう状況になってしまったからには、明日もかならずルパート・スターリングは訪ねてくるだろう。

ひょっとして、わたしはそれを待ち望んでいるの？

パンドラはベッドの横に力なく膝をついた。頭の中はとまどいと矛盾でいっぱいだった。いまだ消えることのない過去の醜聞のせいで、わたしはルパート・スターリングと結婚できないの？　それとも？

ルパートが言ったように、もし結婚に同意すれば、自分はもはや夫を裏切ったウィンドウッド公爵夫人ではなく、れっきとしたストラットン公爵夫人となる。社交界の誰ひとりとして、本人の耳に入ろうと入るまいと、その妻を侮辱することはもちろん、結婚相手に選んだ女性について異論をはさむことさえできない紳士の妻となるのだ。

その上、ルパートがあっさり指摘したように、もし彼の妻となれば、社交界から身を引いて田舎に逃げ隠れる必要もない。ソフィアやジュヌヴィエーヴと離れなくてすむのだ。結婚生活のことを尋ねられるのが怖くて、この数年間、誰とも親しく付き合う勇気がなかっただけに、ふたりとの友情は、パンドラにとっては何にも増してかけがえのないものだった。

そう考えると、ルパートの妻になって不都合なことは何もない。

ルパート・スターリング本人を別にすれば……。

彼ほど腹立たしい傲慢な男性には会ったことがなかった――彼ほどハンサムで心ときめく男性には。

それだけに、自分のように恋愛経験の乏しい女は、一度ベッドをともにすれば、彼の関心を惹《ひ》きつづけることができずに、たちまち飽きられてしまうように思えてならなかった。そうしたら、理由こそまったく異なるものの、前のときと同じように不幸な結婚生活を送ることになるのではないか。

きっとそう。だからルパートの求婚を受け入れるわけにはいかない。明日、彼が訪ねてきたら、はっきりそう言って断ろう。

ようやく結論が出ると、パンドラはあらためてロンドンを離れる決意を固め、ふたたびそのための準備に取りかかった。

「それにしても今夜は妙に静かだな、ルパート？」

その日の晩、ベネディクト・ルーカス卿《きょう》――ルシファーは、友人に向かってゆっくりと言った。クラブを訪れたふたりは、小さな火の燃えている暖炉の両側に置かれた椅子に座って、冷えきった体を温めていた。

ルパートにとって、向かいに座っている友人に注意を戻すのはひと苦労だった。それほど今夜はうわの空だった。

「おそらく、ぼくが本気で結婚を考えているからだろうな」

ベネディクトが黒い眉をつりあげる。「本当か?」

「そんなに驚くなよ。ぼくに妻が必要な理由は、互いにわかっているはずだ」

友人は顔をしかめた。「それで、心当たりの女性がいるのか?」

ルパートの口が歪んだ。「えも言われぬ、すみれ色の瞳の女性だ」

すっかりくつろいで座っていたベネディクトは、ふいに立ちあがった。「まさか、パンドラ・メイベリーじゃないだろうな?」

驚きを隠さない友人に、ルパートはにやりとしてみせた。

「そのまさかだ」

「だが、てっきり……。ああ、ゆうべ、彼女がおまえと一緒にオペラへ行ったのは知っている。知らないやつなんていないからな。それでもおまえは……彼女が自分の花嫁にふさわしいと、本気で思っているのか?」ベネディクトはわずかに苛立《いらだ》っているようだった。

「つまり、その……過去の醜聞については、どう考えているんだ?」

ルパートの笑みが消え、氷のごとく冷ややかな目になった。

「ベネディクト、おまえとの友情はずっと大切にしてきた。そして、これからも長く付き合っていきたいと心の底から思っている。だが、たとえおまえでも、ぼくが結婚を申し込んだ女性をさげすむような口のきき方は許さない」

その冷淡な口調に、友人は眉を上げた。

「すでに申し込んだのか？」

「ああ」そっけなく答えた。

ベネディクトは信じられないといった様子でかぶりを振った。「それなら、なぜ結婚が決まったとすぐに報告しなかったんだ？」

「決まっていないからだ。まだ返事をもらっていない」訝《いぶか》るベネディクトに向かって、ルパートは手短に説明した。

「なんだって？」ベネディクトは顔をしかめた。「彼女なら、てっきりおまえの腕をもぎ取るほどの勢いで飛びつくと思っていたが……あるいは、体のほかの部分を」

ルパートは物思いに沈んだ口調で言った。「パンドラについてはいろいろ言われているが、ぼくにはそうした噂のほとんどが事実ではないように思えるんだ」

ベネディクトは友人を興味深げに見つめてから口を開いた。「彼女のことが好きなんだな」

「自分が望んでもいない女性に、妻になってくれとは言わないだろう」ルパートは曖昧に答えた。

「そうではなくて、おまえはほかの誰でもなく、彼女が好きだと言ったんだ。しかも、あのえも言われぬ、すみれ色の瞳や美しい見た目に惹かれているだけじゃない」ベネディクトは考えこむようにつぶやいた。

仮にそうだとしたら――そしてこの瞬間まで、自分がそのことについて深く考えるのを拒んでいたのだとしたら、たとえベネディクト・ルーカスのように親しい友人が相手でも、誰かと話しあうような話題ではない。

「ぼくは明白な理由があって妻を必要としていた。たまたま彼女が条件を満たしていたから、パンドラ・メイベリーに結婚を申し込んだまでだ」ルパートはうんざりしたように言った。

「それで、おまえの条件というのは？」

「美しくて、頭がよくて、魅力のある女性だ」

「美しくて、頭がよくて、魅力のある……」ベネディクトはゆっくりと繰りかえした。「跡継ぎを産めるかどうかは関係ないのか？　おまえも知っているように、メイベリーとの結婚は数年間続いたが、彼女には子どもがいなかった」

その問題はルパートにとって、パンドラに対する好意以上に盲点だった。だが、いまは考えたくなかった。彼女がほかの男と親密にしていたと想像するだけで、たとえそれが前の夫であっても、ひどく不愉快だった。

なぜそんな気持ちになるのかは、さっぱりわからない。自分自身、これまでに付き合った恋人たちの名前すら思い出せないというのに。

「それは、パンドラとぼくが結婚してから話しあうべき問題だ」ルパートはぶっきらぼうに答えた。

「結婚する前じゃなくて？」

「昔、母が言っていた。子どもというのは神に与えられた権利ではなく、結婚に対する祝福なのだと」

「だが、もし新しい花嫁が跡継ぎを産めなかったら？」

「そのときは、ぼくの又従兄弟《またいとこ》のゴッドフリーが彼女に心から感謝するのは間違いない。彼が爵位を継ぐことになるからな」ルパートは意に介さなかった。「ところで、メイベリーについて知っていることがあれば教えてくれないか」

ベネディクトは肩をすくめた。「あいにく、たいして知らない。たしか、ぼくたちより二、三歳上だったが、ほとんど面識はなかった。痩せ型で、どこか時代遅れの男だったような気がするが、覚えているのはそれだけだ」

それではなんの役にも立たなかった。どういうわけか、ルパートはパンドラの死んだ夫について、もっとくわしく知りたかった。

「いや、かまわない。もう少しパンドラと親しくなったら、彼女の口から直接聞き出せるだろう」

ベネディクトは黒い眉を考えるように上げた。「つまり、彼女が求婚を受け入れると?」

「断らせるものか」ルパートは断固とした口調で宣言した。「この話はもういいだろう。それよりベネディクト、おまえのほうはどうなんだ?」

「あいかわらず、ゆっくり慎重に、といったところだ」友人は広い肩をすくめた。「ところで昨日、タッタスルズですばらしい競走馬を見かけたんだ」

ルパートは話題が変わったことを素直に受け入れた。ベネディクトがひそかに国家のために行っている任務について、話すことが禁じられているのは容易に察しがついた。


その晩、だいぶ遅くなってから、ルパートはパンドラの屋敷の前を通ってストラットン邸へ戻るよう御者に命じた。それがなぜなのかは自分でもさっぱりわからなかった。だが、いざ命じて訪れてみると、午前一時を過ぎているにもかかわらず、パンドラの屋敷にはまたしても煌々《こうこう》と明かりが灯されていた。

こうした浪費について、パンドラはただちに使用人に注意するべきだ。

あれは……?

屋敷の玄関の扉が年配の執事によって開けられ、ひとりの男が表に出てきた。靴から、いまかぶったばかりの帽子まで、全身黒ずくめだ。あたかも見られたくない、あるいは正体を明らかにしたくないといったふうに。

「馬車を停めてくれ」ルパートは身を乗り出して、馬車の屋根をたたきながら御者に指示した。「馬車を停《と》めろと言ったんだ！」御者が最初の命令を聞き逃したか、あるいは従わないと見ると、声を荒らげて繰りかえした。

ルパートは馬車が完全に停まるのも待たずに扉を開けると、石畳の通りに飛びおりた。外套《がいとう》の裾をひるがえしながら、堂々とした足取りで黒ずくめの男に近づいた。

「おい、待て！　そうだ、おまえだ」青白い顔が自分に向けられると、ルパートは確かめてから言った。「いったい、どういうつもりだ？」

「そういうおまえこそ誰なんだ？」返ってきたのは冷静な答えだった。

「ぼくはストラットン公爵、おまえがたったいま、午前一時という非常識な時間に出てきたのは、ぼくの親しい友人の屋敷だ」ルパートは傲慢な態度で応じた。

この紳士が午前一時にパンドラの屋敷で何をしていたのか、なんとしてでも突きとめるつもりだった。よからぬ想像が頭の中で渦を巻く。それが事実だとしたら、とうてい許しがたいことだ。

相手は落ち着きはらってルパートを見つめた。「本当か？」

「そう言ったはずだ」ルパートは吐き捨てるように言った。

しばらくのあいだ、男はルパートの挑むような視線を受けとめていたが、やがて屋敷を振りかえって、入り口に立っているベントリーに問うような顔を向けた。執事は短くうなずいた。

「そういうことでしたら。わたしは巡査部長のスマイス、こちらは部下です」屋敷から出てきた制服姿の少し若い男を振りかえって、彼はつけ加えた。「先ほど、何者かが公爵夫人の屋敷に押し入って、夫人の寝室に火を放ったと通報があったので、敷地内を調べていたところです」巡査部長は平然と続ける。

「なんてことだ……」ルパートは顔から血の気が引くのを感じた。「パンドラは無事なのか？」

「公爵夫人は煙を吸いこんだだけですみました。もちろん、ひどく怯《おび》えていらっしゃいますが……」

スマイス巡査部長の説明を最後まで聞かずに、ルパートはくるりと向きを変え、大急ぎで屋敷へ向かった。

「本当に大丈夫だから、ヘンリー」

寝室の隣の小さな応接間で、パンドラは肘掛け椅子に座ったまま、大騒ぎをするメイドに向かってかすれた声で請けあった。だが、本当のところは少なからず動揺していた。

ふと目を覚まして、ベッドのそばのカーテンが燃えているのに気づいたのは、つい先ほどのことだった。熱とむせるほどの煙で息ができず、炎から逃げることもできなかった。恐怖に駆られた悲鳴が、結果的にパンドラの命を救った。ベントリーや、ほかの使用人たちが寝室に駆けつけ、執事が女主人を抱きかかえて部屋から逃げ出すあいだに、料理人が先頭に立って台所から水の入った桶《おけ》を次々とメイドたちに運ばせ、どうにか火を消しとめた。

完全に火が消えてから一時間以上たつが、パンドラはまだ焼け焦げたベッドに目を向けることができずにいた。だが、動揺しているのは、そのせいばかりではなかった。ベントリーが、かつてバーナビーの書斎だった部屋の窓が割れているのを見つけ、警察に通報するべきだと言い張った。駆けつけた巡査部長に対して、パンドラは、いつの間にか眠りこんで、枕もとの蝋燭《ろうそく》をうっかり倒してしまったにちがいないと説明したが、巡査部長は放火の疑いがあると考えたのだ。

もちろん、パンドラは取りあわなかった。そんなことがあるはずないわ。誰かが、こんな恐ろしい、ぞっとするような方法で、意図的にわたしに危害を加えようとしたなんて……。

「あの騒ぎはいったいなんなの、ヘンリー？」外の廊下から大きな声が聞こえるのに気づいて、パンドラは眉をひそめた。

ヘンリーはこわばった顔でドアのほうを振りかえった。「まさか、戻ってきたんじゃ？」

パンドラは困惑した。「戻ってきたって、誰が？」

「奥さまをベッドで焼き殺そうとした怪物ですよ」ますます外の声がやかましくなって、ヘンリーはたじろいだ。

その生々しい言い方に、パンドラは思わず身震いした。大量の煙を吸いこんで咳《せ》きこんだ拍子に目を覚まし、みるみる周囲に燃え広がる炎に気づいていなければ、それはいとも簡単に現実になっていたかもしれないのだ。

実際、炎の勢いが衰えて消えたころには、ベッドカバーのみならず、ベッドそのものが焼き尽くされていた。寝室は黒焦げになり、いまだ屋敷じゅうに煙のにおいが充満している。

もっとも、今夜はこの寝室で眠るつもりはなかった。それどころか、巡査部長の推理を聞かされたあとでは、これから先も、この屋敷で眠ることは安全ではないように思えてきた。

「ただちにそこをどかないと、無理やりどかすぞ！」

「奥さまは震えるほど怯えていて――」

「三秒数えるうちにどかなければ、おまえが歯をがたがたいわせて震えることになる」

「ベントリー、かまわないから、ストラットン公爵閣下に入っていただいて」すぐに騒ぎの原因を察したパンドラは、ぐったりと疲れたように声を張りあげた。

屋敷に入るなり襲いかかってきた煙のにおいと闘いながら、ルパートはもう一度、過度に心配性の執事をぎろりとにらみつけてわきに寄らせると、応接間のドアを開け放った。座り心地のよさそうな小さい椅子が何脚か、それに花を活《い》けた花瓶と本が置かれた上品なテーブル、そしてパンドラがいた。

パンドラは肘掛け椅子に腰かけて、先日と同じように興奮したメイドを前に当惑していた。金色の巻き毛は華奢《きやしや》な背に垂れかかり、すっかり乱れて、豊かな胸のふくらみも隠すほどだった。

すみれ色の目は見ひらかれ、煤《すす》だらけの顔が青ざめているせいで濃い紫色に見える。藤色のシルクの部屋着は、レースの袖や裾の部分が黒く汚れ、やはり黒くなった藤色のサテンの小さな上靴とともに、彼女が火から逃れたばかりであることを物語っていた。

中に入ると、煙のにおいはいっそう強まった。パンドラの寝室へと続くドアにふと目をやる。ルパートは、折を見て寝室の状況を自分の目で確かめるつもりだった。

だが、いまはパンドラが心配だ。

「下がってくれ」ルパートは、パンドラがヘンリーと呼んでいたメイドに静かに命じ、相手がすぐに従うと胸をなでおろした。今夜は、メイドのヒステリーをなだめるだけの忍耐力は持ちあわせていなかった。「怪我《けが》はないか？」ルパートはすぐにパンドラの横にしゃがみこむと、煤で黒くなった優美な手の片方を取って、みずからの大きな手でやさしく包みこんだ。

「ベントリーに怒鳴らないでほしかったわ」パンドラはとがめた。「彼がいなかったら、いまごろは……」言葉を切り、ごくりと唾をのんで喉を震わせた。「彼は炎をものともせずに、わたしを寝室から運び出してくれたのよ」

「それなら、帰る前に、お詫《わ》びと心からの感謝を伝えておこう」ルパートははっきり約束した。「だがまずは、ぼくが見てわかる以外に怪我はないか？」

パンドラの手がところどころ赤くなっているのに気づいて、ルパートは顔をしかめながらも、やさしく尋ねた。ベントリーが助けに来る前に、彼女は手で火を消そうとしたのかもしれない。

「どこも怪我してないわ」その声は、いつもよりもずっとかすれていた。こんなときでなかったら、ルパートは思わず性的興奮を覚えたにちがいない。だが、パンドラのひどいかすれ声は煙を大量に吸いこんだせいだとわかっていた。

ルパートは探るようにパンドラを見あげ、まっすぐ自分を見つめかえす紫色の目の奥に、透けるような象牙色の肌に、そして震えの止まらないやわらかな下唇に、恐怖がひそんでいるのに気づいた。意志の強そうな尖《とが》った小さな顎にも、いまは弱さがにじみ出ている。

ルパートの決断はすばやかった。

「きみをここに置いておくわけにはいかない」彼はふいに立ちあがると、身をかがめて、軽々とパンドラを腕に抱きあげた。

「ルパート！」パンドラは抗議の声をあげながらも、彼の肩に腕をまわした。「どこへ連れていくつもり？」

ルパートはパンドラの声に耳を貸さず、断固とした足取りで応接間を出た。だが、廊下で見張り番をしていたベントリーに気づいて、ふいに足を止めた。

ルパートは誠意をこめて話しかけた。「さっきは本当にすまなかった。それから、公爵夫人を助け出した勇気ある行動と、この件をきちんと警察に通報した適切な判断にも心から感謝する」

「わたしにとって奥さまは、ふたりの孫娘と同じくらい大切な方です」執事はきっぱりと答えた。「それは、幸運にもここで雇っていただけた、わたしたち全員の気持ちです」

パンドラが思いやりを見せて、ほかでは門前払いされるような使用人たちを雇ったことを思い出し、ルパートは深々とうなずいた。そのやさしさのおかげで、今夜、彼女は命が助かったと言っても過言ではない。

「公爵夫人は数日以内に戻ってきて、この屋敷を閉める。そのあとは、きみたち全員にストラットン公爵のいずれかの屋敷で働いてもらおう」

「ルパート――」

「なんだ、パンドラ？」ルパートは彼女のほうを見もせずに階段へ向かった。

パンドラはルパートの険しい顔を見あげた。いまの言葉が何を意味するのか、さっぱりわけがわからなかった。「あなたが言ったように、数日以内に戻ってくるとしたら、わたしはどこか別の場所へ行くのね？」

「そのとおり」

「どこへ？」

「家だ、もちろん」

「わたしは――」パンドラは目をぱちくりさせた。「でも、わたしはすでに家にいるわ」

「ぼくの家だ」ルパートはきっぱり言った。「いまからきみをぼくの家へ連れていく」

パンドラは信じられないといった表情でルパートを見あげた。シルクとレースの――しかも焼け焦げた部屋着をはおっただけの自分を、彼がこの屋敷から連れ出すはずなどないと思いながら。

10

「感謝していないわけじゃないのよ、ルパート」

「そうなのか?」

「もちろんよ」

「だが、感謝しているようには見えない」

「わたしはただ……屋敷から連れ出す前に、せめて着替える時間をくれたらよかったのにと思っているだけ。あるいは、ヘンリーに荷造りさせる時間を。そうすれば、ここに着いてから着替えられたのに」

「もう寝る時間だ、パンドラ。服を着るのではなくて、脱ぐ時間だ。それに……」ルパートは包み隠さずに続けた。今夜、ぼくはあのヒステリックなメイドを相手にする気分でもない。

「ヘンリーはよかれと思ってやっているのよ」

「フン族の王アッティラも、まさにそう思いこんでいたにちがいない」

「あなたって、本当に同情心のかけらも——」

「それが世間に広く知られている、ストラットンという男よ」

いかにも尊大な口調の声がふいに割りこんできた。ルパートがパンドラを屋敷から運び出し、馬車に乗せ、御者にストラットン邸へ向けて出発するよう命じてから、ずっとふたりのあいだで続いていた会話が、とつぜん遮られた。

「いったい、どういうつもりなの、ルパート？　わたしの屋敷に娼婦《しょうふ》を連れこむなんて」

その女性の声が非難がましく大きくなる。

「言っておくが、ここはぼくの屋敷だ。忘れないでもらいたい」ルパートは冷ややかに言いかえして、パンドラをしっかり腕に抱いたまま振りかえった。「それに、この貴婦人をそんなふうに呼ぶことには我慢ならない」

「わたしのやることに文句は言わせないわ。その女は……まさかメイベリーの？」パトリシアが信じられないといった表情で尋ねた。

パトリシアの声が聞こえた瞬間から、パンドラはルパートの腕の中で身をこわばらせていた。焼け焦げた部屋着の上から、彼が外套《がいとう》をはおらせてくれたことに、あらためて胸をなでおろさずにいられなかった。

パンドラは不安げにルパートを見あげた。馬車を降りてから、ふたたび彼に抱きあげられ、たくましい胸にしっかりと抱きしめられているせいで、パトリシアが現れたとたんに彼の体がひそかにこわばったのがわかった。

ルパートの怒りに満ちた顔から目をそらすことができずに、パンドラの背筋に震えが走る。継母をにらみつける、氷のごとく冷たいグレーの目。引き締まった肌に刃《やいば》のように鋭く浮き出た頬骨。固く真一文字に結ばれた口。歯を食いしばったいかつい顎。

ハイバリー邸からここまで来るあいだ、パンドラは彼とともにストラットン邸へ行くことに難色を示して、ずっと言い争っていた。それでも、いまルパートがパトリシア・スターリングに向けているような激しい憎悪に満ちた目で見られたことはなかった。

この瞬間まで、パトリシア・スターリングがルパートの屋敷で暮らしている事実はもちろん、その存在さえパンドラは忘れていた。

「いかにも、こちらはパンドラ・メイベリー。ウィンドウッド公爵夫人だ」ルパートは挑むように言った。「近い将来、ストラットン公爵夫人となるはずの女性でもある」

「忘れたの？　ストラットン公爵夫人は、このわたしよ」

「それも、いまのうちだ」ルパートは満足げに告げた。

次の瞬間、激高した悲鳴が空気を切り裂いて鼓膜を打ち破り、とうとうパンドラは広い曲がり階段の上に立っている女性に目を向けざるをえなかった。背が高く、怒りで紅潮した高貴な顔をみごとな黒い巻き毛が包んでいる。ネグリジェの上にはおったシルクの部屋着は、ルパートの冷ややかなグレーの目とまったく同じ色だ。

ひょっとして故意に合わせたのかしら――そう気づいたパンドラは、内心穏やかではいられなかった。

「黙れ。耳障りだ」ルパートは怒鳴った。「いますぐぼくの視界から消えるんだ。その声がぼくの耳に届かない場所へ行け」

パトリシアは鋭く息を吸いこんだ。「よくも、このわたしにそんな口のきき方ができるわね」

「よくわかっていると思うが、自分の話し方は自分で選ぶのがぼくの主義だ」冷ややかな口調で続けながら、ルパートはパンドラを抱いて階段をのぼった。ほんの一瞬、継母をにらみつけてから、大股で廊下を歩き出した。

「わたしが屋敷にいるあいだは、その女と寝ることは許さないわ」

「心配いらない。たとえパンドラをぼくのベッドへ連れていくことがあっても、そのときは一睡もするつもりはない」

ルパートは歩を緩めることなく、かつて恋人だった女性に無情な言葉を浴びせた。こんなにも誰かを憎むことがあろうとは考えもしなかったほど、激しい嫌悪感を抱いている女性に。

「それから、きみはパンドラの存在にひどく感情を害しているようだから、一刻も早くこの屋敷から出ていったらどうだろう。彼女もぼくも、そのほうがありがたい」ルパートはそうつけ加えた。

「わたしを怒らせるために、こんなことをしているんでしょう？　それならわたしだって――」

「ぼくを傲慢だと責める資格がきみにあるのか？」ルパートはさげすむように笑いながら、身をかがめて、廊下の中ほどにあるドアを開けた。「きみが何をしようと、あるいは何をしまいと、パンドラもぼくもいっさい関心はない」彼はきっぱりと言い渡した。

「言われなくてもわかるわ。その証拠に、あなたのその小ねずみは、わたしの存在に気づいてからひと言もしゃべっていないもの」

見くだしたような口調で〝小ねずみ〟と呼ばれ、パンドラは思わず気色ばんだ。パトリシアと同じく自分も生まれながらの公爵夫人ではないが、その身分にふさわしくなるように努力はしてきたつもりだ。

「わたしが黙っているのは、あなたがいるかどうかとは関係ありません。もう午前二時で、疲れていて、早くベッドに入りたいからです」パンドラはよそよそしく答えた。

「では、ぼくたちはこれで失礼する」ルパートは満足げに言うと、部屋に入って、足でドアを閉めた。枕もとのテーブルには、すでに蝋燭《ろうそく》が灯《とも》され、寝室を照らしている。

とても男らしい部屋だと、パンドラは寝室を見まわして気づいた。金のカーテンに囲まれた大きなマホガニー製の四柱式ベッド、同じく大きくてどっしりした衣装戸棚、やはりマホガニー製で引き出しが六つある大きな鏡台。

壁には美しい馬の絵が何枚か飾られ、窓のカーテンはベッドとおそろい。床には艶《あで》やかな金色のオービュッソン絨毯《じゅうたん》が敷かれている。ここがルパートの部屋だろうか。

ふたりで同じベッドに寝るとルパートがパトリシアにあからさまに仄《ほの》めかしたせいで、いまだにパンドラの頬はほのかに染まっていた。

「疲れていてベッドに横になりたいと言ったのは、あなたのベッドにという意味ではないわ」

「たしか〝早くベッドに入りたい〟と言ったはずだが」ルパートはからかうように言うと、金色のベッドカバーの上にパンドラをそっと下ろしてから身を起こした。

「自分のベッドに、という意味よ」パンドラは言い直すと、起きあがって、彼の外套を体に巻きつけた。「明らかにここじゃないわ」

「きみの寝室とベッドは、まだ準備が整っていない」そう言いながら、ルパートは煤《すす》と煙で汚れた上着を脱いで椅子に放った。

「だけど、さっきはあんなことを言っておきながら、ここはどう見てもあなたの寝室だわ」パンドラはかぶりを振った。「いっそのこと、ソフィアかジュヌヴィエーヴのところへ連れていってくれればよかったのに」

「あのふたりまで、きみと同じように危険にさらすつもりか？」

パンドラの顔からさっと血の気が引いた。「あなたも今夜の火事は放火だと考えているの？」

ルパートの顎がこわばる。「ベントリーが今夜の出来事を警察に通報したのは、きわめて妥当な判断だった。今回は、さすがのきみもそう思うはずだ。これまでに何者かが屋敷に侵入したときとは違って」彼はとがめるように眉を上げた。

パンドラは、その鋭いグレーの視線から目をそらした。

「わたしはただ……そんな些細《ささい》なことで警察の手を煩わせるような――」

「今夜の火事は些細なことではない」ルパートは異を唱えた。「ぼくは全力できみを守るつもりだ」

「わたしをこの部屋に寝かせて？」

またしてもルパートの顎がこわばった。「手始めにね」

パンドラは乾いた唇に舌を這《は》わせた。「どうしてもと言うなら――」

「どうしてもだ」

彼女は考えこんでいるようだった。「別の寝室を用意してもらうのは無理かしら？」

「ここにいるほうがいい」

「でも――」

「きみがまったく別の部屋にいたら、どうやって守ればいいんだ？」ルパートは遮った。

パンドラは眉をひそめたままだ。「わたしがあなたの寝室で眠るのは、少なからず問題があるわ」

「きみがどこで眠っているか、誰にわかるというんだ？」

パンドラが不安げに眉をひそめる。「公爵未亡人にはわかるわ」

ルパートは口を結んだ。「この屋敷に別の女性がいることを、彼女が誰かに話すとは思えない。ましてや、その女性がぼくの部屋で夜を過ごしていることなど」

確かにそうだと、パンドラはしぶしぶ認めた。パトリシアのルパートに対する心情を思えば、そんなことをするとは思えない。それでも……。

「きみの動揺がおさまるのであれば、ぼくは隣の化粧室で寝る」ルパートは請けあった。

「ところで、寝る前に煤や汚れを落としたほうがいい。すぐに体を洗うための湯を用意させよう」彼はあえて話題を変えて、とりあえずやるべきことにパンドラの注意を向けた。

「待って、ルパート」

「なんだ？」

「こんな時間に、お湯を用意してもらうわけにはいかないわ」彼のベッドで眠ることを考えて心をざわめかせながら、パンドラは断った。たとえルパートが同じ部屋にいないにせよ、そんなことになろうとは夢にも思わなかった。

「そういうことに関しては、ぼくの判断に任せてもらいたい」ルパートは尊大な調子で眉を上げた。

煤や汚れを洗い落とせると考えて、ちょっぴり明るい気分になったものの、すぐにいまが午前二時だと思い出して、パンドラは沈んだ顔つきになった。全員ではないにしても、ほとんどの使用人は眠っている時刻だ。自分の屋敷でも、ようやく騒動がおさまって、いまごろはみんな寝静まっているにちがいない。

じつのところ、パンドラはまだスマイス巡査部長の推理にとまどいを覚えていた。巡査部長は、バーナビーの書斎の窓が割れていたことと寝室の火事は無関係ではなく、何者かが自分をベッドで殺すため――そう、ヘンリーが生々しく描写したように焼き殺すために、意図的かつ容赦なく仕組んだと考えている。

本当に、誰かがわたしを殺したいほど憎んでいるの？

社交界のほとんどの人間から、非難と疑惑の目で見られていることは知っている。正確には、その大半が女性で、男性はまったく別の目で見ているにしても。けれども、死んでほしいと思うほど強い感情を抱く者がいるとは思いもしなかった。

もう少しで死ぬところだったと考えただけで、パンドラは震えが止まらなかった。

パンドラのそんな様子を、ルパートはじっと見ていた。今夜、自分が殺されかけたことを彼女がはっきり自覚するのを、ルパートはずっと待っていた。実際、ストラットン邸へ向かう馬車の中では、慰めるのにふさわしい場所に着くまで、そのことを忘れさせようと、故意に怒りをかき立てようとしたほどだ。

そのときは、怒りをかき立てるのが最も無難な方法に思えた。華奢《きやしや》な背に垂れかかった金色の巻き毛を見ているだけで、激しい欲望が燃えあがったからだ。ことによれば彼女は死んでいたかもしれないというのに、まったく不謹慎なことだ。ルパートはそう自分を戒めて、どうにかこらえた。

「パンドラ、ぼくを見るんだ」

目の前にしゃがみこんで促すと、ようやくパンドラはまつげを上げ、あいかわらず驚くほど美しいながらも、どこか焦点の合わないすみれ色の目でこちらを見つめた。

ルパートは彼女の震える手を両手で包みこんだ。「ぼくと一緒にいれば安全だ」真顔で言った。

パンドラは舌の先で唇を湿らせてから、口を開いた。「本当に?」

ルパートはしっかりと彼女の視線を受けとめた。「ああ」

「どうして断言できるの?」ささやくような声だった。

正直なところ、確実な保証はなかった。だが、みずからの力が及ぶ限り、ルパートは何があってもこの女性に危害が及ばないようにするつもりだった。いまも、これから先も。

実際、政府に知り合いのいるベネディクトに頼んで、バーナビー・メイベリーについて照会し、彼がハイバリー邸にひそかに囲っていたにちがいない愛人の正体を突きとめてもらおうと考えていた。

「ぼくではきみを守れないと思っているのか？」からかうような口調とは裏腹に、ルパートは心の中で、怒りとともに固く誓っていた――今後、金髪一本でも彼女を傷つける者があれば、けっして許すまい。

パンドラは弱々しくほほえんだ。

「いいえ、もちろんそんなふうには思っていないわ。ただ、あなたでも、ほかの誰でも、本当にわたしを安心させてくれることができるのか、少し心配になっただけ」

ルパートは彼女を探るように見つめた。「家族はいないのか？」

「ええ」パンドラは寂しげにうなずいた。「両親はどちらもひとりっ子で、ふたりとも三年ほど前に亡くなったの。わたし自身もきょうだいはいないわ」

叔父と叔母、それに彼らの子どもたちを別にすれば、ルパートにも近しい親戚はいなかった。十二歳のころに亡くなった母のことは、いまでもよく思い出す。だがパンドラにも打ち明けたように、父との関係はもともと深くはなかったため、父の死を悲しむことはあっても、とくに懐かしいとは思わなかった。

ルパートは励ますようにパンドラの手を握った。

「だったら、ぼくたちは互いに世界でひとりきりだと言えそうだ。結婚して、自分たちの家族を作ることを本気で考えてみないか？」

青ざめた顔のパンドラが目を丸くした。「まだわたしと結婚するつもりなの？」

ルパートは訝《いぶか》しげな目を向けた。「まだって？」

「スマイス巡査部長の推理が正しければ、わたしと結婚したらいつかあなたも、自分のベッドで眠っているあいだに焼き殺されるかもしれないわ」熱くうねるような炎に囲まれた光景を思い出して、パンドラは思わず身震いをした。

「ぼくたちのベッドだ」ルパートはかすれた声で言い直した。

パンドラは大きく目をぱちくりさせ、自分の目の奥をのぞきこむグレーのまなざしに熱い称賛が浮かんでいるのに気づいて頬を染めた。その目は、ルパートの求婚を受け入れて夫婦になれば、ふたりは同じベッドで眠ることになるのだと物語っていた――警告していた。ルパートの視線が必要以上にゆっくりと胸のふくらみをなぞるにつれ、その称賛はだんだんと深まり、結婚まで待たなくとも、いつ何が起きても不思議ではない気分にさせられた。

パンドラは思わず目をそらした。「わたし……ここは……ここが公爵の寝室なの？」

まさに公爵にふさわしい、広々とした部屋だった。衣類などはいっさい置かれておらず、きちんと片づいているさまは、これといった特徴もなかったが、室内にパインツリーとサンダルウッドの香りがほのかに漂っている。いまやすぐにルパートと同じだとわかる、さわやかな香りだ。

ルパートの唇が引き結ばれた。「違う」

パンドラは問うように彼を見た。「えっ？」

「違う」ルパートは繰りかえした。「公爵のスイートルームは屋敷の反対側だ。寝室の隣の部屋は、まだ父の未亡人が使っている。この部屋は造りは同じで、四年前までは、ぼくが街に滞在するあいだにいつも利用していた」

四年前まで……ルパートの父親がパトリシアと結婚するまで。

先ほどのふたりのやりとりを聞いて、パンドラはルパートがかつての恋人に対して敵意を抱いていることを確信した。そして、彼が自分と結婚する意思を告げたときのパトリシアの反応にも、同じものを感じた。

「きみが妻になってくれたら、まず最初に、公爵のスイートルームのためにまったく新しい家具を選んで、部屋の飾りつけも一新してほしい」彼は続けた。「何もぼくたちが使うわけではなくて、とにかくあの女の痕跡を屋敷からきれいに消し去りたいんだ」

その険しい口調と表情が自分に向けられたものではないことを、パンドラは理解していた。

「本当に彼女が嫌いなのね」

「心から憎んでいる」ルパートの目が怒りできらめく。「疑っていたのか？」

正直なところ半信半疑だった。実際、今夜まで、パンドラは心の片隅でちょっぴり疑っていた。公爵未亡人に対するルパートの激しい怒りは本物なのか、それとも、喧嘩《けんか》した直後に彼女が自分の父親と結婚したことが単に悔しいだけなのか。先ほど、ルパートとパトリシアのやりとりを聞いて、疑いはすっかり消えた。

パンドラは悲しそうに肩をすくめた。

「男性がかならずしも真実をすべて明らかにするわけではないことは、いままでの経験で学んでいるわ」

ルパートは目を細めてパンドラの不安げな美しい顔を見つめた。「いったいどの男から学んだのか、訊《き》いてもいいか？」

「夫だったのか、それとも愛人だったのかを知りたいんでしょう？」パンドラは皮肉っぽく問いかえした。

ルパートはパンドラの手を放すと、ベッドの隣に腰かけて彼女のほうを向いた。両手でやさしく顔を包みこんで、その美しい目の奥をじっとのぞきこんだ。

「いまきみが口にしたような辛辣さは、そうした感情を持つ人間を破滅に追いこむだけだと、誰からも教わらなかった？」

それは、新しい妻にもてあそばれる父親の姿を目の当たりにしながら、ルパート自身がこの四年間に学んだ教訓だった。そして、これほどまでに心やさしいパンドラに、できることならそうした幻滅を味わってほしくなかった。実際、彼はすぐにでもふたりで新たな生活を始めたいと考えていた。互いにとって、これまでの人生の悲しみを忘れられるような生活を。

パンドラは眉をひそめ、用心深い表情でルパートを見あげた。「あなたはちっとも、デビルじゃないわ」

その昔、自堕落な生活を送っていたころに周囲がつけた呼び名を耳にして、ルパートは静かに笑った。いまでも折に触れてそう呼ばれることがある。

「そんなことを言っても、誰にも信用してもらえないだろう」

そうかもしれないと、パンドラは認めた。けれども、この数日間にルパートが自分に見せた素顔を世間の人々は知らないのだ。もちろん、傲慢で堂々としたストラットン公爵であることには変わりない。でも、ルパートがそれ以上の存在であると、いまでははっきり言いきることができる。

ソフィアの舞踏会で、文字どおりわたしを助け出してくれた紳士こそ、まさにルパートの本当の姿だ。リチャード・サグドン卿《きょう》の蛮行を防いで、屋敷まで無事に送り届けてくれた紳士。

翌日の晩、彼はふたりの親戚とともに、わたしを強引にオペラに誘い出した。そのあとで単なるキス以上のことをし、今日はジュヌヴィエーヴの屋敷までわたしを捜しに来て、結婚を申し込んだ。

本当に、わずか数時間前の出来事なの？　短いあいだに、あまりにも多くのことがあったような気がする。とりわけ、ベッドで寝ていて、気がつくと燃え盛る炎に包まれていたときには、この上ない恐怖にとらわれた。折よくベントリーが助けに来てくれなかったら……。

パンドラは思わず身を震わせた。

「サグドン卿は、もうロンドンを発《た》ったのかしら？」

ルパートは顔をしかめた。「たしか、出発はあさっての予定だと聞いているが」

「ひょっとしたら彼が……彼はソフィアの舞踏会の晩、ひどく怒っていた？」

「今夜はもうそのことは考えるな、パンドラ」ルパートは彼女を落ち着かせた。

ルパート自身、サグドンが恥をかかされた仕返しにやったことかもしれないと考えたものの、すぐにそれはありえないと判断した。パンドラの屋敷には、それまでにも数回、何者かが侵入している。ルパートの知る限り、サグドンはバーナビー・メイベリーとのつながりはない。それでも、念のためサグドンの名をベネディクト・ルーカスに伝えるつもりだった。

「さっき言ったことは本当なの？」ふと見ると、パンドラは心配そうな顔でこちらを見あげていた。「わたしが結婚を承諾したら、使用人たちを全員、あなたの屋敷のいずれかで雇ってもらえるというのは」

確かにそう言った。パンドラの命を助けてもらったことに感謝して。実際に口にしたからには、ルパートはかならず約束を守るつもりだった。「ヘンリーには忍耐力が必要となるかもしれない」彼はそっけなく認めた。

パンドラの表情が明るくなった。「ヘンリーはすごくやさしいのよ」

「さっきも言ったように、フン族の王アッティラも洞察力を発揮することはあった」ルパートはパンドラのこめかみの髪をそっとなでた。「だが、アッティラを使用人として雇うのは、ヒステリックなヘンリーと同じくらい歓迎できない話だ」

「ヘンリーは、わたしの側仕《そばづか》えであると同時に話し相手でもあるの」

「結婚に同意してくれれば、ぼくがきみの話し相手になろう。きみさえよければ、側仕えの役も務めるが」ルパートは低い声でつけ加えた。ほかでもない、パンドラの服を脱がせることが目当てなのは言うまでもなかった。

彼女の頬が愛らしく染まる。「あなたは忙しいだろうから、いつでもお願いするわけにはいかないでしょう」

「きみのためなら、いくらでも時間を作る」ルパートは約束した。

パンドラはほほえんだ。「この世に誰ひとり身寄りのないヘンリーをくびにするなんて、かわいそうなことはできないわ」

ルパートの口が引きつった。「わかったよ、あのいまいましいヘンリーを雇うことが結婚の条件なら、喜んで受け入れよう」彼は問いかけるように眉を上げた。

本気なの？　パンドラは自分でもわからなかった。わたしはまさか、ルパートの求婚を真剣に考えているの？

彼と一緒にいると安心できるのは確かだった――少なくとも、彼自身の危険を別にすれば。そしてルパートの放つ危険は、性的なものにほかならない。まぎれもなく心地よいと感じた性的な興奮。もう一度、味わいたくてたまらない興奮。だけど、それが彼の求婚を真剣に考える理由になるの？

ルパート・スターリングは息をのむほどハンサムだ。彼を見ただけで鼓動が速まり、こめかみに軽く触れられただけで全身が震えるほどに。だがそれだけでなく、深い思いやりの持ち主でもある。ルパートはそういった一面を、自分自身のみならず、心を許した人間に対しても隠していた。そしていま、彼はわたしに心を許している。

さらに驚いたことに、ルパートは〝夫を裏切って、愛人もろとも決闘で死に追いやった女〟というパンドラの汚名をまったく気にしていないようだった。そんなことよりも、未来の花嫁の素顔を知りたいと言った。

もしもう一度結婚するつもりなら、相手はルパートしか考えられないだろう。だが正直なところ、本当にもう一度結婚したいのかどうか、自分でもわからなかった。

バーナビーとの結婚は、永遠に目覚めることがないと思われた悪夢となった。ルパートとの結婚も、別の意味で、やはり悪夢となるかもしれない。ひとたび彼が妻に飽きて、ほかの女性を求めるようになれば。

　そんなことは考えるのもいやだった。もちろん、そうした生活には耐えられないだろう。

「今夜はもうこれくらいにしておこう」

　パンドラの青ざめた美しい顔に、さまざまな感情が揺らめいているのに気づくと、ルパートは潔く立ちあがって話を打ち切った。

「今夜はいろいろなことがありすぎて疲れきっているはずだ。とてもまともな判断ができる状態じゃない。いまから階下《した》へ行って、体を洗うための湯を持ってこよう」

「あの、でも——」

「きみはぼくがメイドを起こすことに不満なようだから、ぼくが自分で用意することにした」ルパートはにやりとした。

　パンドラは目を丸くした。

「あなたにそんなことを頼むわけにはいかないわ」

「きみは何も頼んでいない。ぼくが申し出たんだ」彼の目が笑っている。

　パンドラは思わずからかうように言った。「そもそも、あなたは厨房《ちゅうぼう》に足を踏み入れたことがあるの？」

「覚えている限り、ないな」ルパートは平然と認めた。「だが、何事にも〝最初〟がある。

そうだろう？　それに、せっかくだから楽しんだらいい。こんな機会はめったにあるものじゃないからな」

ルパートはそう言いつつ部屋をあとにしようとした。湯を用意したら、パンドラの入浴を手伝って、自分が楽しむつもりだった。

11

「わたしも一緒に厨房《ちゅうぼう》へ行ったほうがいいかしら?」

パンドラはそう言って立ちあがった。だが、いまは身も心もくたくただった。またもパトリシア・スターリングにでくわしても、容赦ない攻撃に立ち向かえるだけの力は残っていないだろう。

「大丈夫、ひとりでなんとかなるだろう。ありがとう」ルパートはおどけたような表情で寝室の入り口へ向かった。「衣装戸棚に、きれいなシャツが何枚かかかっている。ぼくが準備をしているあいだに、体を洗ってから着るものを選んでおくといい」そう言い残すと、彼は静かにドアを閉めて立ち去った。

ルパートのシャツを着て眠ると考えただけで、パンドラの頬は熱くなった。彼のベッドに横たわり、あのやわらかな絹を素肌にまとって眠ろうとするのは、あまりにも……あまりにも、秘めやかな試みに思えた。

眠ろうとする――というのは、すぐ隣の部屋で、ドアを一枚隔てた向こうでルパートが寝ていると知りつつ眠りにつくことなど、とてもできそうにないとわかっているからだった。

しばらくしてルパートが寝室に戻ると、そこには誰もいなかった。彼は鋭い視線で部屋を見まわしてパンドラを捜したが、見つけたのはベッドの上に脱ぎ捨てられた彼の外套《がいとう》だけだった。

たちまち脳裏に疑念がよぎった。自分が一階の厨房にいるあいだに、まさかパンドラは、煤《すす》だらけのネグリジェと部屋着姿で屋敷を出ていったのだろうか。彼女は自分のことも、この部屋で眠ることも恐れていなかったはずだ。その上、いまだ外で待ち受けているかもしれない危険に立ち向かったというのか。

「ルパート？」

湯の入った手桶《ておけ》とタオルを握りしめた瞬間、衣装戸棚の開いた扉の奥からパンドラが姿を現した。豊かなふくらみを隠すように、彼の白いシャツを胸にあて、金色の巻き毛はあいかわらずほっそりした肩から背にかけて垂れかかっている。つややかなまつげ越しにこちらを見あげる目は、真珠のごとく白い顔に咲いた、まさしくすみれのようだった。

ルパートは手桶とタオルをサイドテーブルに置くと、急いで部屋を横切った。パンドラの肩をそっとつかみながら探るように様子をうかがった。

「いなくなったのかと思った」パンドラが一瞬ひるんだので、ルパートの表情が険しくなる。「パンドラ？」

パンドラは顔をしかめた。「肩が少し……痛むの。さっきの火事で火傷《やけど》をして」

ルパートは慌てて手を離すと、パンドラの手からゆっくりとシャツを取りあげて、部屋着の結び目に手をかけた。

「あの、何をするの？」パンドラは不安げに彼を見あげた。

ルパートは安心させるように彼女の腕を握った。「傷の具合を確かめるだけだ。これは……ああ、なんてことだ」

肩から部屋着をすべらせて床に落とすなり、真っ黒に焼け焦げた白いネグリジェがルパートの目に飛びこんできた。

それは、まさに焼け残りと言うほかなかった。上半身の生地にはあちらこちらに穴が空き、真っ赤にただれた肩と、胸のやわらかなふくらみの片方がむき出しになっている。焼けているのはそこだけにとどまらなかった。視線を下に向けると、左側のヒップの丸みのあたりもぼろぼろに破れ、赤く腫れた肌がのぞいている。ネグリジェの裾はほとんど燃え尽きて、すらりとした腿からふくらはぎにかけても、同じように赤くなっているのが見えた。

ルパートは憤怒《ふんぬ》にわなないた。「きみをこんな目に遭わせたやつを見つけたら、この手で首を絞めて殺してやる！」

パンドラのかすれた笑い声に嗚咽《おえつ》が入り混じった。「ちょっと痛むだけよ」

「ちょっとだって？」ルパートは怒りを燃えたぎらせた目で手を伸ばし、赤くなった肩に触れようとした。「すぐに医者を呼ばなければ――」

「いいえ」パンドラは即座に拒んだ。だが、むき出しになった素肌は、部屋の中で静かに動く空気に触れただけで燃えるように熱かった。「汚れをきれいに洗い落としたら、きっと大丈夫よ。それから、傷に塗る薬か何かがあれば、少しは痛みがおさまると思うんだけど……」

ルパートは黒いパンタロンのポケットに手を突っこんで、小さな瓶を取り出した。〝火傷〟と記された手書きのラベルが貼ってある。

「ミセス・ハモンドが調理場のこんろの横の棚に置いているんだ。念のために持ってきた」彼はうわの空でつぶやきながら、なおもぼろぼろのネグリジェからのぞいた肌を調べた。「ベントリーへの感謝は、さっきの言葉だけではとても伝えきれなかった。次に会ったら、ぜひとも心をこめて握手をしよう」

パンドラはまたしてもかすれた声で笑った。「そんなことをしたら、ベントリーはあなたの頭がおかしくなったのかと心配するわ」

ルパートはゆっくりとかぶりを振った。「彼がきみを助けなかったら、本当におかしくなっていたかもしれない」

「でも、助けてくれた」

パンドラは腕を伸ばして、ルパートの片方の手を両手でそっと包みこんだ。

「ありがとう。もう大丈夫だから、ひとりにしてもらえるかしら。お湯が冷めないうちに、これを脱いで体を洗いたいの」

「だめだ」

パンドラの目が丸くなる。「えっ？」

銀色にきらめく目がパンドラの瞳の奥をのぞきこんだ。「ヘンリーがいないあいだは、ぼくが側仕《そばづか》えを務めることになっていたはずだ」

「でも……」

ルパートはうなずいた。「ヘンリーがここにいたら、きみが体を洗って火傷の手当をするのを手伝っていたはずだ」

パンドラはごくりと唾をのんでから口を開いた。「まさか、本気じゃないでしょう？ そんなことをしようとするなんて――」

「しようとするんじゃない、パンドラ。すると言っているんだ」ルパートは決然とした表情でパンドラの手を取ると、やさしくベッドのほうに引き寄せた。「ぼくが傷の具合を見て、必要だと判断すれば医者を呼ぶ」

パンドラの心臓は、胸から飛び出しそうなほど激しく鼓動していた。いまや肌が焼けるように熱いのは、ルパートに体を見られて、隅々まで触れられるところを想像したせいだった。そんなことを許すわけにはいかない……けっして……。

ネグリジェの細い肩紐《かたひも》を外されて、パンドラは思わず息をのんだ。やわらかな生地はゆっくりと体をすべり、上靴を履いた足もとに落ちて、彼女の一糸まとわぬ姿をルパートの射抜くような視線にさらした。

パンドラはルパートの目に映っている光景を容易に思い描くことができた――ほっそりした肩、先端が薔薇《ばら》色に染まった、豊かでつんと上を向いた胸、腰のくびれからなだらかに盛りあがるヒップ、すらりと伸びた脚。そして、いたるところが燃える炎の舌になめられて赤くなっている。

知りあったばかりの男性の前で、何ひとつ身につけていない姿をさらけ出すなど、とんでもないことだった。もっとも、いつ知りあったかは関係なく、パンドラにとっては、どんな男性の前でもあるまじきことだったが。

だんだんと息が浅くなり、銀色にきらめく視線に貫かれて全身に興奮が走る。いまや肌は熱く燃えあがり、胸の頂は硬く尖《とが》り、脚のあいだはじんわりと濡《ぬ》れてうずいていた。

舌の先で乾いた唇をさっと湿らせてから、パンドラはかすれた声をしぼり出した。

「こんなことするべきじゃないわ、ルパート……」

ルパートにかろうじて残っていた理性は、非の打ちどころがないパンドラの裸体を見た瞬間に吹き飛んだ。手のひらにぴったりおさまることを知っている、豊かで丸みを帯びた乳房、その手を広げたら周囲をおおうことができそうなほど細い腰、美しい曲線を描いたヒップ、脚の付け根で小さな三角形を作る、つややかな金色の巻き毛、なめらかな肌におおわれた長い脚。

まさしく完璧だった。その繊細な肌に襲いかかった炎が残した、痛々しい痕を別にすれば。

「背中を見せてくれ」そっとパンドラに後ろを向かせる。背中から白いヒップにかけて、やはりところどころに火傷の痕があるのを見て、ルパートは息が喉につまるのを感じた。

「ああ、パンドラ」

「きっと見た目ほどひどくはないわ」彼女はルパートの心配をやわらげようとした。

「じっとしているんだ」ルパートはうなり声で命じると、手を放して振りかえった。まだ温かい湯でタオルを濡らしてから、煤で黒くなった彼女の肌にそっとあてた。「痛かったら言ってくれ」

「大丈夫よ」低くかすれた声だった。

ルパートは眉間にしわを寄せ、痛そうな箇所に触れないように細心の注意を払いつつ、彼女の背中をやさしくこすり、次に乾いたタオルで慎重に肌を拭いた。「いまから軟膏《なんこう》を塗る。少し冷たく感じるかもしれないが、なるべく痛まないように気をつけよう」

パンドラがわずかにひるむと、ルパートはうなり声をもらしながら軟膏をやさしく肩から背中に塗り広げ、次にヒップにできた生々しいみみず腫れに目を向けた。

パンドラは、しだいに苦痛と快感のどちらが強いのかがわからなくなってきた。最初は、焼けるような肌に突き刺さるほど冷たかった軟膏が、ルパートの手によって敏感な肌にやさしく広げられ、痛みがやわらぐとともに心地よい刺激が駆けめぐり……。

ルパートがベッドに座り、両脚で彼女をはさみこむようにしてヒップに軟膏を塗りはじめると、パンドラの息はいまにも止まりそうになった。ルパートの手が愛撫《あいぶ》のようにやさしく肌を這《は》う。そっとなでまわす。何度も、繰りかえし。その手がふいに、ヒップのあいだにかすかにすべりこんだのを感じて、パンドラの背中に震えが走った。

「ルパート……？」パンドラは不安げにささやいた。

「こんなに美しい体は見たことがない」またしてもルパートの手が、やわらかな合わせ目に触れる。今度は先ほどよりも、大胆に。

パンドラは恥ずかしさに頬を真っ赤にしながら、肩越しにルパートを振りかえった。だが、彼は身をかがめて、手を動かすことに集中しているので、金髪の頭のてっぺんしか見えない。いまや熱く脈打つ肌を、彼の温かい息がやさしくなでる。「あの、そこは塗らなくても大丈夫よ」

「ああ」ルパートはパンドラの視線に気づきながらも顔を上げず、浅黒い手で白くやわらかなヒップに軟膏を塗りつづけた。そのふくらみを包みこみ、軽く揉《も》みほぐしてから、またしても引き寄せられるように合わせ目に手をすべらせた。

「ルパート！」彼が誘惑に負けて、ふたたびそこに触れたとたん、パンドラはあえいで叫んだ。

「みごとだ。この上なく、みごとだ」ルパートはつぶやくと、手を引いて、パンドラの腰をそっとつかみ、ゆっくりと自分のほうに向かせた。パンドラはわずかによろめいて、両手で彼の肩につかまった。

ふいに美しい乳房が目の前で弾み、ルパートの呼吸が速くなる。白くなめらかなふくらみの先端が薔薇色に熟しているのを見て、すでに張りつめていた下腹部に熱くたぎる血が流れこむ。

「何をしているの？」パンドラの警戒するような声をよそに、ルパートはゆっくりと身を乗り出した。肩に置かれた彼女の手の熱が、薄いシャツの生地を通して伝わってくる。

あと数センチで、つんと尖った胸の頂に唇が触れそうなところで、ルパートは顔を上げた。「タオルを取るだけだ」そうつぶやくと、彼はパンドラの目をじっと見つめたまま、彼女の腰を抱くようにして背後にある手桶に腕を伸ばし、タオルをじゅうぶんにしぼってから座り直した。そして、またしても視線を胸に戻すと、そのふくらみをやさしく拭きはじめた。

パンドラの手のひらは、ルパートの燃えるような体温を感じていた。タオルのひんやりした感触に、薔薇色の先端がますます硬くなり、彼女はこらえきれずに彼の肩に指を食いこませた。

パンドラは自分に言い聞かせた——ルパートにしがみついているのは、彼がやさしく手当をしてくれているから。けれども、それが言い訳にすぎないことは自分でも気づいていた。こんなにも間近で、こんなにも親密に触れられているせいで、体の外側と内側からどうしようもなく興奮がこみあげてきた。

パンドラは目をつぶって、むき出しの胸におおいかぶさらんばかりのルパートの金髪の頭を見たい気持ち——いや、衝動を封じこめた。熱い息に肌をなでられ、痛いほど彼を意識するあまり、腕やうなじの産毛が逆立つ。

「ルパート、もう大丈夫だから……あっ」パンドラは泣き声のような小さな悲鳴をあげ、一瞬、驚きに目を見ひらいた。やがて震えながらまぶたを閉じ、胸の下側に触れた彼の唇のやわらかな感触を味わった。

「〝特効薬のキス〟をしているだけだ」ルパートはささやくと、もう一度、彼女の燃えるような肌に唇を押しあてた。今度はさらに上に、まさに硬く尖った先端にキスをされたかと錯覚するほど、そのすぐそばに。

ほんのわずか体を動かせば、ルパートの開いた唇が胸の先でうずく乳首に触れる。馬車の中で、実際にそこにキスをされたときのように、えも言われぬ快感を味わうことができる……。

「ここも痛むのか、パンドラ？」

敏感になった先端を、ルパートの指先がそっとかすめた。ただそれだけで痺《しび》れるような興奮が体を駆けめぐり、勢いよく脚のあいだに流れこんだ。

「パンドラ？」嵐の吹きすさぶような陰ったグレーの目で彼女を見あげ、ルパートは答えを待っている。

パンドラはわずかに震えながらルパートを見つめかえした。あたかも崖の縁に追いつめられているような心境だった。ただし、思いきって飛びおりれば、苦痛ではなく、この上ない悦《よろこ》びが待ち受けているとわかっていた。

ソフィアの舞踏会の晩にジュヌヴィエーヴが言っていたのは、このことだったの？　恋人を作って楽しむ。ルパートのように何もかも知り尽くしている男性がもたらす悦びを味わう……。

その悦びを拒むつもり？　もしいやだと言えば、ルパートはその意思を受け入れてくれるだろう。パンドラにはそうわかっていた。きっと彼は、体をきれいに拭いて、軟膏を塗り、それが終われば部屋を出ていくにちがいない。

パンドラは音をたてて息を吸った。

「痛むわ、ルパート」こらえきれずにうめいた。「とても」そして背をのけぞらせて、待ちかまえるルパートの唇に胸を突き出した。

ルパートはためらうことなく唇を開き、熟した乳首を熱い口に含んだ。最初はそっと、やがてパンドラが悦びの声をもらすにつれて、だんだんと貪るように。同時に、もう片方の乳房を手のひらですくいあげ、尖った頂を親指でかすめてから軽くつまんだ。

ルパートがさらに強く吸うと、パンドラは彼の開いた脚のあいだで彼に身をもたせかけた。互いの腿が触れあい、パンドラの甘酸っぱく、なまめかしく誘うような官能の香りが、ルパートの鼻をくすぐった。

ルパートは呼吸を荒らげつつ、わずかに身を引いた。

「両脚をぼくの脚にのせるんだ」

パンドラは目をぱちくりさせて彼を見た。「でも……」

「こうやって」ルパートはかすれ声で促すと、細い脚の片方を腿にのせ、もう片方を高く上げてパンドラを自分の脚にまたがらせた。むき出しのヒップにそっと、注意深く手を添えてさらに引き寄せると、パンドラの脚のあいだの秘められた部分が開いた格好となり、鉄のごとく硬くなった欲望の証《あかし》をパンタロン越しに包みこんだ。「ああ……そうだ」

ルパートはうめき声をもらすと、パンドラの最も敏感な場所をゆっくりと突いて刺激しはじめ、それと同時にふたたび胸の頂を熱い口の奥深くに含んだ。だんだんと彼女の興奮が高まるのを全身で感じながら、頂を舌で転がしたり、歯のあいだにはさんだりする。

パンドラは背を弓なりにし、ルパートの豊かな金髪に指を絡ませつつ、さらに胸を彼の口に押しつけた。これほどの恍惚《こうこつ》感が存在するとは夢にも思わなかった。男の人が腰と舌と手でこんなことができるとは……。

いいえ、本当は違う。本当は、不毛な結婚生活のあいだに、誰かと愛を交わすさまを何度となく思い描いていた。けれども、けっしてこんなふうではなかった。これほどみだらでは。これほど激しくは。すべてを忘れて、快楽の渦にのみこまれるとは思ってもいなかった……。

生まれてはじめての経験だった。いまや脚のあいだはどうしようもなく濡れそぼち、ルパートにリズミカルに突きあげられるたび、耐えがたいほどの快感がこみあげ、パンドラはさらに未知なる世界を求めて悶《もだ》え、身を焦がした。

「お願い」パンドラはあえぎながら訴えた。「ああ、ルパート……もうだめ……」

一瞬、胸を包みこんでいた手が離れた。その手は互いの体の隙間に差しこまれ、パンドラの腿のあいだへとすべりこみ、やさしくなで、這いまわり、やがて奥に隠れた敏感な蕾《つぼみ》を探りあてると、最初は軽く、そしてだんだんと激しく、何度も繰りかえし愛撫をした。パンドラは体の内側からこみあげる快感に悲鳴をあげ、無意識のうちに、その手の動きに合わせてみずからの腰を動かした。

やがてルパートが長い指を深く挿し入れると、またしても声をあげた。彼の指はゆっくりと中に入り、パンドラを押し広げ、こわばりをやわらげた。続いて二本目の指が加わり、一方で太くやわらかい親指の先が敏感な蕾をこすりつづける。同時に、彼自身が幾度となく潤いを突きあげ、パンドラを官能の波に押し流し、ますます崖の縁に追いつめる。

ふいにルパートはパンドラの胸から口を引き剥がすと、深く息を吸いこんだ。

「パンドラ」熱く硬くなった乳首に息を吐きかけながらつぶやいた。「さあ、いまだ」

あまりの快感に、その言葉の意味をパンドラは理解できなかった。あるいは、そんなことなど、どうでもよかった。次の瞬間、ついに体の奥で永遠とも思える悦びが次々と爆発して頭の中が真っ白になった。

ルパートは、その紅潮した美しい顔に見とれた。指をなおも奥深く挿しこむと同時に、敏感な蕾をこすりつづけ、すっかりオルガスムに満たされたパンドラが乱れた金髪を広げるようにして力なく自分の肩に倒れかかるまで、彼女を攻め立てる手を止めなかった。

ルパートはパンドラの汗ばんだ肩に額を押しあて、息を切らしながら、あいかわらず激しく暴れまわる下腹部をどうにか押さえつけようとした。だが、ふと下着がじっとり湿っているのに気づいた。

なんてことだ。ほんの一瞬でもパンドラのほっそりした手で触れられれば、まるで血気盛んな若者のように、間違いなく彼女の手の中で果ててしまうだろう。これほどまでに自分を抑えきれないのは、じつに久しぶりのことだった。

すべてはパンドラのせいだ。美しく、なまめかしく、欲情をそそるパンドラ。絹のような肌に痛々しいみみず腫れができていても、そのみごとなヒップに触れずにはいられなかった。敏感な乳房も、妖しく誘いかける秘部も、たちまちルパートを虜《とりこ》にした。

くそっ。いますぐにでも部屋を出ていかなければ、パンドラの感じやすく、みだらに反応する体のことを考えただけで、パンタロンの中で果ててしまいそうだ。

一年前、まさにこの美貌と官能的な魅力が、メイベリーとスタンリーをもとらえて放さなかったのだろうか。彼らを奴隷としたのだろうか。パンドラの情熱的な反応を独占したいがために、互いの命を奪うほどの狂気へと、あのふたりの紳士を駆り立てたのだろうか。

そしてぼくもまた、同じ運命をたどろうとしているのだろうか。


ようやくパンドラがわれに返ったのは、かなり時間がたってからだった。体じゅうの筋肉が痛み、満ち足りた疲労感に包まれて、まったく動けなかった。

それでも、動かなければならなかった。ひと晩じゅう、こんなふうに裸でルパートの腿にまたがっているわけにはいかない。

いまのは、現実に起きたことなの？　それまでに経験したことのない悦びが、熱いうねりとなって次々と押し寄せてくるあいだ、パンドラは目を見ひらいてルパートの顔を見つめていた。みるみる高まる快感に、ただ身を任せているだけでは満足できずに、彼の指の動きに合わせてみずから動き、さらなる快感を求めた。

ところが、荒れ狂った嵐のような目で見つめかえすルパートの顔は、パンドラがわれを忘れて溺れた恍惚感ではなく、むしろ苦痛に満ちていたようだった。

そしていま、とうとうパンドラがゆっくりと頭を上げると、まさに同じ表情がルパートの端整な顔を歪《ゆが》ませていた。

12

「動くな」

ふたりのあいだに広がる沈黙を先に破ったのは、ルパートだった。彼はそっとパンドラから手を離すと、脚の上から下ろして立たせた。パンドラが後ろを向いて身をかがめ、床に落とした彼のシャツを拾いあげるあいだ、美しい曲線を描いた背中と魅力的なヒップをぞんぶんに眺めた。

パンドラはルパートに背を向けたままシャツを頭からかぶり、乱れた髪を持ちあげて、もとのように背中に垂らした。

硬くこわばった背中に。やがて彼に見せた横顔は、その口調と同じくらいよそよそしかった。

「わたし……いまのことは衝動的で、浅はかだったわ。だから……あなたはもう出ていったほうがいいわ」

確かにそのとおりだと、ルパートはしぶしぶ認めた。

パンドラのそばを離れる。あいかわらず抗《あらが》いがたい彼女の誘惑から、じゅうぶんに距離を置く。いまだ下腹部で欲望が熱く燃えたぎっているにもかかわらず。

ルパートはつと立ちあがってから、苛立《いらだ》たしげに言った。「つねに男を欲求不満の状態にしておく。それがきみのやり方か、パンドラ?」

はっと振り向いたパンドラのすみれ色の瞳は、苦悩の陰りを帯びていた。

「どうして……わたしは……そんなつもりはなかったのに」

ルパートはため息をついた。この怒りはパンドラではなく、自分自身に対するものだとわかっていた。

最初は、彼女の体をきれいにして手当をしながら、目の保養ができればいいという軽い気持ちだった。ところが、予想に反してその美しさ、そして体に触れたときの反応にすっかり魅了され、彼女を自分のものにしたい欲求に駆られて、どうすることもできなくなった。

パンドラのすべてが欲しかった。完全に。幾度となく、繰りかえし。パンドラが自分以外の男を忘れ去るまで。

これまで、気に入った女性はことごとく手に入れ、飽きるとすぐに――平然と捨ててきた。そんな男にとっては、なんとも情けなく厄介な話だった。

「悪かった、パンドラ。ひどいことを言った」ルパートはパンドラの手を取って口づけをした。「こんなことをするべきじゃなかった。きみは疲れていて、おまけに火傷《やけど》までしている。どう考えても……」言葉を切って、自分に嫌気が差したようにかぶりを振ると、パンドラの手を放してすぐさま身を起こした。「ぼくはもう行くが、ほかに何か必要なものは？」

ほかに必要なもの？

いくらでもあるわ。思いやりのある言葉。愛情。いま、ふたりのあいだに壁として立ちはだかっている、息苦しい気まずさ以外のものならなんでも。

パンドラはルパートの乱れきった外見をあらためて見つめた。つややかな金色の髪は、パンドラが快感に悶《もだ》えながらつかんでいたせいで、くしゃくしゃになっている。唇が腫れているのは、わたしの胸を愛撫《あいぶ》したせい？　シャツの裾はパンタロンからだらしなくはみ出していた。

そのパンタロンの中で、いまだに情熱の証《あかし》がそそり立っているのに気づいて、パンドラは頬を赤くして目をそらした。

「いいえ、今夜はもう何もいらないわ」パンドラは曖昧な笑みを浮かべようとした。これほどまでに気まずい、あるいは恥ずかしい思いをしたことはなかった。

あんなふうに秘められた場所に触れられたのは、生まれてはじめてだった。あんなにも興奮を呼び覚まされたのは。強く求められたのは。想像をはるかに超えた快感の極みに押しあげられたのは。

おまけに、パンドラが一糸まとわぬ姿で彼の腕に抱かれていたあいだ、ルパートはシャツを着て、きちんとクラヴァットを結び、ベストにパンタロン、おまけにブーツまで身につけていた。

わたしがなすがままになっていたことを、彼はどう思っているのかしら？　すっかり自制心を失ったさまを。確かなのは、わたしが求めている親密さのかけらも存在しないということ。こうした交わりのあとは、お互いに抱きあって横たわりながら、やさしい言葉をささやくものだとばかり思っていた。

けれども、自分がいったい〝交わり〟の何を知っているというのだろう。今夜まで、そうした類いの唯一の経験といえば、結婚式の夜に受けた屈辱だった。夫が寝室に入ってきたのは、妻の体にはいっさい魅力を感じないと告げるためだけだった。熱い愛の営みはもちろん、やさしく触れあうつもりもないと。

ひょっとしたら、たとえどんな関係でも、ひとたび情熱が冷めれば、いまのような距離やよそよそしさが生じるのかもしれない。結婚していない男女の間柄のように。

これまでずっと、パンドラは愛する人と体を重ねあわせたいと考えていた。心から願っていた。だが、現実は思っていたのとまったく異なることに気づいた。確かに、想像以上にうっとりする快感を味わった。だけど、たとえあのめくるめく瞬間があったとはいえ、こんな状態――いま、自分とルパートとのあいだに存在するような、距離と冷ややかさに耐えなければならないなんて。

「朝になったら、ゆっくり話そう」ルパートは落ち着いて言った。

「わたし……ええ、もちろんよ。また明日、話しましょう」

パンドラの笑みはますますこわばった。ルパートが隣接する化粧室へ向かい、静かにドアを閉めるまで、彼女はその笑みをどうにか保っていた。

そしてルパートの姿が見えなくなったとたん、パンドラは崩れるようにベッドに腰を下ろすと両手に顔を埋《うず》め、ずっとこらえていた涙を流した。正気に返って、ルパートがまったく見知らぬ人となった瞬間からあふれ出そうだった涙を。

ジュヌヴィエーヴは間違っていた――恋人を作るのは楽しいことではない。ちっとも。行為そのものは、愛情に飢えた夢の中で思い描いていた以上にすばらしいものだった。けれども、そのあとは――そのあとは困惑と苦しみを覚えるばかりだった。

もう二度と、こんな思いはしたくない。

「いったい何をしているんだ？」

ふいに真後ろでルパートの声が聞こえ、パンドラは驚きのあまり椅子から転げ落ちそうになった。衣装戸棚の奥のほうに隠れているはずのレースの手袋を取ろうとして、椅子を踏み台代わりにしていたのだ。

だが、手にしたのは手袋ではなく目の前の棚だった。どうにかバランスを保って肩越しに振り向くと、焼け焦げて、見るも無残な寝室の中央に、優雅で洗練された服装に身を包んだルパートが立っていた。コバルトブルーの極上の上着の下にシルバーのベストを着て、淡いグレーのパンタロンと黒いヘシアンブーツを履いている。堕天使のごとき顔はあいかわらず息をのむほどハンサムで、大げさにひそめてみせた眉に金色の前髪がかぶさっていた。

パンドラは舌の先で唇を湿らせてから答えた。「あなたの横にある旅行鞄《かばん》が、すべてを物語っていると思うけど」

ルパートは口を引き結んだ。

「旅行鞄はきみには語りかけるかもしれないが、あいにくぼくに対しては口を閉ざしている」

パンドラは目を細めると、棚を握りしめていた手を離し、上靴を履いた足でくるりと向きを変えて彼に向き直った。

「すでに旅行鞄に持ち物がたくさんつまっているのを見ればわかるとおり、もうじきロンドンを出発するわ」

それくらいはルパートにもすでにわかっていた。一時間前にルパートがストラットン邸に戻ってみると、寝室は空っぽで、パンドラは屋敷から姿を消していた。執事に確かめたところ、ウィンドウッド公爵夫人は今朝、自分の馬車とメイドを呼びにやり、それから間もなくそのメイドとともに馬車に乗って出発したとのことだった。行き先がハイバリー邸であることは、容易に察しがついた。

先ほどここに着いて、玄関でベントリーに出迎えられたときに、予想どおりだったことが確かめられた。執事の青ざめた顔は、前夜に危うく焼き殺されそうだった主人を救い出すはめになった動揺とショックから、いまだに立ち直っていない証拠だった。パンドラが自分の寝室にいると聞いて安心したルパートは、執事の間一髪の行動をあらためて褒めたたえ、パンドラを助けてくれたことに対して感謝を述べた。

ベントリーと話をしているあいだに、ルパートは前日に比べて玄関広間の旅行鞄の数が増えていることに気づいた。

つまり、パンドラが荷造りを続けているということだ。

寝室に足を踏み入れると、危なっかしく椅子の上に立っているパンドラが目に入った。その姿はひどく若く無防備に見え、淡いレモン色のドレスに身を包み、同じ色のリボンを金色の巻き毛に編みこんだ姿に、ルパートは一瞬、息も言葉も奪われた。目の前にいる優雅に着飾った若い貴婦人と、昨晩、そのなまめかしい体で自分の脚にまたがり、快楽の極みにのぼりつめた女性は、とても同一人物には思えなかった。

こわばった美しい顔を見あげながら、つい数時間前にこの女性を抱いたことが、ルパートにはまだ信じられなかった。

「挨拶もせずに帰るとは、どういうことだ」そんなことを言うつもりはまったくなかったが、いざ口にしてみると、それが自分の本心だということに気づいた。パンドラが自分を置いて出ていき、行き先も告げずに、あるいは戻ってくるかどうかも言い残さずに姿を消したことに、ルパートは……動揺していた。

パンドラは銀色にきらめく責めるような視線から顔をそむけた。「てっきり、あなたはそうしてほしいんだと思っていたわ」

ルパートの目が細くなる。「なぜそう思ったんだ?」

パンドラは肩をすくめた。「朝食を運んできたメイドから、あなたが出かけたと聞いたから」

「それで?」

パンドラは苛立たしげにかぶりを振ると、眉をひそめてルパートを見おろした。「わかるでしょう?」

ルパートはまたしても尊大な調子で眉を上げた。「ぼくにはさっぱり」

「だとしたら、あなたはとんでもなく無神経な人ね」パンドラはさげすむような目を向けた。

「きみが眠っているあいだに、仕事の用件をいくつか片づけてきたから？」

パンドラが目をぱちくりさせた。「仕事？」

「仕事だ」ルパートはぶっきらぼうに繰りかえした。「ところで、よかったらその椅子から下りてもらえないか。きみを見あげているせいで首が痛くなってきた」

ルパートが我慢しているのは首の痛みではないことなど、すぐにわかった。単に相手を見あげるのが気に入らないだけなのだ。

「まだ手袋を出していないから……」パンドラはあらためて手袋を捜しにかかった。見つかるまでの少しのあいだだけでも、鋭いグレーの視線から逃れられることにほっとして。

「今朝はゲームを楽しむ気分じゃない――おい、大丈夫か」ルパートは彼女を椅子から抱きあげようと手を伸ばしたが、ふいにこちらに向き直ったパンドラはドレスの裾を上靴で踏んづけ、悲鳴をあげながらバランスを崩し、そのまま待ち受ける彼の腕の中に落ちた。

「いずれにしても、目的を達したわけだ」ルパートは皮肉っぽくつぶやいて、彼女をしっかりと抱きしめた。

パンドラは顔を紅潮させ、彼をにらみつつ、逃れようと必死にもがいた。だが、所詮は無駄なあがきだった。「お願い、下ろして」

ルパートはからかうように眉を上げた。「それが、危うく落ちかけたところを助けたぼくに対する感謝の言葉かな？」

美しい目がきらめく。「そもそもあなたが脅かしたりしなかったら、落ちることもなかったわ」

「あいにくだが、パンドラ、はじめて出会ったときから、ぼくは次々と襲いかかる災難からきみを助け出してばかりいるようだ」パンドラの不満げな表情に、ルパートは唇を噛《か》んで笑いたいのをこらえた。

「ねえ、お願いだから、すぐに下ろして」

ルパートは目を閉じて十を数え、続いてさらに十を数えた。自分がおもしろがっているのを悟られて、パンドラをかんかんに怒らせないために。

一時間前には――ほんの十分前でさえ――自分の留守中にパンドラがストラットン邸から逃げ出したことを知って、怒りと失望に駆られていた。しかし、こうしてパンドラをしっかり抱きしめているいまは、一転して笑いたい心境だった。

パンドラはもがくのをやめて、疑い深いまなざしを彼に向けた。「まさか笑おうとしているんじゃないでしょうね、ストラットン？」

つい数時間前に、その腕の中で自分が一糸まとわず興奮に身悶えしていた男を、どうしたらこうも形式張って呼ぶことができるのか。

そんな女性がいるとしたら、それはパンドラ・メイベリーにほかならない。一緒にいて、一瞬たりとも退屈を感じない女性。もっとも、彼女が次から次へと災難に見舞われているようでは、退屈している暇などないが。

降参だ。パンドラには降参だ。ルパートはこれ以上、おかしさをこらえることはできなかった。

彼がだしぬけに大声で笑い出したので、パンドラが驚いて見あげた。礼儀正しいほほえみでも、さりげないくすくす笑いでもなく、ルパートは心の底からおかしくて、頭をのけぞらせてげらげら笑った。いつまでも止まらずに、しまいにはおなかが痛くなり、とうとうルパートは後ろに下がって、ついさっきパンドラが転げ落ちた椅子に腰を下ろした。それでも彼は笑うのをやめず、困惑してかぶりを振りつつも、彼女を見てくすくす笑いつづけた。

今朝、ストラットン邸のメイドが朝食を運んできたとき、パンドラは公爵の居場所を尋ねた。彼が一時間前に屋敷を出て、いつ帰ってくるかも言わなかったことを聞いて、ショックを受け、屈辱を覚えた。

屋敷にパトリシア・スターリングとふたりきりで残されるのがいやなことくらい、ルパートはわかっているはずなのに、とつぜん外出した。つまり、パンドラにとって考えられる意味はひとつしかなかった——昨晩、みずからの寝室で親密な行為に及んだあとは、自分が戻るまでにストラットン邸から出ていってほしい、ルパートはそう思っているにちがいない。そこで、パンドラはすぐさまヘンリーにメッセージを送って、新しい服と馬車をストラットン邸によこすよう頼んだ。

だから、ここに来るや否や、挨拶もせずに帰ったと非難されるのは心外だった。「あなたって、本当に冷たくて、ちっとも思いやりがなくて、傲慢な人でなしだわ」

ルパートの笑いは、こみあげてきたときと同じく、またたく間に消えた。

「ゆうべ、ぼくは冷たくて、思いやりがなかったか？」彼はかすれ声で問いただした。「傲慢だったか？　人でなしだったのか？」

ルパートの腕の中でパンドラは身をこわばらせ、少しずつ頬を染めた。「そんなこと――」

「お取り込み中、申し訳ありません、奥さま……ええと、閣下も」気まずい表情のベントリーが、開けっぱなしのドアのところにじっと立っていた。「ジェソップさまがお越しです。奥さまにお目にかかりたいと」

ルパートは目を細めてパンドラを見つめたまま、執事に答えた。「青の間で待つように言ってくれ」彼はうわの空で命じた。

「ちょっと――」

「頼む、ベントリー」自分の執事に尊大に命令する彼に対し、パンドラが怒りを爆発させかけたのを察したルパートは、丁寧につけ加えた。

「かしこまりました、閣下」

ルパートはわざわざ振りかえって、執事が立ち去ったのを確かめようともしなかった。

「ジェソップだと?」彼はパンドラを抱きかかえながら尋ねた。

クリーム色の眉根が苛立たしげに寄せられる。「わたしの弁護士よ」

「前に紹介されたから、それくらいは覚えている」落ち着いた口調だった。「ぼくが知りたいのは、なぜ彼が今朝もまた訪ねてきたかということだ」

パンドラは大きく息を吸いこんだ。「わたしが呼んだからよ、もちろん」

「なぜ?」

パンドラは逃れようともがいた。「下ろして、ルパート」

「いやだ」

美しい瞳が濃い紫色になる。「執事にこんなところを見られて、わたしはすでに恥をかかされているのよ。その上、弁護士の前でも恥をかかせるつもり?」

ルパートは歯を食いしばった。「あの弁護士がきみの寝室まで上がりこんでくる限り、下ろすものか」

「あなたこそ、わたしの寝室に上がりこむなんて失礼だわ」

ルパートは関心のないそぶりで肩をすくめた。「それについては考えてみよう」

「あなたって人は――」パンドラは目を見ひらき、いまや頬を真っ赤にしていた。「わたしを下ろして、ただちにこの家から出ていって。今度こそ、いやとは言わせないわ、ストラットン」ルパートが言われたとおりにしかけると、パンドラは脅すようにつけ加えた。

「言っておくけど、いざとなったら暴力も辞さないから」

まだこの腕に抱かれたままだというのに、どうやって暴力を振るうつもりなのか、ルパートにはわからなかったが、どうやら威勢のよさははったりのようだ。それに、彼女の真意を確かめてみたい一方で、ジェソップに一日じゅう青の間で待ちぼうけを食らわせて、そのあいだに、なぜ自分だけが彼女の屋敷のみならず、寝室に立ち入る資格があるのかをパンドラにゆっくりと教えてやるわけにはいかない。

だが、いまは無理でも、いずれかならず教えてやろう。


「ミスター・ジェソップ」青の間に入ると、パンドラは弁護士に愛想よく挨拶した。おそらく、隣で傲慢な態度をとっているルパートの存在を意識していなければ、これほど愛想よく振る舞うこともなかっただろう。

一緒に来る必要はまったくないとパンドラはきっぱり告げたものの、結局は無駄だった。ルパートは例のごとく自信たっぷりで腹立たしい笑みを浮かべ、黙ってパンドラのあとについて階段を下りてきた。あたかも、ヘンリーのみならずパンドラまでがあてにならず、この一年間、未亡人として自分のことにもまともに対処できなかったと言わんばかりに。

「ああ、パンドラ……公爵夫人」アンソニー・ジェソップは恭しく頭を下げたが、明らかに彼女の横に立っている男が気になっている様子だった。

「連絡を差しあげてから、すぐにいらしていただけて助かったわ」不気味に黙りこんでいるルパートを無視して、パンドラは弁護士にほほえみかけた。

「いずれにしても、今朝、お訪ねする予定でしたから」ジェソップが如才なく答える。

パンドラは驚いて眉を上げた。「そうなの？」

ジェソップはうなずいた。「そのことについては、あとで説明します。それよりも、さっき執事から聞いたのですが、ゆうべここで火事があったそうですね。怪我人《けが》は出ませんでしたか？」

「ええ――」

「心配してくれるのはありがたいが」代わりにルパートが答えた。「きみもわかるだろう。パンドラは火事で動揺している。だから、手短に用件をすませて――」

「わたしに任せてもらえるとうれしいんだけど、ルパート」話を遮られて、パンドラは苛立ちを隠さずに言った。それから弁護士に向き直った。「本当にこの一年、あなたに助けてもらわなかったら、ここまでやってこられたかどうか自信がないわ」

「お役に立てて光栄です」ジェソップはほほえんだ。「それで今朝は、一刻も早くあなたに知らせたいことがあって来ました。この屋敷に対して、購入の申し出があったんです。見たところ、これ以上の好条件はありません」

「本当に?」パンドラの顔が輝いた。「よかったわ」

「まさしく」アンソニー・ジェソップはうなずいた。「書類を持ってきたので、この申し出を受けられるのなら署名をお願いします」彼は背を向けて、ソファのわきの小さなテーブルに置いてあった革の書類入れから紙の束を取り出した。

パンドラは喜んで受け取った。「さっそく――」

「興味深い」ルパートが静かに口を開いた。「しかも、パンドラが売却の希望を伝えてからわずか数日のうちに申し出があったとは、驚きだ」彼はパンドラの手からさっと書類を取りあげて、目を通した。

パンドラは困惑の目を向けた。

「ルパート、あなたが口をはさむことじゃ――」

「購入を申し込んでいるのは、マイケル・ジェソップという名の人物のようだが」独断的な態度に憤りを見せるパンドラを無視して、ルパートは弁護士に向かって眉をひそめた。

「きみの親戚か?」

「ええ、叔父です」アンソニー・ジェソップは彼の鋭い視線にややたじろいだように答えた。「ロンドンに何箇所か、土地を所有しています」

「なるほど」ルパートはゆっくり言った。「それなら、これ以上は必要ないとも思うが」

「ねえ、ルパート、本当に――」

「ベントリーを呼んで、紅茶を運ばせたらどうだ？」ルパートはさりげなく提案した。「この件については、時間をかけて話しあう必要がある。ミスター・ジェソップも飲み物があればうれしいにちがいない」

その瞬間、パンドラの頭の中には、ルパート・スターリングの癪《しゃく》に障る筋の通った鼻をへし折ってやることしか思い浮かばなかった。

いったい、どういうつもり？　勝手に会話の主導権を握って、しかも、この屋敷の売却話に口をはさむなんて。まるでわたしがすでに彼の妻で、ビジネスに関しては、壁にとまった蠅《はえ》みたいに、たいした役割を果たせないとでも言わんばかりに。

傲慢どころではない。これではバーナビーと結婚していたころと同じ扱われ方だ。ぜったいに耐えられない。

「あなたの言うとおりだわ、ルパート。この件については、ミスター・ジェソップとわたしで時間をかけて話しあうつもりよ。だから、これ以上あなたを引きとめておくわけにはいかないわ。あなたも、やるべきことが山のようにあるでしょうから」パンドラはお引き取りを願う、うわべだけの笑みを浮かべた。

だが、ルパートは完全に無視した。

「さっきも言ったとおり、ぼくの仕事の用件はすでに片づいた。だから、きみの件についても喜んで力になろう」そして、弁護士に向かって笑いかける。「よかったら紅茶でも、ミスター・ジェソップ？」

パンドラの屋敷であるはずが、公爵に声をかけられて、ジェソップは少なからずうろたえているように見えた。「おふたりに急ぎの用事があるのなら、邪魔をするつもりはありませんが」

「別にわたしたちは――」

「ありがたい」明らかに見せかけの思いやりに対して、ルパートは感謝してみせた。「あいにく、パンドラとぼくは今朝、ほかに話しあって決めなければならないことがある。じつは、きみが来たときには、ぼくたちの結婚式の準備について話をしようとしていたんだ」

パンドラは思わず驚きの声をあげた。顔から血の気が引いた。「わたしは……でも……」どうにかきちんと説明しようとするが、ルパートの発言に呆然《ぼうぜん》とするあまり、はっきりしゃべることはもちろん、考えることさえできなかった。

ルパートは満足げな笑みを浮かべると、当然のごとくパンドラの腰に腕をまわして彼女を引き寄せた。

「ミスター・ジェソップの前で恥ずかしがることはないよ、パンドラ。きみも言ったように、この一年、彼はよい友人だったのだから」そして、ルパートは弁護士に向かって言った。「今朝、主教に特別結婚許可証を発行してもらった。ハノーヴァー・スクエアのセント・ジョージ教会の司祭にも話をして、今日これから結婚式を挙げてもらうことになっている。ミスター・ジェソップ、今日の午後もし時間があれば、きみにもぼくたちの結婚式に参列してもらいたい」

13

「あなたの、その癪《しゃく》に障る傲慢さには耐えられないわ。信じられない。わたしがあなたの求婚を受け入れるどころか、まだ申し込んでもいないうちに主教のところへ行って、特別結婚許可証を申請するなんて！　それに、ハノーヴァー・スクエアのセント・ジョージ教会に司祭を訪ねて、あろうことか今日の午後に結婚式を執り行うように頼むなんて。しかも、ミスター・ジェソップを式に招待したりして。すべて、わたしになんの断りもなく……」

アンソニー・ジェソップが賢明にもいとまを告げ、書類をかき集めて文字どおり慌てて退散してからというもの、パンドラは青の間を行ったり来たりしながら、延々と同じような非難を繰りかえした。そのあいだ、ルパートは肘掛け椅子に腰を下ろしてじっと耳を傾けていた。

この調子だと、じきに息切れするにちがいない。そう考えたルパートは、とにかく自分も口を開くことにした。

「怒ったときのきみもじつに魅力的だが、パンドラ、そろそろひと息ついたらどうだい？」

「いくらあなたでも、そんなことをするなんて――」怒りで熱くなった頭に、ようやく彼の言葉が届いたらしい。パンドラは言葉を切ると、すみれ色の目を丸くして、彼の前で立ちどまった。「いま、なんて？」信じられないといった表情で彼を見つめる。

ルパートは無関心なそぶりで肩をすくめた。「さっきから同じことを何度も繰りかえしている」

「確かに、わたしは同じことを何度も繰りかえして――」

「今度は、ぼくの言葉を繰りかえしているね」

「ああ……本当にあなたほど腹が立つ人が、この世にいるかしら？」

パンドラの頬が真っ赤に染まった。いまにも、上靴を履いた小さな足を踏み鳴らしそうな勢いだ。

「どうせきみは、いないと思っているんだろう」ルパートはちっとも意に介さない。

パンドラは鋭く息を吸った。「わたしが二度と結婚したくないかもしれないとは思わなかったの？」

「てっきり、昨晩の出来事で結婚を決意したものとばかり思っていた。もし噂《うわさ》が事実で……」ルパートは片眉をつりあげた。「きみが結婚する気もない男を寝室に招き入れて、夜な夜な楽しんでいるということがない限り」

さらに彼を非難するつもりだったパンドラは、その言葉に唇を結んで不服そうに黙りこんだ。

どういうつもり？　なぜそんなことが言えるの？　それは、どちらもばかげた問いだ。パンドラはしぶしぶ認めた。ルパート・スターリングという男は、なんでも自分の思ったとおりのことをするし、実際にいままでもそうしてきた。まさしくはじめて出会ったときから。

それでも、今朝、出かけたのは、主教から特別結婚許可証を受け取るため。おそらくソフィアの舞踏会で出会った翌日には申請していたにちがいない。しかも許可証を受け取ったその足でセント・ジョージ教会へ行って司祭に段取りをつけ、ずうずうしくも、驚いて口もきけないアンソニー・ジェソップを結婚式に招待するなんて。

いくらデビルと呼ばれるルパート・スターリングでも、あるまじき行為だ。

「ところで、火傷《やけど》の具合はどうだ？」

「今朝、もう一度あなたの料理人の軟膏《なんこう》を塗ったら、だいぶよくなったわ」パンドラは認めた。「だけど、話をそらさないで。わたしはまだこんなに怒っているんだから」

火傷に関しては心配いらないと判断して、ルパートは話を続けることにした。「きみとはじめて出会った晩に、結婚すれば互いに好都合だという結論にいたった。それ以来、ぼくの考えは変わっていない」

「結論、ですって？　まったく、あなたの傲慢さには――」

「わかった、わかったよ。それはもう何度も聞かされた」ルパートはうんざりしたように遮った。「本当は、今朝出かける前に、この件についてきみと話したかったんだ。でも寝室をのぞいたら、あまりにもぐっすり眠っていた。ゆうべは……いろいろあって、きみも動揺しただろうから、起こさないほうがいいと判断したんだ」

寝室の火事では、確かに動揺した。彼の寝室で過ごした時間も、まったく別の意味で平静ではいられなかった。だからルパートが部屋を出ていってからも、パンドラはなかなか寝つけずに、今朝は寝坊したのだ。

夢も見なかった。あるいは、見たことにも気づかなかった。

「きみもそう思うはずだ、パンドラ。ゆうべの……親密な時間を過ごしたあとでは、ぼくたちの結婚は既成事実だと」

「そうは思わないわ」パンドラは顔をしかめた。「確かに、ゆうべは……ちょっと気持ちが高ぶって……」思い出して、頬が真っ赤になる。「でも、だからといってわたしが求婚を受け入れたと思われたら困るわ」

「違うのか？」

「違うわ」

ルパートは尊大に眉をつりあげた。「だとしたら、なぜああいうことになったのか、説明してもらおうじゃないか」

「それは……あなたの誘い方が巧みだったから」その声はかすれていた。

「きみが敏感に反応したのは――」

「無理もないわ。だって、あなたは経験が豊富で……いま、なんて？」パンドラははっとしてルパートを見た。すみれ色の瞳には不安がにじみ出ている。

ルパートはわずかに眉をひそめて彼女に近づいた。パンドラがたじろぐ。

彼は少し手前で立ちどまると、心から言った。「パンドラ、いまのはけっして非難ではない」

パンドラは目をまたたいた。「本当に？」

ルパートはゆっくりうなずいた。「むしろ、自分に負けないほどの情熱を秘めた妻を持つことができて、ぼくは世界一、幸運な男だと思っている」

パンドラはごくりと唾をのみこんだ。「わたしはまだあなたの妻じゃないわ」

「数時間後には妻になる」ルパートはちっとも意に介さずに手を振った。

彼女は問いかけるようにルパートを見あげた。「本当に、わたしと結婚したいの？」

「ああ」

答えはそれだけだった。あまりにも単純明快な態度に、パンドラは困惑を隠せなかった。

「忘れたの？　誰かが、なんらかの理由でわたしを傷つけようとしていることを。それに、世間でのわたしの評判も考えるべきよ」

「何も忘れてなんかいない」ルパートは厳しい表情で答えた。「第一に、ぼくと一緒にストラットン邸にいるほうが、この屋敷や、ほかの人目につく場所にいるよりも安全だ。第二に、きみの言う評判とやらは、単なる噂や憶測にすぎない。いずれ、ぼくを信用して、真実を打ち明けてもらいたいと心から願っている」

パンドラの目ににじむ不安が色濃くなった。「世間で言われていることが真実じゃないと、どうして思うの？」

なぜそうとわかるのか？　それはおそらく、この数日間でパンドラという女性について、より深く知るようになったからだ。自分勝手な性悪女というレッテルが間違いだと気づくほどに。

パンドラは、本当は心やさしく気立てのいい女性だ。ソフィア・ローランズやジュヌヴィエーヴ・フォスターとの友情や、およそ有能とは思えない使用人たちを雇っているのを見ればわかる。そして、このぼくに対する態度も。

仮に、パンドラが本当に夫を裏切ったのだとしたら、夫が彼女をそこまで追いつめたからにちがいない――ルパートにはそうとしか考えられなかった。どうやって、あるいはなぜなのかは、まだわからない。だが、バーナビー・メイベリーの生前に、ハイバリー邸を訪れたり滞在したりしていた人物の名前については、いま、この瞬間にもベネディクト・ルーカスが調査を進めてくれている。それによって、すべての疑問が解き明かされることを、ルパートは期待していた。

「とにかく真実じゃない」ルパートは取りあわなかった。「それに、忘れたのか？　ぼくには結婚しなければならない理由がある」

言うまでもなく、パンドラは忘れてなどいなかった。ルパートが結婚するのは、わたしに対して好意を抱いているからではなく、父親の未亡人を追いはらうため。知りあって、わずか数時間後に特別結婚許可証を申請していたことからも、それは否定できない。

おまけに、彼が結婚を申し込んだのは、わたしを愛していて、ほかの誰でもなく、このわたしを妻としたいからではない。わたしの置かれた立場では断れないだろうと考えたから。

もちろん、そのとおりにはちがいない。

今朝ストラットン邸から逃げ出したのも、帰ってくるなり急いで荷造りを再開したのも、どうしても逃れられない、否定できないとわかっている事実を打ち消したかったからだった。ルパートと一緒にいると安心できる。彼なら、きっとわたしを守ってくれる。世間からも、いま自分の身に忍び寄っている何かからも。

ルパートがわたし自身の感情から……彼に惹《ひ》かれているという現実から守ってくれない

のは、彼のせいではなく、わたしのせいだ。

昨晩、ルパートが寝室を出ていってから、パンドラは長いあいだ考えた。最初は、彼の教えてくれた肉体的な悦《よろこ》びに驚嘆し、それと同時に、みずからのみだらな反応にとまどいを覚えた。たったいま彼が、軽蔑するどころか喜ばしいと言ってくれた反応に。

だが、そのあとで冷静になって、ルパートの腕の中で自制心を失ったことを思いかえし、自分がなぜそんなふうに振る舞ったのかに気づいた。

わたしは彼を愛しはじめている。

いまごろになって。

パンドラはようやく理解した。女性にとって、ルパートはまさしく理想の結婚相手だ。ハンサムで、たくましくて、自分のものだと思えばなんでも守ろうとし、恋人としても思いやりと情熱があり、その上想像できないほど裕福で、公爵の称号も持っている。

そんな男性の求婚を断るなど、たとえ結婚の理由がどうであれ、愚かとしか言いようがない。

すでにルパートに夢中になりつつあるパンドラにとって、このまま求婚を受け入れたい気持ちに逆らいつづけるのは難しかった。

それに、実際に結婚すれば、わずかながらも希望を持つことができる。いつかルパートも、心からわたしを愛してくれるようになるかもしれない。

パンドラは深く息を吸った。「わかったわ、ルパート。もし、まだわたしとの結婚を考えているのなら――」

「考えている」

「わたしの事情を理解した上で、そう言うのなら」パンドラは迷いのない口調で続けた。「あなたの求婚を受け入れるわ」

ルパートにはパンドラが結論を出すにいたった過程はわからなかった。知りたいとも思わなかった。大事なのは結果だけだ。

「それで、式は今日の午後でかまわないか?」

パンドラはごくりと唾をのんでから答えた。「あなたが望むなら」

ルパートが望んでいるのは、いまにも殺される生《い》け贄《にえ》の子羊のような顔をしないでほしいということだけだった。

「二度目の結婚で、きみが今度こそ幸せになれるように約束する……心から願っている」

パンドラは曖昧な笑みを浮かべた。「セント・ジョージ教会へは何時に行くの?」

ルパートは懐中時計を取り出して時刻を確かめた。

「あと一時間以上はある」

「一時間?」パンドラは信じられないといった口ぶりで繰りかえした。パニックに近い表情を浮かべている。「でも、こんなドレスじゃ結婚式にふさわしくないわ。それに、友人を招待する時間も――」

「今朝、ベネディクト・ルーカスに会って、すでにぼくの側の証人を頼んである。ジュヌヴィエーヴ・フォスターも、喜んできみの証人を引き受けてくれるにちがいない」ルパートは平然として続けた。

「ソフィアは？」

ルパートは顔をしかめた。「目下、きみの友人のソフィアとぼくの友人のダンテは、どうやら意地の張り合いをしているようだ。だから、ぼくたちの結婚式で緊迫した状況を迎えるよりも、彼らに……ふたりだけで解決させたほうがいい」

パンドラは好奇心を隠さなかった。「伯爵はソフィアのことが好きなの？」

「いつからかは知らないが、だいぶ前から熱を上げているようだ」ルパートは認めた。

ソフィアにとってダンテ・カーファックスは、亡き夫の甥《おい》で公爵の跡継ぎにあたる青年の、昔からの友人だ。ソフィアがダンテのことをそんなふうにしか考えていないのを、パンドラは知っていた。それ以上の存在だとは、不自然なほど断固として認めようとしないのだ。

「わかったわ」パンドラは短くうなずいた。「すぐにジュヌヴィエーヴにメッセージを送るわ」

「さっきは招待したが、正直なところ、ジェソップには遠慮してもらいたい」ルパートはゆっくりと言った。

パンドラは皮肉っぽくほほえんだ。

「何しろ、結婚式まで一時間しかないんだもの。すべてあなたの言うとおりにしたほうがよさそうね」

ルパートは肩をすくめた。「ジェソップが鼻持ちならない男だと思うのは、ぼくの思い過ごしだろうか。きみに下心があって、取り入ろうとしているように見えるのは」彼はそれがまったく気に入らず、ジェソップの姿を目にするたびに苛立《いらだ》ちを抑えきれなかった。

パンドラはあきれたように笑った。「ばかなことを言わないで」

「ばかなこと?」ルパートは冷静に言いかえす。「あの男は、きみになれなれしすぎる」

パンドラはかぶりを振った。「何度も言うように、バーナビーが死んでから、ミスター・ジェソップはずっとわたしを助けてくれたわ」

「あわよくば、きみのベッドに入りこもうとしていたんじゃないのか?」

「ルパート!」

パンドラの厳しい非難にも、ルパートはちっとも動じなかった。「ただそう思っただけだ」

「見当違いもいいところよ」パンドラはしかめっ面で断言した。「ミスター・ジェソップはいつだって、非の打ちどころのない紳士だもの」

ルパートは考えこむように言った。「それでもぼくがくわしく調べるまで、この屋敷の売却に関する書類にはいっさい署名をしないほうがいい」

「どこにも不備はないはずよ」

彼は肩をすくめた。「それなら、二、三日遅くなったところで不都合はないだろう？」

じつのところ、そんな些細《ささい》なことにこだわっている暇はパンドラにはなかった。ルパートが熱心なアンソニー・ジェソップのことや、それ以外のことでどう考えていようとかまわない。

パンドラの頭の中は、一時間後に迫った結婚式に着るドレスが衣装戸棚の中で見つかるかどうかということでいっぱいだった。


「それでは、花嫁に誓いのキスを」

結婚式が滞りなく終わると、司祭はパンドラとルパートに慈悲深いほほえみを向けた。

ルパートは妻となった女性に向き直り、その美しい姿をあらためて眺めた。パンドラはクリーム色のレースのドレスとおそろいのボンネットに身を包んでいた。母親の真珠のネックレスを首に飾り、手袋をはめた手でジュヌヴィエーヴ・フォスターの庭に咲いていた真っ赤な薔薇《ばら》のブーケを握りながら、すみれ色の瞳で恥ずかしそうに彼を見あげた。

「パンドラ」ルパートは一歩前に出た。

「閣下」パンドラが静かに答える。

「唇を奪うのを許してくれるかな、パンドラ・スターリング――ストラットン公爵夫人？」

パンドラはほほえんだ。「自由にキスをする権利があれば、奪う必要はないわ」

「あるのか？」

「わたしたちは夫婦よ」パンドラはささやくように言って、唇をルパートに向けた。

ルパートは両手でパンドラの顔をはさみこんだ。思わず吸いこまれそうなすみれ色の瞳をじっとのぞきこみながら、ゆっくりと顔を近づけ、やさしくキスをした。

少なくとも友人たちから祝福を受けるまでは、慎み深く振る舞うつもりだった。ところが、やわらかな唇に触れたとたん、そんなことはすっかり忘れてしまった。彼女の頬にあてた手にわずかに力をこめると、ルパートは舌の先で彼女の唇をこじ開けて、貪るようにキスを深めた。

「ごほん」

いまや妻となったパンドラにキスをする喜びに夢中で、ルパートは周囲の咳払《せきばら》いもほとんど聞こえなかった。

「ふたりきりになるまで我慢したらどうだ？」ベネディクトがからかうように声をかけた。

ルパートがしぶしぶ唇を離すと、パンドラは驚いたように彼を見つめた。それから振りかえって、友人たちがにやにやしながら自分たちを見ていることに気づき、たちまち頬を真っ赤に染めた。

信じられないことに、わたしは彼の妻になったのだ。ストラットン公爵、ルパート・スターリングの妻に。

そのことをますます実感したのは、最初はジュヌヴィエーヴに、続いてベネディクトに祝福されたときだった。もっとも、ルパートが彼らをストラットン邸での夕食に招待すると、ふたりとも丁重に辞退した。ベネディクトは目をきらめかせて友人の背中をぽんとたたき、ジュヌヴィエーヴも彼とともに教会をあとにした。

仲睦《むつ》まじげに話すふたりの様子を、パンドラは考えこむように見つめていた。「ひょっとして、あのふたり……」

「友人については、ぼくはいっさい憶測をしないよう心がけている」ルパートはウィンクをした。

パンドラも憶測をしている暇などなかった。ルパートはさっそく妻の腕を取って馬車へ向かい、先に彼女を乗せてから、いまやストラットン公爵夫妻のものとなった馬車に自分も乗りこんだ。

何もかもがあっという間の出来事で、パンドラにはまだ夢のように思えてならなかった。目が覚めたら、自分はあいかわらずバーナビー・メイベリーの不名誉な未亡人、パンドラ・メイベリーで、ストラットン公爵夫人のパンドラ・スターリングではないのではないかと不安だった。

「寒いのか？」パンドラが身震いしたのを見て、ルパートは軽く肩に腕をまわして自分のほうに引き寄せた。「ひょっとして、まだ昨日の傷が痛むんじゃないか？　さっきは大丈夫だと言っていたが」

「そんなことないわ。心配してくれてありがとう」長いまつげの下から、パンドラは曖昧な表情で彼を見あげた。

「ストラットン邸に戻ったら、ぼくの気がすむまで、願わくはきみも納得するまで、確かめたほうがいいと思うが？」ルパートの声はかすれていた。

パンドラは顔にこみあげた熱が頬を赤く染めるのを感じた。

「あなたが……必要だと思うのなら」

「ああ、呼吸と同じくらい必要だ」ルパートは腕に力をこめ、さらにパンドラを抱き寄せた。

「わたしのせいで呼吸困難に陥ったら大変だわ」パンドラは笑った。

「いますぐきみにキスをしなければ、そうなるかもしれない」ルパートが強引に迫る。

パンドラは彼の胸に手をあてると、顔を上げてキスを受け入れた。同時に、彼の胸で心臓が早鐘を打っているのを感じた。自分の心臓と同じように。

わたしはルパートの妻になった。世間の称賛を一身に浴びる紳士、どんな女性でも、堂々と胸を張って夫と呼びたくなるような、すばらしい男性の妻に。求婚を受け入れる際には不安もあったが、彼が自分を妻に選んだことをうれしく思ったのも確かだった。

ルパートが昨晩のめくるめく瞬間を期待させる情熱的なキスを続けているあいだに、パンドラはぼんやりと考えていた。わたしはこのまま一生幸せに暮らせるのかしら。こんなにも魅力的な男性の腕に抱かれて……。

だが、その希望もすぐに粉々に打ち砕かれることとなった。屋敷に着くなり、ルパートはとまどうパンドラを腕に抱きあげて馬車から降ろした。執事が扉を開けると、そのままストラットン邸に足を踏み入れた。

「その女をわたしの屋敷に連れこむのは許さないと、昨日の晩、これ以上ないほどはっきり伝えたはずだけど」

パトリシア・スターリングの氷のように冷たい声が、ふたりの幸せな笑い声を容赦なく遮った。

14

パンドラをしっかり腕に抱いたまま、ルパートの顔から楽しげな表情が消えて渋面となった。

ルパートは執事にうなずいて下がらせると、父の未亡人に冷ややかなグレーの視線を向けた。パトリシアは明らかに優位に立つべく、金の間の開いた入り口にポーズをとって立っている。

「きみが無礼にも〝その女〟呼ばわりした女性は、いまやストラットン公爵夫人だ」

それを聞いたパトリシアは、まったく信じられないといった様子で美しい顔を歪《ゆが》めたかと思うと、激しい怒りをこめてパンドラをにらみつけた。

その目は憎しみに燃えていた。

「密通を犯しただけでなく夫を死にいたらしめた女と、本当に結婚したっていうの？」

ルパートはパンドラが震えながら息を吸いこみ、腕の中で身をこわばらせるのを感じたが、あえて彼女に目を向けなかった。パトリシアの計算された悪意によって傷ついた彼女を見れば、それこそ相手の思う壺《つぼ》だ。

その代わり、ルパートはパンドラをしっかり胸に抱きしめたまま、恐ろしい目で公爵未亡人をにらみつづけた。

「ぼくの妻を軽蔑するような態度も言葉も許さない」

パトリシアは耳障りな笑い声をあげた。「あなたが結婚した女は、すでに社交界じゅうの紳士と関係しているのよ。あなたは毎日、クラブで彼らと顔を合わせて、自分のお下がりと結婚した男だと笑われるのが落ちだわ。あなたの新しい花嫁は、最初の夫を何度も裏切ったあげく、愛人との決闘に追いこんで死なせたんだから」

「不愉快な言葉は慎んだほうが身のためだ」ルパートは警告した。

「あなたは世間の笑い物よ！」パトリシアはその警告を無視して愚弄しつづけた。「あの傲慢で尊大にかまえたデビル・スターリングが、性悪なパンドラ・メイベリーに誘惑されて、欲望に屈して結婚したと知ったら、誰もがばかにするわ」彼女はルパートの目の前でこれみよがしに笑ってみせた。「こんなにおもしろいことって、あるかしら？」

この瞬間、もし手が空いていたら、ルパートは喜んでパトリシアの顔を引っぱたいていただろう。自分のためではない。世間になんと言われようが、彼はちっともかまわなかった。そうではなく、徹底的にパンドラを侮辱する、彼女の悪意に満ちたやり方に耐えられずに。

パトリシアが故意にパンドラを侮辱しているのは間違いなかった。パトリシアの行動は、すべてが故意で、打算的だった。ルパートを誘惑したことも、結婚が無理だとわかると、手のひらを返したようにその父親を誘惑したことも。

そして今度は、ぼくの結婚生活が始まる前に亀裂を生じさせようとしている――そんな彼女の意図を、ルパートはとっくに見抜いていた。

「下ろしてもらえるかしら、ルパート？」

パンドラに丁寧な口調で声をかけられ、ルパートは気遣わしげに妻を見た。パトリシアが卑劣な攻撃を始めてから、パンドラが口を開いたのはこれがはじめてだった。

「いや、このままきみを抱いて、二階の寝室まで運んでいくつもりだ」

「それはあとでかまわないわ。まずは下ろしてちょうだい。お願い、ルパート」パンドラは彼をじっと見つめたまま、もう一度、断固とした口調で頼んだ。

ルパートは顔をしかめながらも、大理石の玄関広間の床にゆっくりとパンドラを下ろし、サテンの上靴を履いた足で立たせた。彼が細い腰に腕をまわすと、パンドラはドレスとボンネットを直したあとで、年上の女性に目を向けた。

そして、安心させるようにルパートにほほえんでから、パトリシアに向き直った。

「あなたの考えているとおり、ルパートは過去に付き合った女性たちのことで、さまざまな……憶測を招いていたかもしれないわ」

パンドラの口調は穏やかだったが、その意図するところは明らかだった。パトリシアの狙いは、パンドラにもわかっていた。だからこそ、自分がひどく傷ついたことを悟られて相手に満足感を与えるまいと、決めたのだ。パトリシアはルパートのことも侮辱して、彼に自分の行動が間違っていたのではないかという疑念を抱かせようとしていた。

パンドラがこれほど落ち着いていられるのは、ルパートが状況をじゅうぶんに理解した上で、自分を妻に、公爵夫人に選んだとわかっているからだった。パンドラ自身、自分と結婚すれば嘲笑の的になるだけだと何度も警告したが、彼はちっとも取りあおうとしなかった。

それだけに、パトリシア・スターリングの悪意に満ちた言葉のせいで、まだ結婚生活を一日も送らないうちから夫婦のあいだに溝ができることは許せなかった。

「でも、この場合はお互いに〝脛《すね》に傷を持つ身〟ということにならないかしら？」パンドラはあくまで落ち着いて言い張った。

パトリシアは、まさに怒りを爆発させる寸前だった。「よくもそんなことが言えるわね」

「あら、わたしのことをもっとよく知れば、言いたいことを我慢しない性格だとわかるはずよ。もっともお互いに、よく知りあうだなんてまっぴらでしょうけど」パンドラは優雅に肩をすくめた。「手始めに、新たなストラットン公爵夫人として、あなたにストラットン邸から出ていくよう命じるわ。お互いのために」

パトリシアの顔が斑《まだら》に赤くなり、青い目はいまにも飛び出しそうだった。

「なんですって……いったい、どういうつもり？　わたしが何をするか、どこへ行くのかを勝手に決めるなんて、自分を何さまだと思ってるの？」

一向に攻撃の手を緩めない相手に、パンドラはため息をついた。「わたしはできるだけ理性的に――」

パトリシアがにらみつける。「なんてうぬぼれた無礼な女なのかしら」

「どうやら、まともに話そうとするのは時間の無駄のようね」パンドラは淡々とした口調で応じた。

「そのとおり、まったく時間の無駄よ！」パトリシアは勢いよく鼻を鳴らした。「あなた、本当に信じてるの？　自分が、ルパートみたいにさんざん遊び歩いた男の関心をずっと惹《ひ》きつづけられると。そんなの無理に決まってるわ」彼女は意地悪くにやりとした。「二週間、ずっと彼の前で、裸で踊りでもしない限り」

その言葉は、よく言えばパンドラの不安な気持ちを代弁していた。だが、その毒矢がまさしく的を射たことをパトリシアに認めるつもりはなかった。

「なんてつまらない発想かしら」相手の執拗《しつよう》な侮辱に、パンドラの口調は険しくなった。「男の人というのは、もっと……とらえどころのない、謎めいた女性に興味を惹かれるものよ。少なくとも、若くて男らしい紳士は。もっと成熟した、ことによったら性的に不能な年代の紳士は、もう少し簡単に満足させることができるかもしれないけれど」

つい先ほどまで、ルパートはパンドラを心配していた。自分が諫《いさ》めなければ、パトリシアは思惑どおり彼女を徹底的に打ちのめすにちがいないと。だが、パトリシアの罵倒を受けても威厳を失わないパンドラの態度に、ルパートはまたしても驚かされた。

ところがそのとき、パンドラの体のかすかな震えが腕に伝わってきた。断固とした外見とは裏腹に、彼女がけっして落ち着いているわけではないとルパートは気づいた。いまやパンドラの頬は血の気が引き、すみれ色の瞳は不安をにじませた紫色になっている。それでも、その堂々と上げた顎と揺るぎない視線は、パンドラが何があっても――侮辱も意に介さず――目の前の毒蛇のような女との対決には負けないことを物語っていた。

「あなたはただそこに突っ立って、自分の父親がこの女に侮辱されるのを黙って見ているつもりなの？」パトリシアは攻撃の矛先をルパートに転じた。

ルパートは大げさに眉を上げてみせた。

「それは、ぼくの妻であるストラットン公爵夫人のことを言っているのか？　それに、パンドラの言葉が侮辱かどうかは、そこに真実が含まれているかどうかによって決まるはずだ。それが真実なら、なぜ侮辱と呼ぶのかぼくには理解できない」

パトリシアは激高した。「言っておくけど、あなたの父親は、ベッドの中で驚くほど――」

「そんなことまで息子に言うべきではないんじゃないかしら、公爵未亡人？」パンドラは穏やかにたしなめた。「父親とベッドをともにする以前に、その息子と同じことをしていたのなら、なおさらだわ」

パトリシアがこぶしを握りしめる。「わたしとデビルの関係を何も知らないくせに――」

「そもそも〝関係〟などではなかったことは、ルパートからくわしく聞いているわ」パンドラは続けた。「彼からすれば、ほんの数週間の遊びにすぎなかったと。戦いで心身ともにぼろぼろになった兵士が休暇で帰ってきたら、どんな誘いにだって喜んで応じてしまうものよ」

まったく、みごととしか言いようのない反撃だった。自分でもこうはいかないことは、ルパート自身、よくわかっていた。だが、もはや彼の出る幕はあるまい。パンドラがこれほど鮮やかに、決然と、自分のみならず夫を守っているのだから。

さすがのパトリシアも、不本意ながら認めないわけにはいかないようだった。

「つまり、ルパートがあなたと結婚したのは、わたしを追い出すためだってこと？」挑むような口調だった。

「堂々と認めるなんて、なんて立派なのかしら」パンドラはにっこりほほえんでみせた。

「正直な人は心から尊敬するわ」

「尊敬するなら、相手を選ぶことね」公爵未亡人はパンドラをにらみつけてから、ルパートに向き直った。「あらためて考えると、あなたたちふたりは似た者どうしだわ」

「そう願いたいね」ルパートはいま一度、パンドラを抱き寄せてほほえみかけると、父の未亡人に視線を戻した。「荷造りの手伝いは必要か？」

パトリシアは虚勢を張って答えた。「あいにく別邸に移る準備くらい、ひとりでできるわ」

「それなら、そうするといい。ただちに」冷ややかにパトリシアを見つめるルパートの声は、明らかに怒気を含んでいた。「では、ぼくたちはこれで失礼しよう」彼は身をかがめて、ふたたびパンドラを抱きあげた。「夕食の時間まで、妻とぼくは寝室で過ごすつもりだ」

父の未亡人にゆっくりと背を向けると、ルパートは大股で広間を横切って階段をのぼりはじめた。そのあいだにも、パンドラの震えが徐々にひどくなっていることに気づいていた。いましがたの激しい対決のあいだ、ずっと耐えていたのだろう。

「もう少しの辛抱だ。すぐにぼくたちの寝室でふたりきりになれる」彼はパンドラにしか聞こえないように、そっとささやいた。

〝ぼくたちの寝室〟という言葉に、パンドラの震えはますます止まらなくなった。ここへ来る馬車の中での楽しいやりとりは、そのあとの出来事のせいですっかり忘れ去っていた。もはや、期待に胸を躍らせた花嫁の気分ではない。それどころか、よりによってパトリシア・スターリングに、ルパートが自分と結婚した理由をあらためて指摘された。彼がわたしと結婚した、ただひとつの理由を。

ルパートは寝室に入ると、ドアを足で蹴って閉めてから、パンドラをベッドに下ろした。ふたりして並んで座ると、彼女が深々とため息をついたので、ルパートは眉をひそめた。

「どうした？」

パンドラは弱々しくほほえんだ。

「なんだか少し……疲れたわ。昨日の夜から今日にかけていろいろあった上に、あんな不愉快な目に遭ったんですもの」

それを聞いて、ルパートは自分の鈍感さに腹が立った。パンドラが疲れているのも無理はない。わずか半日前に間一髪で火事から逃れ、そのあとのふたりの営みでは、身が打ち砕かれるほどのクライマックスにのぼりつめた。その数時間後に結婚式を挙げ、ようやくここに戻ってきたと思ったら、かつて自分のベッドとこの屋敷を占領していた女性にさんざん侮辱されたのだ。どれもショックだったにちがいないが、とりわけ最後の出来事は、疲れを口にするよりも、むしろルパートに向かって大声でわめき散らしてもおかしくないことだった。

ルパートはパンドラに向き直ると手を伸ばした。そっとボンネットを脱がせ、こめかみにかかった髪をやさしく払いのけてから、なめらかな首筋に浮きあがった細く青い血管に触れた。愛らしいすみれ色の目の下には、はっきりと隈《くま》ができている。

「きみの言うとおりだ。夕食まで、しばらくここで休むといい」ルパートは励ますようにほほえんだ。「何しろぼくたちは、これからいくらでも結婚生活を楽しめるんだ」

「わたしたちは、本当に結婚生活を楽しめると思う?」

ルパートはパンドラの顔を探るように見た。そこには、まぎれもない不安の表情がにじんでいる。

「まさか、ぼくと結婚したことをもう後悔しているのか?」

パンドラは震えながら息を吐いた。「ただ、こんなに急いで事を進めてよかったのかどうか考えているだけ」

その言葉は、彼女の不安な表情とともにルパートを悩ませたが、かといってパンドラがそう感じていることを責めるわけにはいかなかった。責められるはずがない。何しろ結婚式を終えた直後に、あれだけ侮辱されたのだから。そしてパンドラは、その侮辱をうまくかわしただけでなく、一瞬たりとも威厳を失わず、その姿にルパートはただ感服するばかりだった。だが、内心ではどれだけ傷ついていたことか。

「そのことに関しては、答えを出すのをもう少し待つべきかもしれない」ルパートは冗談めかして言った。

パンドラはまたしてもため息をついた。「少なくとも、ここからパトリシア・スターリングを追い出すことはできたようね」

ルパートは妻に感嘆のまなざしを向けた。

「さっきのきみは、じつにみごとだった」

パンドラは目をぱちくりさせた。「本当に？」

彼はにやりとする。「このぼくでも、あれほどうまくは対処できなかっただろう」

パンドラは弱々しくほほえんだ。「光栄だわ」

ルパートは大げさに顔をしかめてみせた。「言っておくが、これでもぼくは徹底的に相手を罵倒する傲慢な男として有名なんだ」

「そうでしょうね」無表情だったパンドラの顔がやわらぎ、かすかな笑みが浮かんだ。

「気をつけないと、わたしたちはあっという間に〝あのひどく居丈高なストラットン夫妻〟と言われるようになるわ」

「信頼できる筋によれば、ぼくはすでにそう呼ばれているらしい。いわく、相手が気に入らなかったり、腹を立てていたりすると、〝傲慢な目つき〟で見おろすそうだ」ルパートはゆっくり言った。

「まさしくそのとおりだわ」ふたりで打ち解けてしゃべっているうちに、パンドラは自分がユーモアのセンスを取り戻しつつあることに気づいた。

理由はなんであれ、今日、わたしたちは結婚して、ルパートは夫となった。そして少なくとも今夜は、この部屋で初夜を過ごす。

「やっぱり……それほど疲れていないかも」みずからのかすれた声が相手を誘っていることに気づいて、パンドラの頬は熱くなった。

彼女のこめかみをなでていたルパートの手が止まった。金色のまつげに縁取られたグレーの目が細くなり、しばらくのあいだ、じっとパンドラを見つめていた。「たぶん……」適切な言葉を探しているのか、ルパートは口ごもった。「ゆうべはお互いにひどくショックを受けた。ゆっくり風呂に入って、そのあと夕食の時間になるまで、ここでふたりで休むのはどうかな？」

パンドラの心臓が早鐘を打ちはじめる。「ええ、ぜひそうしたいわ」

「熱い湯を二階に運ばせよう」彼の目が嵐の空の色のように暗くなる。「またぼくが側仕《そばづか》えを務めようか？」

パンドラは恥ずかしそうにほほえんだ。「よかったら……お互いに洗うのはどうかしら？」

ルパートにはよくわかっていた。たったいまパンドラは否定したが、昨晩の火事からの立て続けの出来事で、本当はひどく疲れているはずだ。対する自分は、昨晩ふたりで過ごしたときには、みずからの欲望を解き放たなかったために、いまにも自制心が吹き飛んでしまいそうだった。

つまり、いまはパンドラは疲れきっていて愛しあうどころではないが、はたして彼女と愛を交わすことなく、入浴を手伝ったり、同じベッドに横たわったりすることができるのかどうか。ルパートには自信がなかった。

それでも試してみる価値はある。彼女の入浴する姿を眺め、それからベッドで隣に横になって、互いに抱きあいながらうたた寝をするのも悪くないだろう。

ルパートは短くうなずいた。「きみがそれで満足するなら」

パンドラはごくりと唾をのんでから、かすれた声で答えた。「ええ、きっと」

ルパートは立ちあがると、呼び鈴を鳴らして執事のペンドルトンを呼び、振りかえって、床に足をついて立ちあがるパンドラの姿を眺めた。

生まれてはじめて、彼は女性の扱い方に不安を覚えていた。妻の扱い方に。自分の妻の。

そもそも、自分に妻がいることに慣れるのには、しばらく時間がかかりそうだ。

公爵夫人のために入浴の準備をするよう命じられた執事が下がると、パンドラは不安げな面持ちでルパートを見あげた。次に何をするべきか、あるいは何を言うべきか、見当もつかなかった。いまだに気恥ずかしさを感じ、自分から何かをするのは、どこか……出すぎているとも思えた。

でも、ルパートも同じく自信がないように見える。躊躇《ちゅうちょ》しているように。パンドラは引きつった笑みを浮かべた。「ゆうべは、お互いにこれほど……気まずい雰囲気じゃなかったはずだけど」

ルパートはほほえみかえした。

「ゆうべはまだ夫婦じゃなかった」

彼女は興味を惹かれた。「夫婦とそうでない場合と、本当に違うのかしら？」

ルパートは広い肩をすくめた。「あいにく、ぼくはこれまで夫になったことがないからわからない」

パンドラは眉をひそめた。「それで、あなたは急いで結婚したことを後悔していないの？」

「ぼくが進めたことだ。まったく後悔なんてしていない。だが、新米の夫として心配することは許してもらえるだろうか？」

「心配？」

ルパートはうなずいた。「きみを悲しませるような行為や言葉があったとしたら、ぼくにとって、これ以上不本意なことはない」

パンドラは彼の気遣いに思いがけず心を動かされた。最初の夫には、妻の幸せを思いやる心など皆無だったからだ。

「あなたはやさしい人ね、ルパート。そんなことを言ってくれるなんて――」

「ぼくが？」ルパートは手を伸ばしてパンドラの顎に触れると、顔を上に向けて、穴が空くほどじっと見つめた。「メイベリーと結婚して、きみは幸せだったのか？　たとえ一日だけでも……だめだ、目をそらさないでくれ」彼は食いさがった。「きみはメイベリーに好意を持っていたのか？　彼はきみを大事にしたのか？」

「いいえ」

パンドラが答えると、ルパートの表情は険しくなった。「ただの政略結婚にすぎなかったのか？」

印象的なすみれ色の目に、つややかなまつげがおおいかぶさる。

「わたしは……わたしたちは、ほとんど結婚すると同時に、お互いに……合わないと気づいたの」

「だとしたら、メイベリーはばかだ」ルパートは吐き捨てた。

パンドラは息をのみ、まつげを上げて目を丸くした。「死んだ人を悪く言うのはいけないことだと、両親に教わったわ」

「ぼくもだ」ルパートは冷ややかに笑った。「だが、大人になるにつれてわかった。いくら死んだからとはいえ、その人間が生前に愚かな行為を犯した事実が消えるわけじゃないと」

パンドラは不謹慎にもくすっと笑った。「だけど、本当にそんなことを言うべきではないわ」

「ぼくが死ぬとき、悪魔が迎えに来るから？」ルパートはからかうようにパンドラを見つめた。「世間の連中のほとんどは、それが当然だと思っている」

けれどもパンドラに言わせれば、〝世間の連中のほとんど〟は誤解している。ルパートはわざと〝デビル〟と呼ばれるような行動を取って楽しんでいる節があるが、言うまでもなく、それは彼の一面にすぎない。友人に対する誠意や愛情、そして彼に対する友人たちのそうした感情までは含まれていない。あるいは、自分の不愉快は顧みずに、公爵未亡人に関して父親の遺言を尊重したこと。パンドラの身が危険にさらされていると知るや、全力で守ろうとしたこと。

そうした面はすべて〝デビル〟の呼び名からはかけ離れたものだった。

評判がどうであれ、ルパートはまさしく尊敬に値する男性。断じて〝悪魔が迎えに来る〟などと言われるべきではない。

「世間の人たちは、わたしほどあなたのことを知らないわ」パンドラはきっぱりと言った。

ルパートはかすかに笑みを浮かべた。

「そうかな？」

「そうよ」彼女は断言する。「それに、結婚式を挙げた日に新しい夫と寝室にいるというのに、最初の夫の話題がふさわしいとも思えないわ」

ルパートはしばらくパンドラを見つめていたが、ふいに大声で笑い出した。白い歯が見えるほど口を開け、おかしくてたまらないというように目をきらめかせて。「女性と寝室にいてこれほど笑ったのは、生まれてはじめてだ」

「一緒に笑うの？　それとも、その女性のことを笑うの？」パンドラが眉をつりあげてみせる。

「もちろん一緒に」彼はまだ笑っていた。「きみは思ったことをそのまま口にする。じつに爽快だ」

パンドラはふいに黙りこんだ。

「いま、わたしが何を考えているのか知りたい？」

その目に燃える炎に気づいて、ルパートははっとした。「ああ、知りたい」

「お風呂はどれくらい大きいの？」

ルパートの眉が上がる。「ぼくが脚を伸ばしてゆったり肩まで浸《つ》かれるほど、広くて深い」

「ふたりで並んで座れるくらい？」

彼女の言わんとすることに気づいて、ルパートの笑みが広がった。

「もちろんだ」

パンドラは震えながら息を吐いた。「それなら、とても……とても恥ずかしいことかしら……ふたりで一緒に入るのは？」

「ああ、とても」ルパートはうなずいた。「ただし、ぼくはその提案に大いに賛成だ。恥ずかしいかどうかなど、気にする必要があるかな？」

パンドラは自分の大胆さに赤面した。

ふたりで裸になって、一緒にお風呂に入りたいと自分から言い出すなんて。

15

「いい加減に出てきたらどうだい、パンドラ」

ルパートはやさしく促して、異国情緒あふれる日本製の衝立《ついたて》を見やった。パンドラは服を脱ぐために、しばらく前から衝立の後ろに引っこんだままだった。

「もうメイドは来ない。すでに火をつけて、沸かした湯を運んで浴槽に注いだから、ぼくたちは完全にふたりきりだ」その際メイドのひとりが、つい数分前に、公爵未亡人がかんかんに怒ってストラットン邸をあとにしたとルパートに耳打ちした。

ルパートは化粧室で従者の手を借りて服を脱ぎ、黒いシルクの部屋着をはおってから、パンドラにも同じように入浴の支度をする時間を与えた。ところが、彼女は黒い漆塗りの衝立の陰からなかなか出てこようとしなかった。

女性と一緒に入浴するのも、ルパートにとっては生まれてはじめての——そしてパンドラに関しては、数あるうちの最も新しい経験だった。単に女性が風呂に入る光景なら、これまでにも目にしたことがあるが、記憶にある限り、彼女たちのほうから誘われたことは一度もなかった。

その思いがけない楽しみをこれほど心待ちにしたことも。

衝立の後ろで、淡いクリーム色の部屋着をはおっただけのパンドラは、ひどく動揺していた。緊張が高まるにつれて、心臓がいまにも飛び出しそうなほど激しく脈打つ。

ついさっきまでは、きわめて大胆な行為だとしか思っていなかった。スリルにあふれているると。ところが、いざふたりで入浴するとなると、まるで体の中で無数の蝶《ちょう》が羽ばたいているかのように胃がざわめき、とても衝立の外に出てルパートの前に立つ勇気はなくなった。

パトリシアの軽蔑に満ちた言葉が脳裏によみがえる。

彼女の言うとおり、初夜のうちに、早くもルパートの関心を失ってしまったら？　バーナビーが結婚した最初の日からそうだったように、ルパートにも親密な触れ合いを拒まれたら？　これから先、どうやって耐えればいいの？

いいえ、ルパートはバーナビーとは違う。パンドラはすぐさま自分にそう言い聞かせた。外見も、態度も、そして性的嗜好《しこう》も、最初の夫とは似ても似つかない。とりわけ、性的嗜好については間違いない。だってルパートは、わたしにあれほどの悦《よろこ》びを教えてくれたのだから。

「何も噛《か》みついたりはしないよ、パンドラ」衝立の向こうから、ルパートがかすれた声でなだめる。「少なくとも……そうするように頼まれない限り」

「ルパート！」パンドラは思わず声をあげた。驚いて——それと同時に好奇心に駆られて。いったい彼はいつ、どんな状況で、誰に噛むように頼まれたのかしら……。

もちろん、相手は女性に決まっている。でも、どこで、なぜ彼女を噛んだりしたの？そして、ルパートの白く美しい歯が肌に食いこんだとき、その女性はどんなふうに感じたの？

「パンドラ」今度はからかうような、のんびりとした口調だった。「すぐに衝立から出てこないと、せっかくの風呂の湯が冷めて、もう一度、最初から何もかもやり直すはめになるぞ」

こんなふうに衝立の陰でいつまでもぐずぐずしているのは、まったくばかげていると、パンドラにはわかっていた。何しろルパートには、つい昨晩、裸を見られたばかりなのだから。彼は体を隅々まできれいに拭いて、火傷《やけど》に軟膏《なんこう》を塗ってくれた。それから、わたしをあのめくるめく官能の世界にいざなった。できることなら、あの悦びをもう一度味わいたい。もう一度……。

パンドラは意を決して衝立の陰から姿を現すと、長い黒の部屋着だけをはおったルパートの姿をちらりと見てから、慌てて目をそらした。部屋着は足首までの丈があったが、重ねあわせて腰のベルトを結んだ前の部分は胸もとが大きくはだけ、うっすらと日焼けした、たくましい胸を細い金色の毛がおおっているのが見えた。

恥ずかしさで目をそらしたせいで、パンドラはルパートの目に称賛が色濃く浮かんでいることに気づかなかった。金色の長い巻き毛を肩から背に垂らしたパンドラは、淡いクリーム色の部屋着をはおり、細い腰のところでベルトを結んでいるため、体のラインがくっきりあらわになっていた。

豊かな胸の頂の形が、生地越しにはっきりとわかる。昨晩、彼がぞんぶんに味わった、赤く熟した果実が実っているのだ。ヒップは優美な曲線を描き、上靴を脱いだ足は小さくて上品だった。

それでもルパートは、その赤く染まった頬も見逃さなかった。あるいは、自分と目を合わせないようにしているパンドラの様子も。明らかにパンドラは恥じらっている。どうやら、彼女もこれまでに誰かと入浴したことはないようだ。それに気づくと、ルパートは大いに満足した。

最初の結婚については、いまだにパンドラからほとんど聞き出せずにいるが、彼女のためにも、自分との結婚生活が新たな経験に満ちたものとなることを願っていた。ルパートにはそうするだけの自信があった。

そうだったという証拠はまだつかんでいないものの、もちろんバーナビー・メイベリーのように、街のどこかの屋敷に愛人を囲うような真似《まね》をするつもりもなかった。

「先に入ったらどうだ？」ルパートは促した。

「あの……ありがとう」

パンドラはかすかに声を震わせて答えると、後ろを向いて部屋着のベルトを解いた。

「あっ！」彼女はふいに声をあげた。ルパートが背後に歩み寄って、肩から部屋着をすべり落とす。

「早く温かい湯に浸《つ》かるといい」そう言うと、ルパートはあらわになった華奢《きゃしゃ》な背中とふっくらしたヒップ、そしてすらりと伸びた脚をじっくり眺めた。彼女がしなやかに浴槽の縁をまたいだ瞬間、脚のあいだにつやめく金色の巻き毛がちらりと見える。

ルパートはといえば、自分の裸を恥ずかしいなどと思ったことはなく、いまもまったく躊躇《ちゅうちょ》せずに部屋着を脱ぐと、椅子に置かれたパンドラの部屋着の上に重ねた。いずれにしても、自分は彼女の前で服を脱いだ最初の男ではないのだ。それどころか、もし噂《うわさ》どおりなら……。

ちくしょう、何を考えているんだ。このぼくが噂を気にするとは。

〝シーザーの妻たる者は世の疑惑を招く行為があってはならない〟という言葉があるが、ルパートは端《はな》から信じていなかった。何しろ〝シーザー〟本人が自分の意のままに行動する身勝手な男で、妻が不義の疑いを受けただけで離別したのだから。

パンドラとぼくは、ここから新たに始めなければならない。互いに過去の恋人や夫のことで非難することなく。そうでないと、ふたりの結婚生活は始まる前から暗礁に乗りあげるだろう。

ルパートはパンドラを見た。彼女はこちらに背を向けて、湯船の中で身じろぎせずに座っていた。美しい金髪は頭のてっぺんで緩やかに巻きあげられ、ほっそりしたうなじと、なだらかなカーブを描いた背があらわになっている。彼女が浴槽の縁に片腕を置いた拍子に、やわらかな胸のふくらみが見えた。

「少し場所を空けてくれないか」

ルパートはパンドラの背後に立って声をかけた。慌てて体を前にずらしたパンドラは、みるみる首から頬にかけて真っ赤になった。

ルパートが浴槽に足を入れるあいだも、パンドラは顔をそむけたままだった。彼女の両側に脚を伸ばしながら、ルパートはゆっくりと湯に身を沈め、彼女の背後にぴったりおさまると、思わず体を震わせた。むき出しの胸を美しい背中に密着させ、両腿で彼女をしっかりはさみこみ、張りつめた下腹部をやわらかなヒップに押しあてている体勢だ。

「今度、ミセス・ハモンドに会ったら、すばらしい軟膏の礼を言わなければならない」

ルパートは感謝するようにつぶやきながら、パンドラのなめらかな肩をやさしくなでた。

「火傷の痕はほとんど残っていないよ。もとどおり美しい、すべすべの肌だ。まだ痛むか?」

「いいえ、もうほとんど」パンドラはささやいた。ルパートの熱い体がぴたりと押しつけられて、震えが止まらない。我慢できずに、硬い胸から背中を離そうとして、わずかに前に身をかがめた。

「ぼくにもたれれば楽になる」ルパートはそう言って、パンドラのヒップを軽くつかむと、そっと自分のほうに引き寄せた。

息が苦しかった――パンドラは浴槽の両側の縁を握りしめながら、ゆっくりとルパートのたくましい胸に身をあずけた。彼の肩に頭をのせると、胸をおおう金色の毛が背中にちくちく刺さるのを感じた。

「こんなにも美しい胸は見たことがない」

ルパートの手がヒップを離れ、肌をなでるように少しずつ這《は》いあがり、豊かな胸を包みこんだ。その瞬間、パンドラは呼吸が止まった。あたかも指の長い手が腕から離れて、ふくよかな乳房に吸いついたような錯覚にとらわれる。

これほど官能的で快感に満ちた経験は、生まれてはじめてだった。たくましい手に目を落とした隙に、敏感な首筋にルパートの口が押しつけられ、心地よい刺激が背筋を走った。それと同時に、長い指で硬くなった胸の先端をこすられて、乳首はますます硬く尖《とが》り、耐えがたいほどうずいている。

たちまち快感が全身に広がり、パンドラが無意識に背をそらすと、ヒップはいっそう彼に押しつけられ、胸のふくらみは彼の手にすっぽりおさまった。そのあいだもルパートの唇や舌、歯がほっそりしたうなじを愛撫《あいぶ》する。

ぞくぞくするような興奮がこみあげ、パンドラは思わず小さなうめき声をもらして、脚をぎゅっと閉じあわせた。腿のあいだはまたしても焼けつくように熱くなり、その奥にひそむ敏感な蕾《つぼみ》が彼を求めて脈打っているのがわかった。

「ルパート……」パンドラはこらえきれずにうめいた。

「力を抜いて。リラックスするんだ」ルパートはなめらかな首筋に向かってささやいた。

「大丈夫、急にやめたりはしないから」

リラックスなどできるはずがなかった。パンドラは胸を包みこむ手と、その頂をなでる指を痛いほど意識していた。

彼の片方の手がゆっくりと湯の中に入り、腿のあいだにすべりこむとともに、熱い悦びが全身を駆けめぐる。彼の手は脈打つ蕾を探りあてると、硬く尖った乳首をやさしく愛撫する指のリズムに合わせてそっとこすりはじめた。

パンドラは小さな悲鳴をあげた。ルパートの両方の手から目を離すことができなかった。一方は乳房をぴたりと包みこみ、もう一方は腿のあいだをまさぐり、彼女の目の前で金色の巻き毛をかき分け、いまにも花開きそうな真っ赤な蕾をあらわにした。

一度にこれだけの刺激を与えられて、あまりの心地よさに、パンドラは彼の指を包みこむように腰を動かした。脚のあいだはますます熱く潤い、それとともに胸の先端に感じる興奮も高まる。「ルパート」激しい渦にのみこまれながら、パンドラはあえいだ。「お願い、ルパート……」頭を振り、この甘美な拷問から一刻も早く解放される瞬間を待ち焦がれる。

「言ってみろ」ルパートが促す。「どうしてほしいか言うんだ」

「もっと……」パンドラは訴えた。「ああ、お願い、ルパート……もっと激しく」

「こう?」ルパートは胸の頂をきゅっとつまんだ。その瞬間、過敏になった神経が収縮して震える。

「ああ……」もはや恥じらいも気まずさも吹き飛んで、パンドラはルパートの指に腰をこすりつけ、さらなる刺激を求めた。

「これはどうだ?」もう一方の長く力強い指が、脚のあいだでいまにも弾《はじ》けそうに脈打つ蕾をつまむ。

次の瞬間、パンドラはついに快楽の極みに押しあげられ、ルパートの指が胸の先と体の芯を同じリズムでなでこするのを感じながら、次々と押し寄せる官能の高波に身を漂わせた。やがてクライマックスに達すると、息を切らしてあえぎつつ、力なく頭をルパートの肩にあずけた。

ルパートはパンドラが絶頂にのぼりつめるさまを眺めながら、満足感で胸がはち切れそうだった。美しい裸体をさらけ出し、敏感に反応する体で彼の与える悦びを余すところなく感じ、その様子を見つめるルパートにも同じだけの悦びをもたらした。

その姿は、まさしく腕の中でよみがえったヴィーナス――崇拝され、賛美されるべき女性だった。このときルパートは、彼女と愛を交わすためなら喜んで一生を捧《ささ》げようとさえ誓った。

だが、いまは今宵《こよい》をともに過ごすことを考えるだけで満足だった。ふたりの初夜を、いつ果てるともなく、ありとあらゆる方法でパンドラを味わいたかった。彼女をしっかりと抱きしめ、その体の隅々を自分の体よりも知り尽くすまで貪欲に求めたかった。

「どこへ行くの?」ルパートが彼女を抱えて立ちあがると、パンドラは驚いて尋ねた。彼女は浴槽をまたいで出るルパートの首にしがみついた。頭のてっぺんで緩く巻いていた髪が解け、ほっそりした肩と、自分を抱く彼の腕に垂れかかる。

ルパートは笑みを浮かべて、パンドラを絨毯《じゅうたん》の上に立たせた。

「ベッドへ行く前に、きちんと体を拭いてやろう」

ルパートが台からふかふかの白いタオルを取るあいだ、パンドラは一糸まとわぬ姿で彼の前に立っていた。彼が背後にまわって、水の滴る背中を拭きはじめると、みるみる頬を真っ赤に染めた。ついさっき、ルパートの手でもたらされた燃えるような快感を味わったせいで、まだ少し脚が震えている。

ついさっき、味わった……。またしても快感を与えられて身を打ち震わせたのは、ルパートではなく、わたしだった。

パンドラは唇を湿らせてから、おずおずと言った。「あなたの思いやりはうれしいわ、ルパート。でも、いまは……今度はあなたが……」

「ぼくたちにはたっぷり時間があるから、ありとあらゆる悦びを互いに与えあうことができる」ルパートはぶっきらぼうに言うと、絨毯に膝をついて、彼女の脚の裏側を丁寧に拭きはじめた。「一生、時間はあるんだ」

一生。

ストラットン公爵ルパート・スターリングと結婚し、一生涯、彼のものとなる——それはパンドラにとって、じつに驚くべきことだった。

そしていまや、彼はわたしのものなの？

「ルパート、わたしは……何をしてるの？」片側のヒップに彼の唇が触れるのを感じて、パンドラは息をのんだ。

ルパートの笑い声は低く、わずかにみだらな響きを含んでいた。

「気がついたら、すっかり魅了されていたんだ。あまりにも魅力的で、もうこれ以上、我慢するのは無理だ」反対側のヒップのふくらみにも温かな唇が押しあてられる。

あの彫刻のような唇が触れていると考えただけで、パンドラは恥ずかしさでいっぱいになった。けれども、振り向いて彼と向きあえば、さらに恥ずかしい部分をさらけ出すことになる。

そこでパンドラは、一歩前に出てから振りかえった。だが、膝をついて、燃えるようなグレーの目で自分を見あげるルパートを見た瞬間、パンドラの目は丸くなり、息が喉につかえた。彼の脚のあいだで、欲望に張りつめたペニスが堂々とそそり立っていた。

いままでも、その欲望の証《あかし》が体に押しあてられるのを感じたことはあった。とりわけ、大胆にも彼の腿にまたがって、はじめてあの快感をもたらされたときに。だが、それまでのどんな親密な行為からも想像がつかないほど、ルパートの体は男らしい美しさに満ちあふれていた。

浅黒い肌、広くたくましい肩、分厚くて筋肉におおわれた胸、引き締まった平らな腹部、そして腿のあいだの金色の巻き毛から誇らしげに突き出た、みごとなペニス。

「ルパート……」パンドラは彼の開いた腿のあいだに膝をついた。「あなたに……触っても、いい……?」

「もちろんだ」ルパートはかすれた声で言った。「ああ、パンドラ……」燃えたぎる情熱の証にやわらかな指先が触れた瞬間、彼はうめき声をもらした。

「痛くない?」表面の皮膚は、はち切れそうなほど張りつめ、ほんのわずか触れただけで、びくんと動いた。

「気持ちがよすぎて痛いだけだ」ルパートはうなった。「なでてくれ」切羽つまった口調で訴える。「軽く握って、手を上下にすべらせて、もう片方の手を下に……ああ、そうだ」

この数日間、何度かパンドラを快楽の世界にいざなううちに、ルパートの自制心は崩壊寸前となっていた。そこにきて、美しい裸体を目にしながら、張りつめた下腹部を包みこまれて愛撫されては、もはや限界だった。

「もっと激しくしてくれ」ルパートは荒々しく促すと、背をのけぞらせて、彼女の手に握られたまま腰を動かしはじめた。「もっと強く……速く」

「いい……？」先端にきらめく液体がにじみ出るのを見て、パンドラは喉をごくりとさせた。「あなたを……味わいたいの」

「ああ」

パンドラがゆっくりとかがみこみ、長くつややかな金髪が彼の腿をすべり落ちた瞬間、ルパートは体の奥から情熱が濁流となってあふれ出るのを感じた。パンドラは熱く脈打つペニスの上で唇を開くと、敏感な先端が喉に届くほど、温かな口の奥深くにまでそっと含んだ。

いままでに、これほど激しく強烈なクライマックスに達したことがあったとしても、ルパートはまったく覚えていなかった。頭の中が真っ白になったたまま、彼は身を乗り出してパンドラの髪に指を絡ませ、急激に襲いかかってきたエクスタシーにうめき声とともに悶《もだ》えた。

ずいぶんたってから、ルパートはようやく前かがみになって、パンドラの金髪に顔を埋《うず》めた。全身の力を使いはたしてぐったり疲れ、もはや何も考えられなかった。

「ルパート、大丈夫？」

彼の困憊《こんぱい》した様子にパンドラは驚き、自分が傷つけてしまったのではないかと考えて、顔から血の気が引いた。彼を味わいたいと言ったときは、女としての本能の赴くままに振る舞った。けれども、まさか怪我《けが》をさせてしまったのだろうか？　けっして傷つけたくないただひとりの人を、傷つけてしまったの？

「大丈夫だ」

ルパートは力なく笑うと、ゆっくり顔を上げてパンドラを見つめた。

「ほんの少しだけ休ませてくれ。そうしたら、今度はぼくがきみを味わう――」

そのとき寝室のドアをノックする音が聞こえ、ルパートは苛立《いらだ》たしげに顔をしかめて言葉を切った。

「あとにしろ！」ルパートはドアに向かって叫んでから、一瞬、目をつぶってかぶりを振った。「気にするな。すぐに行ってしまうだろう」そして、妻の顔をのぞきこんだ。「パンドラ、すまない。さっきは自分を抑えられなかった。痛くなかったか？」

「わたしが？」パンドラは自分の顔が青ざめているのに気づいていた。「苦しんでいたのは、あなたのほうだわ」

「あれはオルガスムだ、苦しんでいたわけじゃない」ルパートは笑った。「早くきみにも、もう一度感じさせてやりたい。きみの望むだけ、何度でも」からかうようにつけ加える。

パンドラは勇気を出して彼を見つめた。

「本当に大丈夫なの？」

ルパートは困惑した。「どういうことだ、パンドラ？　きみとメイベリーは三年間、夫婦だったはずだ。それなのに、きみたちふたりは一度も……？」パンドラがふいに離れたので、彼は口をつぐんだ。

「いまは、あの人の話はしないで」パンドラは見ひらいた目に非難の表情を浮かべて言った。

「ふたりは互いに合わなかったという話は聞いた。だが、まさか……」

そのとき、またしてもノックが聞こえて、ルパートは不機嫌な顔つきになった。

「なんだ?」彼は苛立たしげに叫んだ。

「お休みのところ、たいへん申し訳ございません、閣下」閉じたドアの向こう側で、ルパートの執事が言った。「一階に、閣下にお目にかかりたいというご婦人がいらしています。頑として帰ろうとせず……ただちに閣下にお話しすることがあると、しつこく言い張っています」執事は申し訳なさそうにつけ加えた。

パンドラは目をまたたいた。男女のあいだにこれほど濃密なかかわり合いが存在しうることを生まれてはじめて知り、その悦楽に浸っていたところを妨げられて、どうしていいのかわからなかった。

いったい、どんな婦人が一階で彼を待っているというの？　結婚式の日に邪魔をするなんて、どういうつもり？

パトリシア・スターリングをこの屋敷から、そしてルパートの人生からうまく追い出したと思ったら、今度は自分が、放蕩《ほうとう》の限りを尽くしたという噂の彼の過去の女性と対決するはめになるのかしら――そう考えると、パンドラの心は沈んだ。

「すぐに行く、ペンドルトン」ルパートはぶっきらぼうに言うと、パンドラに向き直った。「できるだけ早くその女を追いはらって、きみのところに戻ってくる」

「わたしのために急ぐことはないわ」パンドラは彼の手から完全に離れ、優雅に立ちあがると、部屋を横切って部屋着を手にした。「あなたが言ったように、わたしたちはこれから一生、ふたりで過ごすんですもの」ルパートに背を向けると、部屋着をはおって体を隠し、腰のベルトを結んでから、長い髪を襟の外に出した。

「パンドラ――」

「わたしにはかまわず、早く行って」

視線はそらしていたものの、ルパートが部屋着をはおってベルトを結び、自分のほうに歩み寄るあいだ、パンドラは彼の一挙一動を意識していた。

ルパートは手を伸ばしてパンドラの肩を軽くつかみ、もう一方の手で顎を持ちあげると、青ざめた顔をじっとのぞきこんだ。パンドラはあいかわらず目を合わせようとしない。

「しつこい女のようだが、たいした用事ではないはずだ」彼はやっとのことで言ったが、ふたりの時間がこんな形で遮られて、ひどく不本意だった。

「きっとそうね」ルパートの手を払うように顎を上げると、パンドラはいまにも壊れそうな笑みを浮かべた。「早く行けば、それだけ早く戻ってこられるわ」落ち着いた口調だった。

ルパートは口を結びながら、階下で待っている〝しつこい婦人〟を心の中でののしった。こうなったら、その女にありったけの怒りをぶつけてやる。

「ここで待っていてくれるか？」

パンドラは暖炉の上の金めっきの時計に目を向けた。「そろそろ夕食のために着替える時間だわ」

ルパートの把握している限り、今日、パンドラは朝から何も口にしていない。これだけいろいろなことがあったのだから、いまごろはさぞ空腹にちがいない。

ふたりきりの親密な時間がすっかり台無しになった困惑を隠して、ルパートはうなずいた。

「もちろんだ。すぐに着替えるといい。ぼくも化粧室で着替えてから階下《した》へ行って、ぼくたちの招かれざる客の相手をしてこよう」

その女性がいったい誰なのかと考えて、しまいにルパートの口調は険しくなった——少なくともパトリシアではない。彼女は一時間以上前に出ていって、二度と戻ってこないはずだ。

「たしかペンドルトンは、あなたのお客さまだと言ったと思うけど。わたしのではなくて」

パンドラは冷ややかに言って、またしても彼の手から離れた。

ルパートは目を細め、両手をわきに落とした。

「パンドラ——」

「お願い、ルパート、早く行って」彼女は頑《かたく》なに言い張った。

ルパートはまたも苛立たしげに顔をしかめた。「ぼくだって、けっしてこんなことを望んでいるわけではない」

「〝こんなこと〟が何かもわからないのに、いくら弁解をしても意味がないわ」パンドラは冷静に指摘する。

よりによって結婚式の日に邪魔をするとは、誰であれ、ただではすまないぞ——ルパートはあらためて怒りがこみあげるのを感じた。

「すぐに戻ってくる」

そう約束すると、ルパートは化粧室に姿を消した。

ところが、いざ自分に話があると言い張っている〝しつこい婦人〟と顔を合わせ、相手の狼狽《ろうばい》ぶりを目の当たりにすると、ルパートは約束を守れそうにないことを悟った。

16

「閣下はお詫《わ》びを伝えてほしいとおっしゃっていました、奥さま。そして、よかったら先にお食事を始めていてほしいと」

あれから三十分ほどして、寝室のドアがノックされた。パンドラが出てみると、気まずい表情の執事のペンドルトンが廊下に立っていた。パンドラが着替えを終え、かれこれ十分くらいせわしなく部屋をうろうろ歩きまわり、ルパートが戻ってくるのを待ちわびていたときだった。

パンドラは身をこわばらせた。

「それで……閣下はどこにいるの？」

執事が視線をそらす。「しばらく外出する用事ができたようです」

パンドラは目を丸くした。「屋敷にいないの？」

「はい、奥さま」

ルパートが初夜に外出することにしたと知って、パンドラは愕然《がくぜん》とした。一階で彼を待っていた。〝しつこい婦人〟と一緒に？　たぶん、彼の過去の女性と？

わたしの早合点ではないの？　パンドラは眉をひそめて自問した。その証拠に、とつぜんの訪問者にルパート自身もとまどっていた。

でも……彼はいま、ストラットン邸を出ていった。この部屋に戻ってきて、自分の口から外出することを告げる間もなく。

「何か問題が起きたのかしら？」パンドラは執事に尋ねた。

「わたくしは何も聞いておりませんが……」

パンドラは深々とため息をついた。「公爵は理由も言わずに、とつぜん外出したの？」

「はい、奥さま」

ペンドルトンの表情と口調からは、この件に関して彼がどう思っているのか、あいかわらず推し測ることはできなかった。

「ただ、お出かけになる前に、自分の帰りを待って夕食を遅らせないように、奥さまに伝えてほしいと命じられただけです」

ルパートが女性の訪問者とどこへ行ったのかもわからずに、ひとりきりで食事をとるなど、考えただけで気が重くなった。実際、とつぜん花婿に置き去りにされて、パンドラはわずかに気分が悪くなり、吐き気すら覚えた。

パンドラは舌の先で唇を湿らせた。「それで……閣下は例の女性の訪問者と一緒に出かけたのね？」

「そのようです、奥さま」

パンドラは心の中にぽっかり穴が空いたのを感じた。あたかも胸を思いきりこぶしで殴られたように。

息ができなかった。何も考えられなかった。結婚式の夜にルパートが自分のそばを離れ、別の女性と一緒にいるということ以外は。

皮肉なことに、ひとりばかりか、ふたりの夫に結婚式の当日に見捨てられた屈辱を、パンドラは葬り去ることができなかった。実際、これほどショックを受けなければ、ルパートとの再婚で最初の結婚よりも幸せになれるかもしれないと考えていた――いや、願っていた自分の愚かさを、笑っていたかもしれない。

パンドラは背筋をぴんと伸ばした。

「わたしも夕食はいらないわ。ありがとう、ペンドルトン。申し訳ないけれど、料理人に謝っておいてもらえないかしら」

哀れな料理人は、ストラットン公爵が結婚式の日を盛大に祝うだろうと考えて、今夜はふたり分の特別な料理を準備していたにちがいない。パンドラ自身と同じく、手をつけられることのない料理を。

「かしこまりました、奥さま」執事は軽く頭を下げた。「その代わり、何かお飲み物をおくまで断固として威厳を保った。

「いいえ、けっこうよ」パンドラはペンドルトンを下がらせ、彼が静かに寝室から出てい
持ちいたしましょうか？」

ほかの使用人たちも、いまごろは公爵が結婚式の夜に妻を置き去りにしたことに気づいて、彼女を哀れんでいることだろう。そう考えると、熱く焼けつくような涙がひんやりした頬を止めどなく流れ落ちた。

四年前に味わった屈辱よりひどいものはないと、パンドラは長いこと思いこんでいた。けれども、結婚式の夜にルパートが自分をひとり残して別の女性と出かけたことは、あのときよりも耐えがたいかもしれない。しかも、あれほど情熱的に愛を交わしたあとに、なんの説明もなく……。

バーナビーと結婚したころのパンドラは、あまりにも世間知らずで、相手を疑うこともなく、どちらかといえば夫となった男性ではなく、恋に恋していた。そもそも、本当のバーナビーを知らなかったのに、どうして彼を愛することなどできただろう。結婚してからも、彼は愛情を育むようなことはいっさいしなかったというのに。

この四年間――そのうちの三年は求められない不要な妻として過ごした歳月のあいだに、パンドラも、彼女の感情も、明らかに成熟を遂げた。

いまでは、愛とはどういうものかを知っている。

それは、堕天使のごとき顔と金髪の巻き毛を持った男性の姿をしていた。

デビルと呼ばれる男性だった。


時刻は午前二時だった。

薄気味悪いほど静まりかえる中、ルパートは足音を忍ばせながら広い階段を一段飛ばしでのぼり、右に曲がって、長い廊下を静かに進んだ。寝室のドアをそっと開けて中に忍びこむと、後ろ手でドアを閉め、ベッドカバーの上で月明かりを浴びて眠っている女性に目を向けた。

ルパートは音をたてずにベッドに歩み寄って、パンドラを見つめた。

結婚式のときと同じクリーム色のドレスに、首には一連の真珠のネックレスをつけている。肩にかかった金髪は月の光でほとんど銀色に見え、長いまつげが象牙色の頬にくっきり浮かびあがっていた。よく見ると、眉間にはしわが寄り、ふっくらした唇がわずかに開いたかと思うと、パンドラは眠りながらため息をついた。

その疲れたようなため息に悲しみが入り混じっているのに気づいて、ルパートの胸は締めつけられた。彼は身をかがめ、眉間に刻まれたしわにやさしくキスをし、そのまま唇をそっと頬に這《は》わせた。ふと涙のしょっぱい味を感じて、はっとした。

ぼくが初夜に置き去りにしたせいで、パンドラに涙を流させたのか？

ますます胸を締めつけられたルパートは、上着を脱ぐと、ゆっくりと慎重にパンドラの隣に横たわった。そして彼女を起こさないように、こめかみの巻き毛をやさしくなで、無意識に寝返りを打った彼女を喜んで腕に抱いた。パンドラは頭を彼の肩にのせ、安心したように片方の手を彼の胸に置く格好となった。

これでぐっすり眠れるはずだ。ルパートは目を閉じると、みずからも妻の隣で眠りに落ちた。

朝はすぐそこに迫っていた。目が覚めたら、彼はとつぜん妻を置き去りにした理由を説明しなければならないだろう。


自分を抱きしめる腕の中にすっぽりおさまりながら、パンドラはこの上なくすばらしい夢を見ていた。あまりに美しく、あまりに心地よかったので、まばゆい朝日がベッドに降りそそいでも目を覚ましたくなかった。

夢の中で、自分を抱きしめているのはルパートだった。彼のたくましい肩に頭をのせていた。手に触れているのは彼の硬い胸だった。

だからこそ、これは夢だとパンドラは信じて疑わなかった。なぜなら、ルパートはここにはいないからだ。

ゆうべ、彼は戻ってこなかった。いくら待っても帰ってこなかった。

結婚式の夜なのに。

またしても、固く閉じたまぶたの裏側に焼きつくような涙を感じた。昨晩、涙が涸《か》れるまで泣いたはずなのに、まだ泣けることに彼女はつかの間驚いた。本当に……。

「起きているんだろう、パンドラ」

パンドラは驚いて身をこわばらせた。ルパートのかすれた声が耳に響くと同時に、胸の震動が頬に伝わる。

「目を開けて、ぼくを見てくれ」

できなかった。勇気がなかった。見たくなかった。ゆうべ、自分を置き去りにした理由など知りたくなかった。彼の有無を言わせぬグレーの目を見つめたら、真実に気づいてしまうだろう。

「パンドラ?」ルパートがやさしく促す。

「あっちへ行って」パンドラは目をぎゅっとつぶったまま、そのやさしさに応えるのを拒んだ。

「きみをひとりにするつもりはない」

「ゆうべは平気でそうしたわ」静かに指摘した。

その声に苦痛を聞き取って、ルパートは息苦しさを覚えた。「ゆうべも、そうしたくてしたわけではない」

パンドラは激しく首を振った。「信じられないわ」

「なぜだ?」

パンドラのまぶたが開いて、春に咲くすみれの色の目が、責めるように彼をにらみつける。長いまつげには涙がきらめいていた。「わたしたちの結婚式の夜を、あなたが別の女性の腕の中で過ごしたからよ」

「それは違う」

「そうよ」象牙色の頬が、怒りでみるみる真っ赤に染まる。「バーナビーでさえ、そんなひどいことは……」

パンドラははっとして言葉を切った。

「なんだ?」ルパートは彼女をさらに強く抱きしめて促す。

パンドラは目をそらして彼の胸を押しのけた。

「放して、お願い」

ルパートは口を固く結んだ。「いやだと言ったはずだ」

パンドラは彼をにらみつけたが、すぐに彼のくしゃくしゃになった金髪に気づいた。疲れた目は寝不足の証拠だ。おまけに極上の上着以外は服を着たままで、顎と口の上をおおっている影は、今朝はまだひげを剃《そ》っていないことを物語っていた。

彼が今朝になって、別の女性のもとから帰ってきたことを。

パンドラの唇が震えた。

「なんて卑劣な人なの……道徳心のかけらも持ちあわせていないのね。結婚式の夜に妻以外の女性とベッドをともにするなんて」彼女は身をよじってルパートから逃れると、すばやくベッドから立ちあがって、窓際に身を寄せた。たとえ同じ寝室の中にいても、できる限りルパートから離れたかった。けれども、ここは自分のではなく、ルパートの寝室だった。二度とこんなところで眠りたくない。

最初の夫は女性にまったく関心がなく、二番目の夫は関心がありすぎると気づいて、パンドラは涙が出そうなほど笑いたくなった。

ルパートはベッドの端に座り、目を細めて、部屋の反対側にいるパンドラを見つめた。自分の妻を。その顔に浮かんだ嫌悪の表情は、もはや彼に好意はない、ましてや信用できないと告げていた。

「昨晩は、一瞬たりとも別の女性の腕で過ごしたりはしていない」ルパートは疲れた口調で言い張った。その疲労は、けっして放蕩《ほうとう》三昧の夜のせいではなかった。

「そんなの嘘《うそ》――」

「ぼくはきみに嘘はつかない」

パンドラは鼻で笑った。「すでについているわ」

「第一、夜中の二時にはきみのもとに、ぼくたちのベッドに戻ってきた」

「屁理屈《へりくつ》を言わないで」パンドラの目が警告するようにきらめく。「何時だろうと、別の女性のベッドから戻ってきたことに変わりないわ」

「違う」ルパートは顔をしかめた。「ヘンリーを〝別の女性〟と呼びたいのなら話は別だが」皮肉っぽくつけ加える。「それに、言っておくが、ぼくは彼女のベッドには近づいてもいない」

パンドラが黙りこんだ。

「ヘンリー？　わたしのメイドの、ヘンリー？」

「明らかにぼくのメイドではない」ルパートは言いかえした。

パンドラは困惑した。「どういうこと？」

ルパートは大きくため息をついて髪をかきあげた。自分の風采――乱れた髪、寝不足で目の下にできた隈《くま》、無精ひげの伸びた顎、しわだらけの服は、どう見ても不義を働いたばかりの男で、パンドラが誤解するのも無理はないとわかっていた。

「昨日の夕方、ここに来て、ぼくと話がしたいと言い張っていた女性はヘンリーだったんだ」ルパートは重い口調で説明した。

パンドラの目が丸くなる。「わたしのメイドのヘンリー？」

「同じことを繰りかえすのはやめてくれ」ルパートはやんわりと釘《くぎ》を刺した。「それに、ぼくは結婚式の夜どころか、いつの夜も、あの女性のベッドで過ごしたことはない」彼はきっぱりとつけ加えた。

パンドラはごくりと唾をのむと、かすかに震える手で金色の巻き毛を後ろに払いのけてから口を開いた。

「どうしてヘンリーがここに来て、わたしではなく、あなたと話したいと言ったの？」

「それは……」ルパートは感心したようにため息をついた。「やっときみが理性を取り戻してくれて、ほっとしたよ」

あからさまな彼の皮肉に、パンドラは眉をひそめた。

「何があったの？　いったいどういうわけで、ヘンリーはわたしではなく、あなたに話があったの？」すぐには答えようとしないルパートに、たたみかけるように尋ねた。

ルパートは眉間にしわを寄せた。「昨日の夕方、またしても何者かがハイバリー邸に侵入した」

「なんてこと……」パンドラの顔から血の気が引き、彼女は鏡台の前に置かれた椅子の背につかまった。「誰かが怪我《けが》をしたのね？」すみれ色の瞳が不安に色濃くなる。

ルパートは彼女の頭の回転の速さに舌を巻いてうなずいた。「運悪く、ベントリーが頭を強く殴られて――」

「すぐにハイバリー邸に戻るわ！」

「彼はそこにはいない」ルパートは妻をなだめた。

「いない？」パンドラの目が丸くなり、陰りを帯びた。かと思うと、彼女はわずかによろめいた。「まさか……？」

パンドラがごくりと唾をのんだ。その頬は死人のごとく真っ青だった。明らかに、ベントリーが死んだと思いこんでいる。

ルパートは慌てて大股に部屋を横切ると、いまにも倒れてしまいそうなパンドラを抱きしめた。

「悪かった、パンドラ。疲れているせいで、うまく説明ができなかった」

パンドラの手が自分のベストにしがみつくと、ルパートはつややかな巻き毛に顔を埋《うず》めた。

「ベントリーは死んでいない」ルパートは彼女を安心させた。「今朝は、おそらくひどい頭痛に悩まされているだろうが、無事に生きている」

パンドラは力が抜けたように彼にもたれかかった。「ああ、よかった。彼の身に何かあったら……耐えられないわ」そして、顔を上げてルパートを見つめる。「でも、ハイバリー邸にいないのなら、どこにいるの？」

「ケンブリッジシャーにあるぼくの屋敷だ」ルパートは答えた。「ほかの使用人も全員そこにいる。ぼくが午前二時になるまで戻れなかったのは、彼らが安全に移るのを見届けていたからだ。スマイスは念のために部下をふたり派遣して、ハイバリー邸のそばでひそかに見張らせているが、それでも、事件が解決するまでは、ベントリーたちを安全な場所に移すべきだと判断したんだ。昨日、きみにヘンリーを会わせれば、彼女は例のごとくヒステリーを起こしていたから、きみはますます苦しむだけだろうと思った。今度ばかりは、喜んで彼女を許してやりたい。何しろ、この悪い知らせをきみではなく、賢明にもぼくに伝えようとしたんだ」彼は満足げにつけ加えた。

「ありがとう、ルパート。わたし……」たくましい腕の中でかすかに身を震わせてから、パンドラは彼に不安げなまなざしを向けた。「何も知らないのに、あなたを責めてしまって……」

「ああ」ルパートの顎がこわばった。「それだけでなく、流す必要のない涙を流した」

「てっきり、あなたが――」

「きみがぼくのことを、そしてぼくの道徳観念について、どう思っているのかがはっきりわかった」険しい口調だった。

「わたしは……ただ昔のことを……」パンドラはかぶりを振った。またしてもすみれ色の目に涙があふれる。「本当にごめんなさい、ルパート。そんなふうに思うべきでは……なんの根拠もないのに……」彼女は口ごもって、ふっくらした下唇を噛《か》んだ。

ルパートの表情がやわらいだ。

「パンドラ、そろそろメイベリーとの結婚について、話してくれてもいいんじゃないのか？」

パンドラの目が丸くなった。「バーナビー？　でも……」彼女は眉をひそめた。「わたしの最初の結婚が、このこととなんの関係があるの？」

ルパートの考えでは、大いに関係があった。だが、なぜ、どんなふうに関係するのかは、あいかわらず闇の中だった。

ハイバリー邸での事態がひとまず収拾すると、ルパートは真夜中にベネディクトをたたき起こした。そして、パンドラとの婚姻期間中にメイベリーがハイバリーの邸宅で送っていた生活について、彼の部下が何か情報をつかんだかどうかを問いただした。

その際に、メイベリーはパンドラと結婚する数年前からハイバリー邸を所有していたことを聞いた。近隣の住人に聞き込みをした結果、屋敷に日用品を届けていた出入りの商人の名前や、メイベリーの従者の存在、事業の部下や弁護士、政治家の友人などの訪問が明らかになったという。だが、それらは彼の愛人の正体を突きとめるのにはなんの役にも立たなかった。

こうなった上は、パンドラには酷だが、この謎の解明に光明を投じることができるのはもはや彼女しかいないようだ。そして本人は、みずから認めたように、不幸だった結婚生活との関連を理解していないが。

ルパートはパンドラの頬を両手で包みこんで、じっと見つめた。

「パンドラ、メイベリーは遺言書でハイバリーの邸宅をきみに遺《のこ》したが、その時点ですでに十年近くあそこを所有していたんだ」

パンドラは困惑を隠せなかった。「ええ……それが何か？」

ルパートは深く息を吸いこんだ。「じつに言いにくい話だが……」彼はかぶりを振った。「あくまでぼくの個人的な考えだが、メイベリーは愛人との逢引《あいびき》に使うために、あの屋敷を購入したんじゃないだろうか」

「いいえ」

にべもない口調に、ルパートは眉をひそめた。「きみにとってはつらい話だとわかっている。だが……」

パンドラは彼の手を振りはらって顔をそむけ、あたかも攻撃から身を守るように両手を腰に巻きつけた。

「パンドラ、きみはすでにじゅうぶん傷ついている。だから、これ以上傷つけるような真似《まね》はしたくない」好むと好まざるとにかかわらず、まさに自分がそうしていることに気づいて、ルパートはため息をついた。「だが、メイベリーには――」

「愛人はいなかったわ」パンドラは振り向かずに言いきった。

「確証はないはずだ」

「確証ならあるの」パンドラは振りかえってルパートと向きあった。血の気の引いた顔に、その目は紫色の染みのように見えた。「それどころか、断言だってできる。バーナビーにはいっさい愛人はいなかった。わたしと結婚する前も、結婚したあとも」

しばらくのあいだ、ルパートはパンドラの表情をうかがうように見つめてから、ゆっくりと口を開いた。

「彼は性交が不能だったのか？」

パンドラはおもしろくなさそうに笑った。「そうじゃなかったはずだけど」

「〝はず〟というのは、どういう意味だ？」

「彼に愛人がいたかどうかが、この一年間でハイバリー邸に何者かが繰りかえし侵入したこととどう関係するのか、わたしには理解できないわ」パンドラはだしぬけに話題を変えた。悲惨だった最初の結婚について、洗いざらい打ち明ける勇気はなかった。

二度目の結婚も、どうやら自分の早合点のせいで波風が立っているというのに。

昨日、ルパートと話したいといって訪ねてきた〝しつこい婦人〟が、まさかヘンリーだったとは思いもしなかった。屋敷にまたしても侵入者があったことを知らなかったのだから、無理もない。

それでも、ルパートのことを完全に誤解して、結婚式の夜に自分を裏切ったと思いこんで非難した。彼にしてみれば、そう簡単に許せることではないはずだ。実際には、そのあいだにパンドラの屋敷に駆けつけ、使用人たちの身の安全を確保してくれたのだから。

ルパートは広い肩をすくめた。

「メイベリーのとつぜんの死によって、愛人の正体を明らかにする証拠のようなものがハイバリー邸に残されている可能性が高い。少なくとも、ぼくはそう考えている。身のまわりのものや、ひょっとしたら手紙などが」

「わたしがハイバリー邸に移るにあたって、バーナビー個人のものは、残らず箱につめて屋根裏にしまうようにベントリーに言いつけたわ」この一年間、自分が暮らしてきた家で、バーナビーと愛人が逢引をしていたのかもしれないと考えて、パンドラは唇を固く結んだ。

本当にバーナビーはそんなにひどい男だったの？　求めもせず、愛情のかけらも抱かなかった妻に対して、自分が死んだあともこれほどの屈辱を与えるなんて。

折に触れて、彼の態度には敵意が感じられた。そもそも結婚しなければならなかったことを、あたかも妻のせいだと考えているように。そう思うと、愛人との密会場所に利用していた屋敷を妻に遺したのは、彼の最後のいやがらせだったとしてもおかしくない。

ええ、きっとそうだわ——パンドラは重苦しい気分で認めた。バーナビーがそれほど卑劣な男だということは、結婚していたときからわかっていた。そうとなれば、アンソニー・ジェソップが叔父に代わって持ちかけてきたハイバリー邸の購入の申し出を、一日も早く受け入れたほうがいい。

「パンドラ、頼むから、黙っていないで何かしゃべってくれ」ルパートが訴えるような目を向けた。

バーナビーとの結婚生活の実態を、ルパートに話すべきなの？　少なくとも、この四年間、誰にも話さずに胸の内にしまいこんでいた秘密を。彼は理解してくれるかしら？　わたしが結婚生活で感じていた屈辱と、バーナビーの死後も、クララ・スタンリーとふたりの子どもを守るために口を閉ざす必要があったことを。

だが、すでにここまで事情を知っているルパートに対して、いまさら黙っているわけにもいかないだろう。

「パンドラ……？」ルパートはやさしく声をかけた。懸命に苛立《いらだ》ちをこらえ、先ほどからずっと彼女の顔に表れている感情のせめぎ合いをじっと見守りながら。苦痛、幻滅、そして堂々とした決意。

パンドラは顎を上げ、背筋を伸ばしてから、決然としたまなざしで彼を見つめた。

その決意がほんの一瞬だけ揺らぎ、彼女は不安そうに唇をなめてから切り出した。

「バーナビーに相手がいたとしたら……きっといたにちがいないけれど」パンドラはつけ加える。「それは女性ではなくて……男性よ」

ルパートは狐《きつね》につままれたようにパンドラを見つめた。いまのはどういうことだ？　まったく意味をなさない。ただし……。「なんてことだ。まさか、メイベリーは男と付き合っていたと？」

パンドラは彼の驚きのまなざしを受けとめることができなかった。「社交界の紳士のあいだでは、まったく聞かない話ではないはずよ」

確かにそのとおりだ。社交界でも、それ以外の場所でも。もちろんルパートにそうした趣味はないものの、彼らを責めることはできなかった。実際、陸軍時代の仲間には、そういう性的嗜好《しこう》を持つ者もいたが、だからといって、彼らに対する友情になんら変わりはなかった。

だが、ルパートの知る限り、そうした紳士がパンドラのような美しく魅力的な女性と結婚している例はなかった。ひょっとしてメイベリーは、自分の趣味を世間に知られないようにするために彼女と結婚したのか。

パンドラは顔をそむけ、窓の下の広場をぼんやり眺めていた。もはやルパートの鋭いグレーの目を見ることはできなかった。

「バーナビーは政界への進出を望んでいたの」彼女は冷静な口調で続けた。「でも、そのためには、ぜったいに秘密にしておかなければならないと考えていた。彼が……その……」

「女性よりも男性を好むことを」ルパートは助け船を出した。

「ええ」パンドラはかすかに身震いをした。「結婚式が終わったあとに、彼ははっきりと告げたわ。わたしに対する役目は、シーズン中は舞踏会や晩餐会《ばんさん》にエスコートして何ひとつ不自由のない生活を送れるようにすることだけで……肉体的な意味で、わたしの夫になるつもりはないと。わたしと、あるいはほかのどんな女性とも、体を触れあわすと考えただけで吐き気がすると」

「彼はきみが、その条件を黙ってのむと思っていたのか?」ルパートは怒りで声を荒らげた。

「いいえ」パンドラはささやくように答えた。「思っていたのではなくて、条件をのまざるをえない状況にわたしを追いこんだのよ。父の借金をすべて肩代わりして、わたしが逃げ出したり彼の秘密を暴露したりしたら、ただちにその大金を返してもらうと脅したの」

社交界では、およそ理想とはかけ離れた、政治的あるいは社会的な政略結婚が少なくないことはルパートも知っていた。そうした場合、妻が〝跡継ぎとその予備の子ども〟を産んだら、互いに別の相手に慰めを求めるものだ。実際、ルパートの両親も政略結婚で、およそ幸せな生活を送っていたとは言えなかった。

だが、結婚する女性を欺くような男は——本当の夫となるつもりもないのに、無情にもパンドラのように若く美しい女性と結婚するような男は、理解の範囲を超えていた。

あるいは……。

論理的に考えれば、メイベリーの妻の選択は非常に巧妙だったとも言える。パンドラはとりわけ若くて、人を疑うことを知らず、それゆえ従順だった。それだけに、父親の借金を肩代わりして一家に恩に着せることで、彼女が事実を知ってからも従いつづけるだろうと考えたのだ。

いまやパンドラをよく理解しているルパートは、彼女がいままで黙っていたのは、まさにそれが理由だと気づいた。彼女は他人のためなら喜んで自分を犠牲にするような女性だ。ハイバリー邸で雇っている、まったく有能ではない使用人たちを見ればわかる。ルパート自身、その恩恵をこうむった。昨日のパトリシアとの対決では、パンドラは終始、彼の味方をしてくれた。

ルパートはかぶりを振った。

「いままで、誰も気づかなかったのか？」そう言うルパートも、社交界でそうした噂《うわさ》を耳にしたことはなかった。もっとも、彼はそもそも醜聞にはいっさい耳を貸さず、おまけに六年間も軍隊に勤務していた。

二年前に社交界に復帰してみたら、周囲には自分よりもパンドラの行為にまつわる噂があふれていた。

パンドラは寂しげにほほえんだ。「バーナビーが死んでから、彼の従者も気づいていたことを知ったわ」

ルパートは眉をひそめた。「メイベリーの従者？　どうやって彼に黙らせていたんだ？」

ルパートの目が細くなる。「きみがお母さんの真珠以外に宝石をつけていないのは、その従者のせいか？」

「驚いたわ、ずいぶん鋭いのね」パンドラは感心したようにルパートを見あげた。「あの卑しい男は、このことを黙っている代わりに、わたしの持っている宝石を要求したの」彼女は肩をすくめた。「でも、バーナビーからもらったものにはなんの愛着もなかったし、とくに困ることもなかったわ——ルパート、どうしたの?」ふいに乱暴に毒づいた彼を、パンドラは用心深く見つめた。

ルパートは必死に自分を抑えた。「その従者が、繰りかえしハイバリー邸に侵入した犯人だという可能性はないか?」

パンドラはしばらく考えてみた。

「そうは思えないわ。わたしには彼をかばう理由もないけれど、あの男が……彼がバーナビーの愛人だったなんて信じられない」そして、彼女は不安げにルパートを見た。「わたしに……わたしの前の結婚の話にうんざりしたかしら?」

うんざりどころか、ルパートは腹が立ってしかたがなかった。そして、パンドラがいままで苦しんできたことにも激しい怒りを覚えた。メイベリーがまだ生きていたら、喜んでこの手で殺してやりたいと心から願うほどに。

そんな男と結婚したせいで、パンドラはいつの間にか周囲の男たちに言い寄られるようになってしまったのか。だとしても無理はない。彼らはパンドラが夫に拒まれたやさしさや慰めを与えてくれるのだから。

「そんなことは断じてない」ルパートはパンドラに歩み寄って、そっと抱き寄せた。「ぼくが誰かに腹を立てているとしたら、それはきみではなく、メイベリーだ」彼はつややかな髪に顎をのせた。

ルパートの理解とやさしさに、パンドラはもはやどうすることもできなかった。喉の奥に声がつかえ、またしても焼けつくような涙が頬にこぼれ落ちた。

彼女は包みこむようながっしりした胸に顔を埋《うず》め、ルパートの腰に腕をまわして、力強い体にしがみついた。

「さっきは、あんなことを言ってごめんなさい」パンドラはむせぶように泣いた。「この四年間、誰のことも信じられなかったの……。それでも、あんなひどい誤解をするなんて、どうかしていた。あなたはわたしに対して、つねに正直だったのに。ただ昨日は、最初の結婚のときに見捨てられて、ひとりで取り残されたときと、あまりにも状況が似ていたから……二度もどん底に突き落とされるほど、人生が残酷なものだったと思いこんでショックだったの」

ルパートの腕に力がこもる。「これからは、ひと晩たりともきみをひとりにはしない」彼はきっぱりと誓った。「本当だ。ベッドの中では、けっして眠らせずに満足させてやるつもりだ」からかうようにつけ加える。「きみが二度とほかの男に慰めを求めないですむように——どうしたんだ?」

ふいにパンドラが身を引いたので、ルパートは眉をひそめた。

パンドラは決然と顎を上げた。だが、苦悩に満ちた視線は彼のベストの第一ボタンより上に上げることはできずに、ささやくような声で言った。「ほかの男性なんていないわ、ルパート」

「だが……スタンリーは？」

「でたらめよ」パンドラはようやく目を上げて、ルパートの視線を受けとめた。「トーマス・スタンリー卿《きょう》はわたしの愛人なんかじゃないわ」

「じゃあ、あの決闘は？」

パンドラは唇を引き結んだ。「ふたりは、わたしを奪いあうために戦ったわけではなかった」

ルパートは口もきけなかった。彼女が勇気を出してこちらを見つめながらも、その下唇がかすかに震えているのに気づいて、胸が締めつけられそうになる。ぼくに信じてもらえないと思っているのか？

この数日間で学んだのは、まさしくパンドラはつねに真実を述べるということにほかならなかった――いまになって明らかになった事実は、知らなくても問題はないことがほとんどだ。

その彼女が、トーマス・スタンリー卿と、あるいはほかのどの男とも関係を持ったことがないと言うのであれば、ルパートは彼女を信じるつもりだった。無条件に。

ルパートはやさしいまなざしで尋ねた。「それなら、誰が原因だったたんだ？」

パンドラは肩をすくめた。「きっと、バーナビーとスタンリー卿が……付き合っていた相手にちがいないわ。たぶんハイバリー邸に侵入したのも、その人物じゃないかしら」

ルパートの結論も同じだった。「トーマス卿も、やはり性的嗜好を隠すために結婚したのか？」

パンドラは細い喉を動かして唾をのみこんでから答えた。「ええ」

すでにこの世にいないふたりの男の死を願うのは、ルパートにとって歯がゆいなどというものではなかった。「それできみは、スタンリーの家族の名誉を守るために、ずっと黙っていたのか」うなるような声だった。

パンドラは涙できらめく目で訴えるようにルパートを見あげた。「わかって、ルパート。世間に事実が知られたら、レディ・クララとふたりのかわいい子どもはあざけりの的になるわ。そんなことは……とても耐えられなかった」

もちろん耐えられるはずがない。何しろ、彼女は心やさしいパンドラなのだから。ほかの無垢《むく》な女性とふたりの子どもが軽蔑や中傷を受けるくらいなら、自分が身代わりになろうと考える女性なのだ。

ルパートの知る限り、パンドラのような女性は、この世にふたりといない。心やさしくて美しく、死ぬまで称賛され、大事にされ、愛されるべき女性。

愛される……。

くそっ、今度はなんだ?

軽いノックの音が聞こえ、ルパートは寝室のドアを振りかえった。「どうしたんだ?」

苛立たしげに尋ねた。

「紳士が手紙を持ってきて、すぐにご主人さまに読んでいただきたいと申しております」

ペンドルトンが申し訳なさそうに伝えた。「その男性は一階でご主人さまの返事をお待ちです」〝一階の男性〟に手紙を持って地獄へ失《う》せろと伝言するよう命じられる前に、執事は慌ててつけ加える。

「スマイス巡査部長からの知らせかもしれないわ」パンドラは言った。

ルパートは深呼吸をした。とても平静ではいられなかった。それどころか、とてつもなく大きくて重いこぶしに胸を殴られたかのように、感情が激しく入り乱れていた。すでにベネディクトには、自分がパンドラに好意を抱いていると指摘されている。だが、もし
……?

「ご主人さま?」

「わかっている」

ルパートは妻から離れて寝室を横切った。勢いよくドアを開け、哀れなペンドルトンに

はほとんど目もくれずに、目の前に差し出された銀のトレーから手紙をひっつかんだ。ルパートが封を開けてすばやく手紙に目を通す様子を、パンドラは震えながら見つめていた。こみあげる不安を抑えきれなかった。ついにこの悪夢が終わるのかどうかを知りたくてたまらなかった。やっとのことで、自分も使用人たちも危険から逃れたのかどうかを。

「犯人が捕まったぞ、パンドラ」ルパートが厳然と告げた。

本当に終わった。その瞬間、パンドラは考えずにはいられなかった。

ルパートとの結婚も、始まらないうちに終わるのだろうか。心から愛しているのに、いまや自分に哀れみしか抱いていないにちがいない男性との結婚も。

17

パンドラを狙っていたのは、弁護士のアンソニー・ジェソップだった。

数時間後、ストラットン邸へ戻る馬車の中、衝撃の事実に頭の中が真っ白になったパンドラは黙って座っていた。隣のルパートも、同じようにずっと無言を貫いていた。

ルパートは、パンドラをスマイス巡査部長のところへ連れていきたくなかった。これ以上バーナビーの行為に苦しむ必要はない、と言い聞かせたのだが、パンドラは一緒に行くと言って聞かなかった。どうしても行かなければならない、ミスター・ジェソップが自分の友人を装っていた理由を知る必要があると。実際、あの弁護士はパンドラを裏切りながら、陰では夫のバーナビーと……。

「これ以上、何も考えるな」ルパートはパンドラの体に腕をまわし、胸にしっかりと抱き寄せた。「終わったんだ。お互いに、もうこの話をする必要もない」

そのとおりだ。ようやくすべてが終わった。

アンソニー・ジェソップはパンドラの顔を見るなり罵詈《ばり》雑言を浴びせた。そして、この一年にハイバリー邸に何度も侵入し、パンドラの寝室に火を放ち、執事のベントリーに襲いかかったのも自分だと認めた。

ハイバリー邸の屋根裏部屋にしまわれた箱の中身について、ルパートの推測どおりだったことも白状した。ジェソップは、これまでに恋人バーナビー・メイベリーに宛てて書いた手紙を捜していた。ふたりの関係を誰にも知られないようにするために、処分しようと考えたのだ。

その後、ルパートはスマイス巡査部長に対して、パンドラが最も満足できる妥協案を持ちかけた。パンドラはみずからの評判を犠牲にしてまで、トーマス・スタンリー卿《きょう》の未亡人と子どもたちを守ろうとした。その努力を無駄にすべきではないと考えたのだ。

最終的には、パンドラもベントリーも起訴は望んでいなかったため、アンソニー・ジェソップは国外追放処分となり、二度とイングランドの土を踏むことは許されなかった。違反した場合には、法のもとで厳正な処分が科されることも決定した。

何よりも自分のことを考えてくれたルパートに対して、パンドラは感謝せずにはいられなかった。

「ルパート、わたし――」

「話は屋敷に戻って、食事をしてからだ」彼は馬丁たちが座っているほうをちらりと見やった。

パンドラはため息とともに、革張りの座席の背にもたれた。「とても食べ物が喉を通るとは思えないわ」

パンドラに目を向けたルパートは、彼女の顔色がひどく悪いことに気づいた。目の下の隈《くま》は、先ほどよりも濃くなっているように見える。またしても信頼していたはずの男に裏切られたのだから、無理もない。

こんな状況で、はたしてパンドラの信頼を取り戻すことができるのか。ルパートははなはだ不安だった。


「少しは気分がよくなったか?」

「ええ、とても」

驚いたことに、パンドラはルパートのすすめるままに、遅めの朝食をたっぷりたいらげた。おかげで、身も心もすっかり元気になった。

「ペンドルトン、用事があれば呼ぶから、下がっていてくれ」ルパートは執事に向かってうなずいた。ふたりきりになると、彼は席を立って、静まりかえった朝食の部屋を険しい表情で歩きはじめた。

落ち着きなく歩きつづけるルパートの様子に、パンドラはあたかも一撃を予想しているかのように身がまえた。

ようやくルパートは彼女のわきで足を止めた。

「パンドラ、ひとつきみに訊《き》きたいことがある……いや、ふたつ訊きたい」彼は訂正してから続けた。「どちらも、答えたくなければ答えなくてかまわない」

パンドラの緊張が高まる。「もうわかっているでしょう、ルパート。あなたが訊く必要のあることには、なんでも喜んで正直に答えるわ」

「きみは本当に、世界一美しい女性だ。容姿も心も」ルパートは表情をやわらげたかと思うと、パンドラの目の前に膝をついて、優美な手を両手で包みこんだ。

パンドラは驚いて目を上げた。その目は、ひざまずいたルパートの温かいグレーの目と同じくらいの高さだった。

「ルパート……？」

ルパートはパンドラの手を唇に押しあててから、切り出した。「愛《いと》しい、心やさしい、美しいパンドラ。ぼくと結婚してくれるか？」

心臓が喉から飛び出したかのようだった。「でも……わたしたちはすでに結婚してるわ」

温かなルパートの目は、まばたきひとつせずにじっとパンドラの目を見つめている。

「ああ、そのとおりだ。だが、この数時間のうちに気づいたんだ。ぼくはきみを脅して無理やり結婚した。これではメイベリーと……」

ふいにパンドラの指先が唇に触れ、ルパートは言葉を切った。

「二度とあの人の話をするのはやめましょう」パンドラがきっぱりと言った。

「ああ、もちろんだ」ルパートも苦々しく答える。「ただし、これだけは言わせてくれ。この数時間というもの、死んだ男を自分の手で殺したいと、そればかり考えていた」

パンドラは息をのんで、わきに手を落とした。

「男というのは、みんなひと皮むけば野蛮なものだ」ルパートはかすれた声で詫《わ》び、パンドラのなめらかな頬を手に包みこんだ。「きみを傷つけた者は、誰であろうと憎くてたまらない」そして、自分をあざけるようにかぶりを振った。「まるで……許してくれ、パンドラ。これほど強い感情を抱いたのは生まれてはじめてで、きみにどう伝えたらいいのか、さっぱりわからないんだ。どこから伝えていいのか……ちくしょう」

ルパートは小声で毒づいたあと、パンドラの瞳をのぞきこんだ。

「愛している、パンドラ」彼女の手をみずからのざらついた頬に押しあてる。「この数日のあいだに、きみのあらゆる面を愛していることに気づいた。思いやりのある心、誠実さ、やさしさ、美しさ、情熱、それから……ああ、止めてくれ、パンドラ。ばかみたいに、きみの足もとに這《は》いつくばってしまう前に。ぼくと結婚して、ぼくをこの世でいちばん幸せな男にしてくれと頼んでしまう前に」ルパートはうめきながらも、パンドラの手のひらに唇を寄せた。

ルパートの愛の告白を聞いて、パンドラは驚き、天にものぼる気持ちになった。そのおかげで、たとえそれが人生で最も大切なことだったとしても、なんの言葉も出てこなかった。

実際、愛は彼女の人生、ルパートとともに過ごす未来にとって、なくてはならないものだった。それでも、たくましい男性を誰かの足もとにひれ伏させてまで手に入れたいわけではなかった。とりわけ、自分の足もとになど。

パンドラは椅子からすべりおりて自分もルパートの前にひざまずき、空いているほうの手で彼の頬をなでた。

「わたしもあなたを愛しているわ、ルパート。本当に、心の底から愛している」パンドラは崇《あが》めるように夫を見あげた。「あなたの力、誠実さ、やさしさ、情熱、そのハンサムな顔――」

告白はそこで途切れた。ルパートの唇が、あふれんばかりの愛と感嘆をこめて、パンドラの唇に重ねられたのだ。パンドラの心臓はいまにもはち切れそうだった。

ルパートはわたしのことを愛している。

本当に、心から愛してくれている。

次々と不幸に襲われる中で、こんなことが起きたのは、まさに奇跡だった。まぎれもない奇跡だ。

ルパートはようやく唇を離すと、深いグレーの目を愛情に輝かせて妻を見つめた。

「パンドラ……」彼は音をたてて、すっかり空になった肺に息を吸いこんだ。「ぼくと結婚してくれるか、パンドラ？　昨日のように、ふたりの友人だけを証人に立てた内輪の式ではなくて、社交界じゅうの人間に祝福される盛大な結婚式を挙げたい。ぼくのもとまでバージンロードを進んできて、ぼくに堂々ときみへの愛を誓わせてくれるか？　公爵夫人への愛を」

「ああ……ルパート」パンドラはまたしても泣きはじめた。だが、今度は幸せの涙だった。

ルパートは妻を抱き寄せて、金色の巻き毛に頬を寄せると、ふたつ目の問いを口にした。

「そして、純潔の証《あかし》として真っ白なドレスを着てくれるか？」

ルパートの腕の中で、パンドラは一瞬身をこわばらせた。それからゆっくりと顔を上げて、恥ずかしそうに彼を見つめた。

「わたしたち、何度も愛しあったのに……それでもかまわないのかしら」

「かまうものか」このすばらしい無垢《むく》な女性への愛に圧倒されて、ルパートの声が低くなる。

今朝、彼女から聞いたことを何度も反芻《はんすう》するうちに、ルパートはパンドラの身が汚れないことに気づいた。世間で言われているような姦通《かんつう》罪を犯していないばかりか、肉体的な意味でも清らかだった。驚いたことに、感嘆すべきことに、奇跡的に、パンドラは純潔な花嫁だった。

「それなら、あなたのために真っ白なドレスを着るわ」すみれ色の瞳でほほえみかけながら、パンドラは続けた。「だけど、結婚式を準備する前に、最後まできちんと愛しあいたいの。いいえ、そうしてちょうだい」

ルパートはかぶりを振った。「ぼくだって、どんなにそうしたいことか……きみが欲しくてたまらない」正直に認めた。「だが、待つべきじゃないかな。きみにふさわしい結婚式を挙げるまで」

「いずれにしても結婚式は挙げるわ」パンドラはかすれた声で言いながら、ルパートから体を離して手を取り、自分の横に立ちあがらせた。「でも、最初は三年間、そしてさらに一日とひと晩……それだけでじゅうぶん待ったと思わない？」彼女の目がいたずらっぽくきらめく。

ルパートは妻の表情をうかがうように見つめた。「本気なのか？」

「生まれてからいままで、これほど本気だったことはないわ」パンドラはうなずいた。「正確には……あなたへの愛を別にして。わたしもあなたが欲しくてたまらないわ、ルパート」勇気を出して言う。

「どれだけきみを愛しているか」ルパートはうなり声をもらすと、身をかがめてパンドラを腕に抱きあげた。

「どれだけ愛しているか、見せて」

パンドラは誘うようにささやいた。ルパートにしっかりと抱きしめられた腕の中、彼が部屋を出て階段をのぼり、寝室へ向かうあいだ、安心しきってそのたくましい肩に頭をもたせかけていた。

パンドラをそっとベッドカバーの上に横たえて、心から愛する女性を見つめた瞬間、ルパートの息は止まった。

ぼくの公爵夫人。

ぼくのパンドラ。

訳者あとがき

偶然にも同じ時期に夫を亡くして、舞踏会にも晩餐会《ばんさん》にも出席せず、ひたすら喪に服していた三人の若く美しい公爵夫人。本作は、ようやく喪が明けて社交界に復帰した彼女たちのロマンスを描く、若くして未亡人となったヒロインたちの〝本音トーク〟と、お相手として登場する、水も滴るいい男たちの魅力をぞんぶんに楽しめるシリーズの一作です。

事の発端は、三人のうちのひとり、何事にも積極的なジュヌヴィエーヴの発したひと言です――シーズンが終わるまでに、それぞれ最低ひとり以上は恋人を作ること。〝ひとり以上〟というところがさすがは酸いも甘いも噛《か》み分ける未亡人ですが、それはともかく、三人の美女を周囲も放っておくはずがありません。彼女たちの恋の行方はいかに……。

本作のヒロインは、ウィンドウッド公爵未亡人のパンドラ・メイベリー。夫を裏切って不貞を働き、挙句の果てに夫と愛人が決闘をしてふたりとも死んでしまった――という、とんでもない醜聞の渦中の人物です。世間からはすっかり〝魔性の女〟のレッテルを貼られたパンドラですが、どうやらこのスキャンダルには裏があるようで……。

そんなパンドラの前に現れたのが、堕天使のごとくハンサムなルパート。彼は数えきれないほどの浮名を流し、女に飽きると平然と捨てることから、社交界では〝悪魔《デビル》〟と呼ばれています。しかもこのルパート、父親が自分のかつての恋人と再婚し、父亡きあと、その女性とひとつ屋根の下で暮らしているという、とてもひと筋縄ではいかない男性です。ところが、やはり彼にも人には言えない事情があり、その問題を解決するために、出会ったばかりのパンドラにいきなり求婚をするのです。とまどいながらも、彼の魅力にどんどん惹《ひ》かれていくパンドラ。そんなときに彼女が命を狙われる事件が起こり……。

パンドラは、およそ夫を裏切って浮気をするような性悪女ではなく、むしろ逆。ひたすら相手のために尽くす献身的な女性です。そのギャップに、ルパートも彼女の虜《とりこ》となっていくのですが、同じ女性の目から見ても、そのしなやかな女らしさと強さを兼ね備えた姿に思わず憧れてしまうほど、とても魅力的に描かれています。

はたしてパンドラは、今度こそ幸せをつかむことができるのか、最後までどうぞお楽しみください。

二〇一四年四月

清水由貴子

＊本書は、2014年4月にMIRA文庫より刊行された
『悪魔公爵と一輪のすみれ』の新装版です。

悪魔《あくま》公爵《こうしやく》と一輪《いちりん》のすみれ

2025年4月15日発行　第1刷

著　者　キャロル・モーティマー
訳　者　清水由貴子《しみずゆきこ》

発行人　鈴木幸辰
発行所　株式会社ハーパーコリンズ・ジャパン
東京都千代田区大手町1-5-1
04-2951-2000（注文）
0570-008091（読者サービス係）
印刷・製本　中央精版印刷株式会社

ISBN978-4-596-72889-0

mirabooks

伯爵家に拾われたレディ
キャンディス・キャンプ
佐野 晶 訳
夫が急死し、幼子と残されたノエルのもとに、かつて夫を勘当した伯爵家の使いが現れた。氷のような瞳のその男は、後継者たる息子を買い取りたいと言いだし…。

伯爵家から落ちた月
キャンディス・キャンプ
佐野 晶 訳
12年前、一方的に婚約破棄してきた相手と再会したアナベス。社交界を去り、裏稼業で巨万の富を得る彼の姿は様変わりしていたが、心はなぜかときめいて…。

伯爵家の秘密のメイド
キャンディス・キャンプ
佐野 晶 訳
久しぶりに社交界に戻ったネイサンは、元スパイのヴェリティと再会する。彼女の潜入捜査に巻き込まれるうち、苛立ちは官能的な別の何かに姿を変えて…。

貴方が触れた夢
キャンディス・キャンプ
琴葉かいら 訳
モアランド公爵家アレックスは、弟の調査所を訪れた黒髪の美女に心惹かれる。だが彼女はいっさいの記憶がなく、「自分を探してほしい」と言い…。

初恋のラビリンス
キャンディス・キャンプ
細郷妙子 訳
使用人の青年キャメロンと恋に落ちた令嬢アンジェラ。だが周囲は身分違いの関係を許さず、二人は別れさせられた。13年後、富豪となったキャメロンが伯爵家に現れて…。

罪深きウエディング
キャンディス・キャンプ
杉本ユミ 訳
横領の罪をきせられ亡くなった兄の無実を証明するため、兄を告発したストーンヘヴン卿から真相を聞き出そうと決めた令嬢ジュリア。色仕掛けで彼に近づこうとするが…。

mirabooks

没落令嬢のためのレディ入門
ソフィー・アーウィン
兒嶋みなこ 訳
両親を亡くし借金を抱え、幼い妹たちの面倒を見なければいけないキティ。家族のため裕福な相手と結婚しようと社交界へ飛び出すが、若きラドクリフ伯爵に敵意を向けられ…。

貴公子と無垢なメイド
ニコラ・コーニック
佐野 晶 訳
平凡なメイドのマージェリーはある日、謎の紳士から「君は伯爵家の孫娘だ」と告げられる。貴族の世界と初めての恋を知った彼女は、美しく花開いて…。

不公平な恋の神様
ルイーズ・アレン
杉浦よしこ 訳
地味な容姿のせいでずっと惨めな思いをしてきた令嬢デシーマは、雪嵐に遭ったところをウェストン子爵に助けられ初めて恋心を抱く。出会いは偶然だったが…。

放蕩貴族と片隅の花
エリザベス・ボイル
富永佐知子 訳
プレイボーイと悪名高い次期男爵タックのせいで散々な社交界デビューとなったラヴィニア。翌日訪ねてきたタックは、君を社交界の花にしてみせようと申し出て…。

英国貴族と結婚しない方法
ジェニファー・マクイストン
琴葉かいら 訳
結婚ぎらいの子爵令嬢に伯母が遺したのは、海辺の屋敷の鍵と〝独身淑女の生き方指南〟。しかし、謎めいた侯爵が、完璧な独身計画の邪魔をしてきて…。

放蕩貴族にときめかない方法
ジェニファー・マクイストン
琴葉かいら 訳
26歳にして初めてロンドンにやってきた伯爵令嬢メアリー。地味に生きてきたはずなのに、プレイボーイの次期子爵と一大スキャンダルに巻き込まれ…。

mirabooks

レディ・ヴィクトリア
リンダ・ハワード
加藤洋子 訳
没落した名家の令嬢ヴィクトリアは大牧場主との愛のない結婚生活に不安を覚えていた。そんな彼女はあるガンマンに惹かれるが、彼には恐るべき計画があり…。

天使のせせらぎ
リンダ・ハワード
林 啓恵 訳
早くに両親を亡くし、たったひとり自立して生きてきたディー。そんな彼女の前に近隣一の牧場主が現れる。その目的を知ったディーは彼を拒むも、なぜか心は揺れ…。

ふたりだけの荒野
リンダ・ハワード
林 啓恵 訳
炭坑の町で医者として多忙な日々を送るアニー。ある日彼女の前に重傷を負った男が現れる。野性の熱を帯びた男らしさに心乱されるが、彼は驚愕の行動をし…。

裏切りの刃
リンダ・ハワード
仁嶋いずる 訳
初めての情熱を捧げた相手から、横領容疑で告発されたテッサ。すべては私に近づくための演技だった——絶望のなか彼女はひとり、真実を突き止めることを決意し…。

炎のコスタリカ
リンダ・ハワード
松田信子 訳
国家機密を巡る事件に巻き込まれ、密林の奥に監禁された富豪の娘ジェーン。辣腕スパイに救出され、始まったサバイバル生活で、眠っていた本能が目覚め…。

美しい悲劇
リンダ・ハワード
入江真奈子 訳
帰郷したキャサリンを出迎えたのは、彼女の牧場を取り仕切るルールだった。彼の姿に、忘れられないあの日の記憶と、封じ込めていた甘い感情がよみがえり…。